Das Versprechen des Alphas

Renee Rose

Übersetzt von
Stephanie Kotz

ANMERKUNG

ANMERKUNG: Dieses Buch wurde ursprünglich 2016 veröffentlicht. Die Autorin hat einige Veränderungen am Originaltext vorgenommen. Das Buch beinhaltet Spankings und harte, intensive, sexuelle Szenen. Falls du Anstoß an derartigen Inhalten nimmst, kaufe dieses Buch bitte nicht.

Renee Rose: HOLEN SIE SICH IHR KOSTENLOSES BUCH!

Tragen Sie sich in meine E-Mail Liste ein, um als erstes von Neuerscheinungen, kostenlosen Büchern, Sonderpreisen und anderen Zugaben zu erfahren.

https://www.subscribepage.com/mafiadaddy_de

Danksagung

Ein großes Dankeschön an Whitney Cartwright für die Insiderinformationen zum Immobilienmarkt in Colorado Springs und die Videos der Häuser im Old North Viertel!

Kapitel Eins

Nur noch ein paar Wochen dann bin ich weg.

Melissa ging den Gehweg entlang zu dem heruntergekommenen Haus, das sie und ihr Versager von einem Freund, bald Ex-Freund, die vergangenen acht Monate gemietet hatten. Sie konnte es nicht erwarten, das Haus zu verlassen. Ihre Absätze klackerten über den Asphalt und ihr Bleistiftrock engte sie nach einem langen Tag, an dem sie Interessenten Häuser gezeigt hatte, in der Junihitze zu sehr ein.

Sie wappnete sich für das nervige Durcheinander an halb gefüllten Umzugskartons. Wenigstens bedeuteten diese, dass Jeremy in weniger als einem Monat für immer aus ihrem Leben verschwinden würde.

Die Beziehung hätte nie zustande kommen sollen. Sie hatte eine Bindung, die in einer Krisensituation entstanden war – Jeremy hatte ihr das Leben gerettet, nachdem er und sein Kumpel sie im letzten Jahr entführt hatten – mit wahrer Liebe verwechselt. Vielleicht hatte sie auch einfach nur gewollt, was ihre Schwester mit ihrem neuen Ehemann hatte.

In einem weiteren Anfall schlechten Urteilsvermögens hatte sie ihm die Entführung verziehen und war dankbar für seinen Sinneswandel gewesen. Sie war mit dem Kerl zusammengezogen, der ihr Leben in Gefahr gebracht hatte. Diese verkorkste Aktion fasste so ziemlich alles zusammen. Sie war zu loyal und zu vertrauensselig. Sie dachte, dass die Anziehungskraft zwischen ihnen anhalten würde. Das hatte sie nicht getan. Vier Monate später war sie vollkommen über ihn hinweg gewesen, doch sie hatte vier weitere gebraucht, um eine Möglichkeit zu finden, ihren Mietvertrag zu beenden, nachdem sie sich getrennt hatten. Sie hatte ihre Sachen bereits in Kartons gepackt. Um diese Zeit in einem Monat wäre sie frei von Jeremy und dieser schäbigen Unterkunft.

Sie schloss die Tür auf, drückte sie auf, blieb wie angewurzelt stehen und keuchte.

Das Haus war verwüstet worden. Zerstört.

Kartons waren geöffnet und ausgeleert worden – überall waren Dinge verstreut. Die Tonteller, die sie von ihrer künstlerisch begabten Freundin im College gekauft hatte, lagen als Scherbenhaufen auf dem Boden. Gemälde waren von den Wänden gerissen und zerschlagen worden.

Ein Schluchzen stieg in ihrer Kehle auf. Sie drehte sich langsam im Kreis, wobei ihr Herz wie wild in ihrer Brust hämmerte. Als sie die weinroten Worte sah, die auf die hintere Wand gesprüht worden waren, schrie sie.

Bezahl bis Freitag oder ihr sterbt beide.

Eiseskälte durchdrang sie. Sie konnte sich nicht rühren, konnte nicht atmen. Sie zitterte wie Espenlaub. Ihre Hand schloss sich um ihr Handy, doch etwas hielt sie davon ab, 911 anzurufen.

Das hier war nicht nur ein Einbruch. Es war persönlich. Und es hatte etwas mit Jeremy zu tun. War in der Cannabis-Ausgabestelle etwas passiert? Er hatte immer Angst, dass sie mit vorgehaltener Waffe bedroht und ausgeraubt werden würden – das war anderen Ausgabestellen schon passiert, weil sie große Mengen Bargeld einnahmen.

Oh, Gott. Sie hätte es wissen sollen. Sie hätte schnell und weit von Jeremy wegrennen sollen in dem Moment, in dem die Entführung der Vergangenheit angehört hatte.

Er hatte einen Hang dazu, in Schwierigkeiten zu geraten. Er gab sich mit den falschen Leuten ab. Er ging gern auf Partys und nahm Drogen. Womöglich dealte er an der Hintertür der Ausgabestelle mit noch härterem Zeug – sie wusste es nicht, da sie die Augen vor allem verschlossen hatte.

Würde sie jemandes Tod verursachen, wenn sie die Cops anrief? Sie schluckte. Ihren?

Mit zitternden Fingern wählte sie stattdessen die Nummer ihrer Zwillingsschwester. Ashley und Ben waren in den Flitterwochen auf den Kanaren. Sie sollte sie nicht belästigen, aber ... sie wusste wirklich nicht, was sie sonst tun sollte.

„Hey, Mel", drang die Stimme ihrer Schwester durch den Hörer.

„Es tut mir leid, dass ich dich störe."

Ihre Schwester bemerkte sofort ihre beklommene, zittrige Stimme. „Was ist los, Mel? Was ist passiert?", fragte Ashley scharf.

„I-ich weiß es nicht. Ich bin gerade nach Hause gekommen und das Haus wurde vollkommen zerstört. Und an die Wand wurde eine Botschaft gesprüht." Sie erzählte ihrer Schwester, wie die Botschaft lautete. Ihren Verdacht, dass es Ärger war, den sich Jeremy eingehandelt hatte, musste sie nicht laut aussprechen. Ben und Ashley hatten bereits eine sehr schlechte Meinung von ihm.

„Ich werde oben nachsehen. Hast du etwas dagegen, am Telefon zu bleiben?"

„Natürlich habe ich nichts dagegen, aber meinst du nicht, dass du die Polizei rufen solltest?"

Sie lief die Treppen hinauf und drückte das Handy dabei fest an ihr Ohr, als könnte sie ihrer Schwester dadurch irgendwie näher sein.

Bens scharfe Stimme hatte sich bei der Erwähnung der Polizei zu Wort gemeldet und sie lauschte, wie ihm ihre Schwester erklärte, was passiert war.

Die Eindringlinge hatten auch das Schlafzimmer oben verwüstet. Die Schubladen ihrer Kommode waren auf den Boden geschüttet und der Wäschekorb geleert worden. Es sah aus, als hätten sie sogar den Teppich ausgerissen. Wonach hatten sie gesucht? Geld?

„Mel? Ben wird jemanden anrufen, den er in Colorado Springs kennt. Also warte kurz, okay?"

„Okay." Sie war erleichterter, als sie zugeben wollte, dass Ben wusste, was zu tun war.

„Ich rufe dich gleich zurück", versprach Ashley.

Sie legte auf und starrte mit brennenden Augen das Chaos an. Was sollte sie tun? Sie wünschte sich, sie könnte all ihre Sachen packen und in diesem Moment verschwinden, doch sie wusste nicht, wohin sie gehen sollte. Wo konnte sie so kurzfristig eine Unterkunft mieten? Und sie wollte nichts mieten, verdammt, sie hatte sich so sehr darauf gefreut, sich ein Eigenheim zu kaufen.

Ben Stone, der reiche frischgebackene Ehemann ihrer Zwillingsschwester, hatte angeboten, ihr bei der Anzahlung zu helfen, damit sie sich ein Haus kaufen konnte.

Das Geräusch einer Autotür, die zuknallte, veranlasste sie dazu, aus dem Fenster zu schauen. Jeremy sollte besser eine Lösung haben für ...

Doch es war nicht Jeremy.

Drei gefährlich aussehende Kerle stiegen aus einem dunkelblauen Range Rover und marschierten zielstrebig zur Eingangstür. Sie machten sich nicht die Mühe, anzuklopfen, und sie hatte dummerweise nicht abgeschlossen.

Heilige Scheiße. Sie waren hier, *im Haus*. Sie würden sie umbringen.

Das Herz schlug ihr bis zum Hals, als sie in ihren Schrank sprang und hinter die Kleider kroch.

Bitte mach, dass sie nicht das Haus durchsuchen.

Ihr Handy leuchtete auf und die erste Note des Klingelns versetzte sie in wilde Panik und Wischbewegungen, um den Anruf wegzudrücken. Das Gerät verstummte. Sie hielt die Luft an und spitzte die Ohren, ob es die Männer unten bemerkt hatten. Doch sie hörte nur ihre Stimmen, die einander etwas zuriefen. Machten sie sich im Haus breit, um auf sie und Jeremy zu warten?

Ihre Hände zitterten so heftig, dass sie kaum die Worte auf dem Handydisplay lesen konnte. Sie sah jedoch, dass Ashley angerufen hatte.

Sie schrieb ihr.

Sie sind im Haus.

Cody Steele wusch den Putz von seinem Spachtel und wischte alles sauber. Fast fertig – es mussten nur noch ein paar Farbschichten auf dem reparierten Loch in der Wand aufgetragen werden und dann könnte das Haus auf den Markt gebracht werden. Historische Gebäude und Häuser zu kaufen, zu renovieren und für einen hübschen Gewinn zu verkaufen, passte gut zu seiner rastlosen, aktiven Persönlichkeit. CJ Steele Properties war in Colorado Springs mittlerweile für seinen Erfolg auf dem Immobilienmarkt bekannt und seine Firma bot den meisten Wölfen in seinem Rudel einen Arbeitsplatz.

Nicht schlecht dafür, dass ihn sein Dad mit sechzehn Jahren aus dem Rudel geworfen und behauptet hatte, dass er es nie zu etwas bringen würde. Es machte ihn stolz, dass er sein Geschäft ganz allein gegründet und zu einem Erfolg gemacht hatte. Ebenso war er stolz, dass er ein Rudel in einer Stadt gegründet hatte, in der sich zuvor nur vereinzelte Mitglieder des Denver-Rudels aufgehalten hatten.

Sein Handy vibrierte, woraufhin er es aus seiner Tasche zog und die Stirn runzelte. Ben Stone, der Alpha aus Denver. Was zur Hölle wollte er?

Er ging ran. „Hier spricht Cody."

„Cody? Ben Stone aus Denver."

„Ich weiß, wer du bist."

„Ich muss dich um einen Gefallen bitten – einen großen." Die Stimme des Mannes war barsch und drängend.

Er mahlte mit den Backenzähnen. Ziemlich anmaßend für einen Kerl, der weder ihm noch seinem Rudel auch nur Hallo gesagt hatte, seit er vor neun Monaten die Position des Alphas übernommen hatte. „Ich kann mich nicht daran erinnern, dass ich dir einen schulde."

Stone zögerte nicht. „Ich werde derjenige sein, der dir etwas schuldet. Meine Schwägerin lebt in Colorado Springs und steckt in Schwierigkeiten. Ich bin außer Landes, sonst würde ich selbst kommen und mich um alles kümmern."

„Was für Schwierigkeiten?"

„In ihr Haus wurde eingebrochen. Eine Drohung wurde an die Wand gesprüht. Vermutlich hat sich ihr Ex-Freund in Schwierigkeiten gebracht, aber sie steckt nicht in der Sache drin. Du musst sie beschützen."

Fuck.

Das war das Letzte, in das er reingezogen werden wollte. Doch dass Ben Stone in seiner Schuld stand, konnte nur gut für sein Rudel sein. Ben standen alle möglichen Ressourcen zur Verfügung, wobei Geld ganz oben auf der List stand. Er hatte auch ein großes Rudel mit Mitgliedern, die über alle möglichen Fähigkeiten verfügten. Mit diesem Rudel befreundet zu sein, würde bedeuten, dass er sich niemals hilfesuchend an das seines Vaters wenden müsste. Und er würde lieber sterben, als das zu tun.

„Steele?"

Er atmete geräuschvoll aus. „Ja, okay. Wie lautet die Adresse?"

„Ich schicke sie dir aufs Handy. Gehst du gleich dorthin?"

„Ich werde gehen. Wie heißt sie?"

„Melissa. Steele – das Versprechen eines Alphas, dass du ihr Rudelschutz gewährst."

Scheiße. Worauf ließ er sich da nur ein? Stone wollte, dass er schwor, sie mit seinem Leben zu beschützen. Nun, das war es, was Wölfe taten.

„Ja", grunzte er. „Das Versprechen eines Alphas."

„Dankeschön."

Er schloss die Augen und fuhr mit einer Hand über sein Gesicht. Er würde das noch bereuen.

Da sein Pickup-Truck voller Malersachen war, ließ er ihn vor dem Haus stehen und joggte die wenigen Blöcke zu seinem eigenen Haus, wo er auf sein Motorrad sprang und die Adresse raussuchte, die ihm Ben geschickt hatte.

Seine Wolfsinstinkte setzten ein, bevor er dort ankam, und er war in höchster Alarmbereitschaft. Er schaltete den Motor aus und rollte leise zu einem kleinen zweistöckigen Haus. Ein dunkelblauer Range Rover war davor geparkt und dahinter stand ein weißer Toyota Pickup. Ein warnendes Kribbeln raste über seine Haut.

Die Eingangstür stand offen und Männerstimmen sprachen im Inneren.

Er schlich um das Gebäude herum, um durch ein Fenster zu spähen. Drei Kerle saßen auf dem Sofa. Sie hielten alle Waffen in den Händen und einer trug einen schicken Anzug.

Ihm stellten sich die Nackenhaare auf. Der sah wie Junior Rabago aus, ein Drogendealer aus Denver. Er verkaufte härtere Drogen wie Kokain und Heroin über die hiesigen Cannabis-Ausgabestellen. Falls Bens Schwägerin Verbindungen zu ihm hatte, waren dies größere Schwierigkeiten, als er sich vorgestellt hatte.

Fuckity fuck fuck. Er hätte Ben in dieser Sache nicht das Versprechen eines Alphas geben sollen. Jetzt war der Schutz gerade zu einer Rettungsmission geworden. Und er hatte nicht einmal eine Pistole bei sich.

Ben hatte gesagt, dass seine Schwägerin hier sei. Hatten sie sie schon getötet? Oder war es ihr gelungen, rechtzeitig zu fliehen? Er schnupperte in der Luft. Er roch kein Blut. Nur den frischen Geruch von Menschen – hauptsächlich männliche, vielleicht ein weiblicher. Keine Wölfe. Er sah an dem Gebäude hinauf. Im ersten Stock stand ein Fenster offen.

War er verrückt, weil er in Erwägung zog, dort hoch zu klettern? Vermutlich. Aber er sah nicht, was ihm sonst übrigblieb. Entweder er tat das oder er schlug hier draußen sein Lager auf und wartete darauf, dass die Kerle gingen. Allerdings sahen sie nicht so aus, als würden sie so bald wieder gehen. Er packte das Fallrohr in der Hoffnung, dass es stabil genug war, um sein Gewicht zu tragen. Es knarzte und das Metall kratzte über die Seite des Backsteingebäudes, als er sich darauf schwang, doch es löste sich nicht von dem Gebäude. Er kraxelte daran hoch zum Dach, ehe er zu der Stelle über dem geöffneten Fenster kroch, seinen Körper über die Seite senkte und seine Zehen auf dem Fenstersims landeten.

Das Fliegengitter ließ sich leicht aus dem Fensterrahmen lösen und er schleuderte es aufs Gras. Er schlich in ein Zimmer, das ein Schlafzimmer zu sein schien und komplett demoliert worden war. Der Geruch des Menschenweibchens war hier stärker – ein verführerischer Duft trotz der Tatsache, dass er nicht von einer Wölfin stammte.

Seine Instinkte meldeten sich. Jemand war im Raum. Er spitzte seine empfindlichen Ohren und hörte Atemzüge. Einen schnellen Herzschlag. Er kam aus dem Schrank. Melissa? Nein – der Geruch war eindeutig menschlich.

Er lief hinüber und öffnete vorsichtig die Tür. Dabei bemühte er sich, kein Geräusch zu machen, das die Männer unten auf seine Anwesenheit aufmerksam machen würde. Frauenkleider hingen im Schrank – Kleider und Anzüge hingen von Bügeln und füllten den gesamten Raum. Er sah die Frau nicht, doch ihr kräftiger Herzschlag und der metallische Geruch von Angst zogen seine Aufmerksamkeit zur hinteren Ecke.

Mit einer schnellen Bewegung riss er die Klamotten zur Seite, streckte eine Hand aus, um sie zu packen, und legte die andere über ihren Mund, damit sie schwieg. Er hatte nicht eingeplant, dass ihr Knie auf seinen Schritt treffen würde.

Er beugte sich vornüber und konnte kaum verhindern, dass seinem Mund ein Stöhnen entwischte.

Die junge Frau versuchte, sich an ihm vorbeizuschieben, doch er packte sie von hinten, legte einen Arm um ihre

Taille und hielt ihr mit der anderen Hand den Mund zu. Die Berührung jagte eine unbekannte Empfindung durch ihn hindurch. So etwas wie eine Warnung, nur viel angenehmer. Seine Nackenhaare richteten sich auf. „Melissa?"

Vielleicht war sie es nicht. Der Mensch wehrte sich mit mehr Kraft, als er von einem Menschenweibchen erwartet hätte. Ihr Körper war unter dem weichen Äußeren gelenkig und stark. Mit ihr zu ringen, erregte sein inneres Biest und sein Schwanz wurde hart, als wäre dies ein wilder Paarungstanz anstatt einer Situation, in der es um Leben und Tod ging.

„Ben Stone hat mich geschickt", knurrte er ihr leise ins Ohr für den Fall, dass sie das Weibchen war, das er retten sollte. Ihr Apfel-Zimt-Duft drang in seine Nase und erregte seinen Körper trotz der Situation. Trotz der Tatsache, dass sich Wölfe nicht zu Menschen hingezogen fühlten.

Sie erstarrte.

Okaaay. Ben Stones Schwägerin war ein Mensch. Was bedeutete, dass auch Stones Frau ein Mensch sein musste. Das hatte er noch nicht gehört, allerdings hatte es Stones Rudel wahrscheinlich nicht sonderlich eilig damit, diese Information zu verbreiten.

Sie drehte sich mit vor Angst weit aufgerissenen Augen um, um zu ihm zu schauen. Ihre Schönheit traf ihn wie ein zweiter Schlag in die Eier. Ihre Augen waren groß und blau und dicke, glänzende Haare hingen in langen, rötlich braunen Wellen über ihre Schultern. Er hatte noch nie in seinem Leben so einen hübschen Menschen gesehen. Er nahm seine Hand von ihrem Mund, um pralle Lippen zu enthüllen, die vor Furcht bebten.

„Ich bin das Rettungsteam", sagte er sarkastisch. Es klang verbitterter, als er sich fühlte, und zwar nur weil es ihn überrascht hatte, dass er sich zu ihr hingezogen fühlte, und er keine Überraschungen mochte.

Ihre Lippen teilten sich, aber sie sprach nicht.

Er hatte keine Waffe und diese Kerle dort unten hatten Pistolen. Das bedeutete, dass es keine Option war, sich einen Weg nach draußen zu erkämpfen, vor allem da sie ein schwacher Mensch war. „Wir werden aus dem Fenster klettern müssen. Ich springe raus und fange dich auf, wenn du mir folgst."

Ihre großen blauen Augen quollen fast aus ihren Höhlen. „Das können wir nicht tun. Wir sind im ersten Stock", flüsterte sie.

Er drehte sie zu sich um. „Weißt du, was ich bin?"

Bitte sag, dass sie wenigstens wusste, dass ihr Schwager ein Gestaltwandler war.

Sie musterte ihn von Kopf bis Fuß, wobei ihr Blick über die mit Farbspritzer übersäten Kleider wanderte, die Tattoos auf seinen Armen sowie sein unrasiertes Gesicht. Er realisierte, dass sein Erscheinungsbild in einem starken Kontrast zu ihrem stand – sie trug einen engen Bleistiftrock und eine Seidenbluse wie irgendeine junge Fachkraft. Verzogen sich ihre Lippen vor Abscheu?

Er war vertraut mit Herablassung und der Verachtung für einen ungebildeten Arbeiter, der eher wie ein Verbrecher aussah als einer der größten Immobilieninvestoren von Colorado Springs. Aus irgendeinem Grund störte es ihn dieses Mal, obwohl ihm normalerweise schnuppe war, was die Leute von ihm oder seinem Äußeren hielten.

Sie schluckte und leckte über ihre Lippen. „Wolf?"

Er nickte, nahm ihre Hand und zog sie zum Fenster. „Das stimmt, Prinzessin. Dein Wolf in glänzender Rüstung. Du springst, ich fange dich auf."

Zweifelt huschten über ihr Gesicht. Sie blickte über

ihre Schulter zur Tür. Vielleicht fragte sie sich, ob es einen anderen Ausweg gab. Ihre Haut wirkte aschfahl, doch sie nickte.

Er sprang aus dem Fenster und landete in der Hocke auf dem Boden darunter. Als er sich umdrehte, um nach ihr zu schauen, stand sie allerdings wie erstarrt da und blickte nach unten.

Scheiße. *Komm schon.* Er wollte ihr etwas zurufen, konnte es allerdings nicht riskieren, irgendeinen Laut von sich zu geben. Ein Gefühl der Dringlichkeit überkam ihn, seine Instinkte brüllten, dass ihnen Gefahr drohte, und sein Bedürfnis, ein Rudelmitglied – auch wenn es nur ein vorübergehendes Mitglied wie sie war – zu beschützen, nahm gewaltige Ausmaße an. Nein, sein Bedürfnis ging über den Schutz eines Rudelmitgliedes hinaus. Es hatte etwas mit diesen großen hübschen Augen und ihrem köstlichen Geruch zu tun, aber er konnte jetzt nicht näher darüber nachdenken.

Er gestikulierte wild.

Dennoch blieb sie stehen, schaute erneut zur Tür und wieder zu ihm herab.

Zur Hölle, falls eines der Arschlöcher von unten zu ihr kam, könnte er sie jetzt nicht beschützen – er könnte nicht schnell genug hochklettern. Und er hatte einen heiligen Schwur geleistet, dass er sie beschützen würde.

Ihr Kopf schnellte von der Tür weg und ihre Augen sahen wild aus. Jemand musste sich ihr nähern. Sie ging auf dem Fenstersims in die Hocke.

Er machte eine hektische Bewegung, dass sie springen sollte. Sie drehte sich abermals zur Tür, schrie und stürzte sich aus dem Fenster.

Ein männlicher Schrei durchbrach die Luft, als sie zu ihm herabfiel. Er wagte es jedoch nicht, die Augen von ihrem fallenden Körper abzuwenden, um nachzuschauen, wer dort oben war. Sie fiel in seine Arme und er taumelte wegen des Aufpralls, doch dann rannte er so schnell, er konnte, davon.

Noch mehr Schreie.

Er gelangte zu seinem Motorrad, setzte sie auf den Rücksitz und wünschte sich, er hätte einen Helm für ihren zerbrechlichen Menschenkopf. Sie sah entsetzt aus. Ihr Bleistiftrock rutschte bis ganz nach oben, damit sie rittlings auf dem Motorrad sitzen konnte, wodurch ihre cremig weißen Schenkel und ein rosa Spitzenhöschen enthüllt wurden.

Tja, Pech gehabt, Prinzessin.

Er drückte auf den Startknopf und das Motorrad ruckelte. Verdammt.

Zwei Männer rannten Pistolen schwingend aus der Eingangstür.

Das Motorrad erwachte brummend zum Leben. Er drückte aufs Gas und der Hinterreifen schlitterte zur Seite, als sie davonrasten.

Kapitel Zwei

Melissa schrie und schlang ihre Arme um die Taille ihres tätowierten Retters, als das Motorrad beinahe auf dem Hinterrad fuhr, während er durch eine Gasse raste. Er packte ihren Arm, als wollte er sich vergewissern, dass sie nicht losließ.

„Ich werde mich festhalten, leg du beide Hände an den Lenker", schrie sie und kniff die Augen zusammen, als Bäume und Häuser in einer verschwommenen Reihe vorbeisausten.

Seine Bauchmuskeln waren steinhart unter ihren Fäusten. Tatsächlich war sie sich ziemlich sicher, dass sein gesamter Körper mit harten Muskeln versehen war. Er sah aus, als würde er mit den Händen und hart arbeiten. Die abgenutzte Arbeitsjeans und das fleckige T-Shirt waren auf diese raue und verlotterte Art und Weise sexy, auf die sie *viel* zu sehr stand.

Doch sie musste von ihrer Vorliebe für ‚Bad Boys' loskommen. Das hatte ihr nur eine ganze Menge Ärger eingebrockt.

Sie drehte sich, um hinter sich zu schauen und

erhaschte einen kurzen Blick auf das blaue Auto, das die Mafia-Arschlöcher zu ihrem Haus gebracht hatten. „Sie verfolgen uns", brüllte sie.

Ihr Retter gab erneut Gas und sie fuhren mit quietschenden Reifen um eine Ecke, wobei sie in Schräglage gerieten. Er schlüpfte zwischen zwei Gebäude und fuhr um eine Ecke. Sie konnte nicht nachverfolgen, wohin sie fuhren – die Mülltonnen und Gebäude flogen zu schnell vorbei. Sie musste die Augen vor dem Wind verschließen.

Plötzlich raste er eine Einfahrt hinauf, lehnte das Motorrad ganz auf die Seite und schlitterte unter einem Garagentor hindurch, das erst zur Hälfte geöffnet war. Im Nu stieg er von seinem Motorrad ab und riss sie hinab. Das Garagentor hatte bereits seine Richtung geändert, senkte sich und schloss sie ein.

Sie wackelte auf ihren Absätzen und zupfte ihren Rock über ihren Hintern. Ihr Herz hämmerte in einem schmerzhaften Rhythmus gegen ihre Rippen. Sie befanden sich in einer riesigen Garage. Eigentlich war es eher eine Werkstatt mit Sägen und einer Werkbank. Regale säumten jede Wand und waren mit Farbtöpfen, Lösungsmitteln, Werkzeugen und Gerätschaften aller Art gefüllt. War das sein Arbeitsplatz?

Ihr Retter marschierte auf sie zu. Alles an ihm sprach für einen furchterregenden Mann – die gewölbten Muskeln an seinen Armen, die Tattoos, die sich unter seinen kurzen Ärmeln hervor wanden und sogar seine Fingerknöchel zierten, der Bartschatten an seinem kräftigen, kantigen Kiefer, seine bedrohliche Miene. Im Ernst – er sah nicht vertrauenswürdiger als Jeremy oder die Arschlöcher aus, die in ihrem Haus auf ihn gewartet hatten. War es richtig von ihr gewesen, mit ihm zu gehen?

Sie schwankte in ihren Stöckelschuhen. „Wer bist du?"

Er ging an ihr vorbei und riss eine Tür auf. „Geh rein."

Richtig. Keine Zeit für eine Vorstellungsrunde. Sie schob sich an ihm vorbei, wobei sie sich bemühte, die Größe seiner Muskeln zu ignorieren, als sie seinen harten Körper streifte, und wie ihr Körper auf seine Nähe reagierte. Eine Woge der Hitze schwappte über sie hinweg, wärmte ihre eiskalten Finger und Gesicht und schmolz einen Bruchteil der Angst, die sie vorhin in diesem Schrank beinahe überwältigt hatte.

Natürlich stolperte sie, da ihr Absatz an dem Teppich hängen blieb, als sie an ihm vorbeiging. Er packte ihren Ellenbogen, um sie zu stützen, und sie fiel gegen seine Brust.

Wow.

Er hatte schiefergraue Augen, die in starkem Kontrast zu seiner gebräunten Haut und sonnengebleichten Haaren standen. Als sie einander anstarrten, blähten sich seine Nasenflügel. Die grauen Iriden nahmen eine helle, eisblaue Farbe an.

Sie keuchte.

Er stieß sie von sich, blinzelte und wandte den Kopf ab. Sie fragte sich, warum er versuchte, seinen Wolf zu verbergen – er hatte bereits zugegeben, was er war.

„Welche Farbe hast du?", platzte es aus ihr heraus. „Ich meine, wenn du dich verwandelst?" Es war eine dumme Frage. Sie sollte mit seinem Namen beginnen oder woher er Ben kannte, doch der Blick auf diese wölfischen Augen hatte sie neugierig gemacht.

Er drehte sich zu ihr um. Die Iriden waren wieder grau.

„Silber."

Ein Schauder von etwas durchlief ihren Körper – vielleicht Aufregung. Sie wollte ihn plötzlich unbedingt in seiner Wolfgestalt sehen. Sie wusste, dass er unglaublich wäre. Mächtig und furchterregend. Sogar hübsch.

Doch nein. Sie musste damit aufhören. Sie musste jegliche Anziehung, die sie für den heißen Mann empfand, der nach Ärger aussah, zügeln. Sie musste anfangen, nette, aufrechte Männer attraktiv zu finden. Die Sorte ohne Tattoos und abgewetzte Jeans. Die Sorte, die Krawatten zur Arbeit trug und Geld in steuerfreien Rentenkonten sparte.

Sie hatte das ganze Jahr daran gearbeitet, sich von dem Partyleben zu lösen. Sie hatte die Prüfung absolviert, um Immobilienmaklerin zu werden und hatte ihre Nächte als Barkeeperin reduziert. Sie war kurz davor gewesen, Jeremy loszuwerden und einen richtigen Neuanfang zu wagen. Jetzt gab es Leute, die wegen ihm versuchten, sie zu töten.

„Bist du verletzt?" Die kehlige Stimme erklang direkt hinter ihr, weshalb sie einen Satz machte und herumwirbelte. Belustigung huschte über sein Gesicht.

Sie streckte ihre Hand aus, schlüpfte in ihre beste professionelle Immobilienmaklerin-Persona und reckte das Kinn. „Ich bin Melissa und du bist ...?"

Sein Kiefer spannte sich an. Anscheinend gefiel ihm das nicht. Er ignorierte ihre Hand und lief zu dem Bücherregal in dem kleinen, schwach beleuchteten Raum. „Cody", antwortete er barsch. Er schob einige Bücher beiseite und zog eine Pistole heraus, die er sich hinten in den Bund seiner Jeans steckte.

Sie hätte vermutlich mit einem *Danke* anfangen sollen, anstatt ihn wegen seiner Manieren zu belehren, doch jetzt da er sie so angeraunzt hatte, drückte sie ihr Rückgrat noch stärker durch. Sie sah sich mit gerümpfter Nase in der stickigen Männerhöhle um. „Ist das dein Haus?"

Seine Augen verengten sich zu Schlitzen. „Tut mir leid, dass es nicht das Taj Mahal ist, Prinzessin. Ich wusste nicht, dass ich Gastgeber für Ben Stones hochnäsige *menschliche* Schwägerin spielen würde." Er sprach das Wort *menschlich* aus, als würde es ihn anwidern.

Sie wurde sauer. Dachte er, dass sie reich war, nur weil Ben viel Geld hatte? „Ich weiß die Rettung zu schätzen, aber du musst mich nicht bespaßen. Wenn ich mir einfach dein Handy ausleihen könnte ..." Sie hatte ihres im Schrank fallen gelassen, als er sie gepackt hatte. Sie musste Jeremy vor diesen Typen warnen, bevor er getötet wurde. Sie liebte den Kerl zwar nicht, schuldete ihm jedoch ihr Leben.

Cody hatte bereits sein Handy gezückt und hielt es sich ans Ohr. „Ja, ich hab sie."

Sie hörte eine Männerstimme am anderen Ende. War das Ben? Furcht durchfuhr sie. Was, wenn dieser Kerl nicht von Ben geschickt worden war? Vielleicht war er ein weiterer Feind von Ben wie das südamerikanische Rudel, das letztes Jahr versucht hatte, ihre Zwillingsschwester Ashley zu töten? Er hatte ihr nichts anderes erzählt, als dass Ben Stone ihn geschickt hatte. Und er sah auf jeden Fall nach Ärger aus.

Sie schlich zur Tür.

„Du hast mir nicht erzählt, wie schlimm ihre Schwierigkeiten sind." Er hielt inne, als Ben etwas sagte. „Ja, Junior Rabago und seine Männer ... du weißt schon – der Mafioso. Sie haben in ihrem Haus Stellung bezogen. Ihnen gehört eine der hiesigen Cannabis-Ausgabestellen – dort verkaufen sie stärkere Drogen. Ich fand deine Schwägerin im Schrank und holte sie dort raus, aber sie sahen uns beim Gehen. Ich bezweifle, dass sie uns aufspüren können, denn wir schüttelten sie ab und das Nummernschild an meinem Motorrad ist nicht gültig ... Ja, ich bin bereit, falls sie kommen." Er spähte zwischen den Jalousien nach draußen, ohne diese zu bewegen.

Es war kein gutes Zeichen, dass die Nummernschilder an seinem Motorrad nicht gültig waren. Definitiv noch eine zwielichtige Person. Sie lehnte ihren Rücken an die Tür. Sie wollte dieses Gespräch hören für den Fall, dass wirklich Ben am anderen Ende der Leitung war. Allerdings musste sie auch zur Flucht bereit sein.

Cody blickte zu ihr und verengte die Augen zu Schlitzen, als wüsste er genau, was sie vorhatte. „Du hast nicht erwähnt, dass sie ein Mensch ist." Erneut sagte er das, als wäre sie ein stinkendes Stück Hundescheiße, das an seinem Schuh klebte. Er marschierte mit einer Miene finsterer Absicht zu ihr.

Dieses Mal hörte sie die Antwort laut und deutlich durch den Lautsprecher des Handys. *„Hast du damit ein Problem?"* Das klang definitiv wie Ben.

„Nein." Cody platzierte eine Hand neben ihrem Kopf, um sich an die Tür zu lehnen, und nahm sie mit seinem Körper gefangen. Das Bewusstsein seiner Nähe raste über ihre Haut und ein heißes Kribbeln überfiel sie dort, wo er sie beinahe berührte. „Wohin denkst du, dass du gehst?", knurrte er.

„Hey. Wehe, du behandelst sie nicht richtig", erklangen Bens Worte vom anderen Ende der Leitung. Ihr Schwager war so schroff wie dieser Kerl – er wirkte nur kultivierter, weil er einen Anzug trug und ihm eine Firma gehörte, die eine halbe Milliarde Dollar wert war.

Cody senkte sein Gesicht und lehnte seine Stirn beinahe an ihre, sodass sie sich in die Augen sahen. Sie hatte das Gefühl, dass es ein Wolf-Ding war. Er wollte vermutlich, dass sie den Blick senkte und sich ihm unterwarf, doch die Herausforderung veranlasste sie nur dazu, mit den Zähnen zu knirschen und den Blick wagemutiger zu erwidern.

„Wenn ich sie beschützen soll, muss sie meine Befehle befolgen."

„Wenn du sie misshandelst, wirst du es bereuen", brachte Ben zähneknirschend hervor. „Hol sie ans Telefon."

Cody hob die Brauen und hielt ihr sein Handy ans Ohr. Sie riss es ihm aus der Hand, duckte sich unter seinem Arm hindurch und stolzierte mit dem hochmütigsten Stolz, den sie aufbringen konnte, davon. Dieser wurde natürlich ruiniert, als sie erneut in ihrem verdammten Stöckelschuh stolperte. Verflixte Schuhe! Sie trat sie von ihren Füßen.

„Hi, Ben", sagte sie atemlos.

„Melissa. Bist du verletzt?"

„Ich bin okay. Nur ... verängstigt."

„Wer waren diese Typen? Weißt du es?"

„Nein. Jeremy und ich haben nicht mehr miteinander geredet, seit wir uns getrennt haben. Wir haben nur notgedrungen zusammengelebt."

„Verdammt, Melissa, ich habe gesagt, dass ich dir dabei helfe, ein Haus zu kaufen."

„Ich weiß, ich weiß. Ich war auf der Suche. Ich hatte schon fast alles für den Umzug gepackt."

„Hör zu, Ashley und ich werden morgen früh zurückfliegen und ..."

„Nein", unterbrach sie ihn. „Beendet eure Flitterwochen *nicht* vorzeitig wegen dieser Sache. Mir geht's gut. Cody hat mich dort rausgeholt." Sie warf ihrem heißen Retter einen Blick zu. „Du musst nicht herkommen."

Sie hasste sich bereits dafür, dass sie – schon wieder – von ihrer Schwester gerettet werden musste, deren Leben immer in Ordnung war und die immer das Richtige tat. Wenn Ashley und Ben wegen ihr früher nach Hause kamen, würde sie für den Rest ihres Lebens das Arschloch sein, dass ihre Flitterwochen ruiniert hatte.

Cody spähte erneut durch die geschlossene Jalousie. Er sah so verdammt wachsam und kompetent aus, wie ein knallharter Navy SEAL oder ein Agent der Spezialeinheit. Wenn er wirklich auf ihrer Seite war, wäre sie in Sicherheit.

Ben fluchte. „Du musst dich an Cody halten. Tu alles, was er sagt. Er ist dort der Alpha. Weißt du, was das heißt?"

„Nicht genau."

Ben atmete geräuschvoll aus. Sie hörte ihre Schwester im Hintergrund sprechen und dann erklang ihre Stimme.

„Ist der Lautsprecher an?", fragte sie mit leiser Stimme.

„Nein." Melissa lief zur gegenüberliegenden Seite des Zimmers und wandte sich von Cody ab, als würde ihn das daran hindern, ihr Gespräch zu hören.

„Hey, bei Wölfen ist die Rudelordnung sehr wichtig, weißt du. Also wird er herrisch und dominant sein. Er ist der Boss, wenn du weißt, was ich meine. Lass dich einfach nicht davon verrückt machen."

Sie schnaubte und schaute zu Cody, der die Arme vor seiner massiven Brust verschränkt hatte und sie mit diesen wachsamen grauen Augen beobachtete.

Jepp. Herrisch und dominant.

Ihre Pussy zog sich erneut zusammen. Doch das war nicht richtig. Ashley war diejenige, die auf den autoritären Typ stand, nicht sie. Sie wollte nur Bad Boys. Oder zumindest wollte sie die früher. Jetzt wollte sie Anzüge und Krawatten. Unternehmer oder Buchhalter. Oder vielleicht ein netter Anwalt. Womöglich sogar ein Zahnarzt.

Sie konnte sich nicht daran hindern, noch einmal zu Cody zu blicken. Ihre Pussy fühlte sich unter ihrem Rock heiß und feucht an. In ihrem Kopf entstand das Bild, wie dieser gut gebaute, tätowierte Mann sie über den Sitz seines Motorrads stieß und ihr den Hintern versohlte. Sie errötete und wandte sich von ihm ab.

Seine Nasenflügel blähten sich und er warf ihr einen überraschten Blick zu. Seine Mundwinkel bogen sich nach oben.

Heilige Scheiße. Konnte er Gedanken lesen?

Ben kehrte ans Handy zurück. „Melissa? Gib wieder Cody das Handy." Er war ein Mann weniger Worte, ihr Schwager. Kein *bitte* oder *pass auf dich auf.*

Doch er passte auf sie auf, das musste sie zugeben. Sein Angebot, ihr ein Haus zu kaufen, hatte sie begeistert. Sie würde ihm nicht erlauben, das ganze Haus für sie zu kaufen. Er sollte ihr nur bei einer Anzahlung helfen. Sie würde sich ein Haus besorgen, das sie sich leisten konnte, nachdem er ihr beim Start geholfen hatte. Sie wusste genau, was sie wollte – ein CJ Steele Haus. Eines der liebevoll renovierten Häuser im ältesten Viertel von Colorado Springs. Sie vergötterte die Arbeit der CJ Steele Firma und bewunderte Steele, den aufstrebenden Immobilienmogul, der sich im Lauf der vergangenen acht Jahre ein kleines Vermögen damit verdient hatte, Häuser zu kaufen und mit Gewinn zu verkaufen. Ihr Traum war es, seine Maklerin zu werden.

Sie reichte Cody das Handy und lauschte einem weiteren angespannten Austausch, bevor er auflegte.

Er warf ihr einen spekulativen Blick zu. „Du bleibst hier, bis das alles vorüber ist."

Nur weil er sie bereits aus dem Gleichgewicht gebracht hatte und sie nicht wollte, dass er die Oberhand hatte, verzog sie die Lippen und sah sich um, als würde das Haus nicht ihren Standards entsprechen. Als hätte sie nicht mit Jeremy zusammengewohnt, dem Schlamper des Jahres. Das Haus war nicht schlecht, könnte jedoch eine gründliche Reinigung vertragen. Und es war eine typische Männerbude. Klein, schlicht, alles in dunklen Farben wie Jägergrün und Dunkelblau.

Seine Brauen zogen sich zusammen und er marschierte an ihr vorbei. „Es tut mir leid, dass es dir nicht zusagt, Prinzessin. Beim nächsten Mal werde ich darauf achten, eine Villa für deinen Übernachtungsbesuch zu mieten."

Das Wort *Übernachtungsbesuch* entzündete ein nervöses Flattern in ihrem Bauch, denn damit wurde real, dass sie tatsächlich hier bei diesem Dummkopf schlafen würde. Sie blickte zum Schlafzimmer. Es gab nur eines, soweit sie sehen konnte. Der Großteil des Hauses war für die Werkstatt/Garage verwendet worden – mindestens 140 Quadratmeter. Das Innere des Hauses war eine Mischung aus Küche und Wohnzimmer. Zudem gab es ein kleines Schlafzimmer und ein Badezimmer, soweit sie das erkennen konnte. Das waren weitere 75 Quadratmeter. Und ja, die Immobilienmaklerin in ihr hatte das Gebäude und seinen ungefähren Marktwert – grob 150.000 Dollar – in dem Moment eingeschätzt, in dem sie es betreten hatte.

„Darf ich dein Handy benutzen? Ich muss Jeremy warnen."

Seine Augen wurden schmal. „Deinen Freund?"

„Ex."

„Denkst du nicht, dass er es bereits weiß? Ich vermute, du bist nicht diejenige, die es sich mit Junior Rabago verscherzt hat."

Sie schürzte die Lippen und streckte die Hand aus. „Bitte? Ich will nicht, dass er nach Hause kommt und erschossen wird, okay?"

Codys Finger ballten sich zu einer Faust, bevor er sie wieder öffnete und sein Handy aus der Hosentasche fischte. „Was machst du überhaupt mit so einem Kerl?"

Sie machte ein finsteres Gesicht. Wer war er, dass er ihren Männergeschmack beurteilte? Vor allem, da er auch nicht wie die Sorte Mann aussah, den man seiner Mutter vorstellte? Dass er recht hatte, machte sie noch wütender. „Dein Handy?"

Er schaute sie böse an und ließ es in ihre Hand fallen.

Sie wählte Jeremys Nummer, doch er nahm nicht ab. Vermutlich hatte er Angst, den Anruf einer Nummer zu beantworten, die er nicht kannte. Sie drückte auf Beenden und schrieb ihm.

Geh nicht nach Hause. Typen, die nach Mafia aussehen, sind in unserem Haus. ~ Melissa

Er antwortete nicht. War er schon tot? Wie hoch war die Summe, die sie bis Freitag wollten?

Widerwillig gab sie das Handy zurück und sah sich erneut in dem kleinen Wohnbereich um. Wie lange würde sie hier sein?

„Irgendwann muss ich meine Handtasche und Kleider holen. Denkst du, die Typen haben mein Haus mittlerweile verlassen?"

Cody machte ein finsteres Gesicht. „Du gehst auf keinen Fall in die Nähe deines Hauses, nicht bis ich weiß, dass es sicher ist. Ich kann dir ein paar Dinge im Walmart kaufen oder so."

„Walmart?" Sie hatte eigentlich kein Problem mit Walmart, aber er hatte sie als Prinzessin abgestempelt, weshalb sie sich dementsprechend verhielt.

Ein Zucken an seinem Kiefer signalisierte seine Verärgerung. Er trat auf sie zu und sie machte einen Schritt zurück, teils begeistert, teils besorgt, dass sie den Mund zu voll genommen hatte. Er packte ihre Oberarme. In der Art und Weise, wie er sie hielt, lag eine gewisse Dominanz und Autorität, seine Berührung war allerdings nicht grob. Tatsächlich ließ die Hitze seiner großen, von der Arbeit rauen Hände auf ihrer Haut Flammen des Verlangens durch sie hindurch züngeln.

„Baby, du wirst anziehen, was ich dir besorge, oder du kannst meinetwegen in deinem Höschen herumlaufen." Er beugte sich näher zu ihrem Ohr. „Tatsächlich *würde* ich letzteres bevorzugen."

Sie strengte sich an, zu schlucken, während Hitze ihre Mitte durchdrang. Ob es an seiner Berührung oder dem Vorschlag lag, dass sie halbnackt vor ihm herumlaufen sollte, wusste sie nicht.

* * *

Cody atmete ein und eine Wolke von Melissas Erregung stieg ihm in die Nase. Im Nu veränderte sich sein Blickwinkel und die Bestie in ihm raste an die Oberfläche.

Was zum Henker?

Er blinzelte, gab sie frei und trat zurück, weg von ihrem sexy kleinen Körper. Ja, sie war heiß – so viele weiche Kurven und glatte Haut mit einem hübschen Gesicht – doch ihr Charakter ließ zu wünschen übrig. Sie war eindeutig hochnäsig. Und *menschlich*. Das an sich sollte abtörnend genug sein, nicht dass er etwas gegen gelegentlichen Sex mit einem Menschenweibchen hatte. Es war nur so, dass er eher auf taffe Frauen stand – egal, ob sie nun Wölfinnen oder Menschenweibchen waren. Die Sorte, die es gerne grob mochte und die Regeln verstand – dass er sich auf keine Beziehungen einließ oder Versprechen gab. Der Sex war willkürlich, zu ihrem gegenseitigen Vergnügen und ohne Verpflichtungen.

„Ich kann keine billigen, schlechtsitzenden Kleider tragen, um Häuser zu präsentieren."

Immobilienmaklerin. War ja klar. Er hätte ihren Beruf

von Anfang an erraten sollen. Er hatte genug Erfahrung mit Maklern. Sie waren alle miteinander blutdurstige Haie.

„Du wirst keine Häuser zeigen. Als ich sagte, dass du hierbleiben wirst, meinte ich *in diesem Haus* und zwar *die ganze Zeit*. Wenn du denkst, dass Junior Rabago nicht an deinem Arbeitsplatz auf dich warten wird, bist du nicht so klug, wie du aussiehst, Schätzchen."

Empörung verzerrte ihr hübsches Gesicht. „Cody, ich muss Häuser vorführen. Ich werde nicht ins Büro gehen, aber ..."

„*Nein*." Er sprach mit so harter und furchteinflößender Stimme, wie er konnte. Allerdings machte es nicht den Anschein, als würde diese Frau auf seine Alphadominanz reagieren. Was eine weitere Quelle der Verärgerung war. Zum vierzigsten Mal biss er sich in den Arsch, dass er Ben Stone ein Versprechen gegeben hatte.

Doch nein. Selbst als er sich vorstellte, ihr kleines Drama hinter sich zu lassen, wusste er, dass er diese Frau mit seinem Leben beschützen würde, Versprechen hin oder her, und obwohl er sie unerträglich fand. Sie verdiente die Probleme nicht, die ihr angehängt wurden. Außerdem war etwas Magnetisches zwischen ihnen – eine Chemie, die höchst ungewöhnlich zwischen einem Gestaltwandler und einem Menschen war. Er brannte darauf, das zu erkunden.

Sie reckte das Kinn und ihre großen blauen Augen forderten ihn heraus. „Wie wirst du mich aufhalten?" Sie klang ein wenig atemlos, was Lust geradewegs zu seinem Schwanz sandte. Erneut fing er eine Wolke ihrer Erregung auf und plötzlich war er sich sicher, dass sie eine Vermutung hatte, wie er sie stoppen würde, und eine Kostprobe davon wollte. Vielleicht gab es *eine Art*, wie sie auf Alphadominanz reagierte. Die beste Art, seiner Meinung nach.

„Mir schwebt so etwas vor." Er senkte seine Hände auf

ihre Taille und drehte sie um. Anschließend hob er ihre kleinen, glatten Hände und legte sie eine nach der anderen an die Wand. Wie zuvor erwachte sein innerer Wolf, nur weil er ihre nackte Haut berührte. Er streichelte mit den Händen über ihre Arme zu ihren Schultern und genoss ihre weiche Haut. Dann ließ er sie ihre Seiten hinabgleiten, bis er ihre Hüften erreichte, woraufhin er eine Hand hob und sie hart auf ihren Hintern fallen ließ.

Ihr scharfes Einatmen brachte seinen Schwanz zum Pochen. „Ich denke, deine Schwester hat dich vor mir gewarnt", knurrte er ihr ins Ohr. Seine Stimme war tiefer und heiser als üblich.

Das alberne Mädchen wusste nicht, dass Wölfe ein exzellentes Gehör hatten. Auf die andere Seite des Zimmers zu gehen, verhinderte nicht, dass er jedes Wort ihres Gesprächs hörte.

Sie antwortete nicht, wirkte jedoch erstarrt. Sie schien aufmerksam zuzuhören und zu warten. Er bemerkte kein Anzeichen dafür, dass er sie eingeschüchtert hatte. Nein, er nahm lediglich Interesse wahr. Das hatte er auch schon gerochen, als sie telefoniert hatte. Gut, genau so wollte er es. Er würde sich wie ein Arschloch vorkommen, wenn er ihr ehrlich Angst gemacht hätte.

„Wenn du versuchst, dieses Haus zu verlassen, werde ich dir den Hintern versohlen, bis dieser perfekte Arsch rosa und deine süße, kleine Pussy tropfnass ist."

Ihre Wangen röteten sich. Ihr Ausatmen klang zittrig. Sie sah ihn nicht an, verharrte jedoch so, wie er sie positioniert hatte, und starrte die Wand an. Der berauschende Geruch ihrer Erregung verriet ihm, dass er bereits sein zweites Ziel erreicht hatte. Und verdammt, er hatte noch nie zuvor einen Menschen so sehr gewollt.

„Gib mir Bescheid, wenn du möchtest, dass ich mich

um dieses Ziehen zwischen deinen Beinen kümmere“, raunte er, dann trat er zurück. Seine Stimme klang rau und tief. „Ich ficke die Prinzessin gerne aus dir raus.“

Das hätte er nicht sagen sollen. Nicht, wenn er sie gerade erst dazu gebracht hatte, sich für ihn zu erwärmen.

Sie richtete sich auf, riss die Hände von der Wand und wirbelte mit roten Wangen zu ihm herum. „Nett. Wirklich nett.“ Sie hob das Kinn und marschierte schnurstracks zur Eingangstür.

„Tu das nicht“, warnte er.

Sie warf einen letzten Blick über ihre Schulter und riss die Tür weit auf. Sobald sie einen Fuß nach draußen gesetzt hatte, rannte sie los.

Sein innerer Wolf übernahm die Kontrolle. Bevor er sich zügeln konnte, spurtete er ihr hinterher. Sein Blickwinkel vergrößerte sich und die Freude der Jagd breitete sich in ihm aus. Nein, die Freude der Paarung. Wie der Blitz war er bei ihr, das Tier in ihm brannte darauf, sie zu …

Konnte das sein?

Markieren.

Sein innerer Wolf wollte sich mit ihr paaren – dauerhaft.

Er fing sie ein und trug sie zurück ins Haus. Ihr Geruch drang in seine Nasenflügel und machte es unmöglich für ihn, die Kontrolle zu behalten. Sein Körper gehorchte nicht dem Befehl seines Gehirns, sie abzusetzen. Sie war seine Wölfin und er musste sie beanspruchen, sie zur Seinen machen und seinen Geruch für immer in ihr einbetten. Während ein Arm um ihre Taille lag, wanderte seine freie Hand unter ihren Rock zu ihrer Mitte. Seine Lippen legten sich auf ihren Hals. Ohne Erlaubnis von seinem Gehirn massierten seine Finger ihren Kitzler durch ihr Spitzenhöschen hindurch.

„Cody!", würgte sie seinen Namen hervor und der Schock in ihrer Stimme brachte ihn wieder zu Sinnen.

„Fuck." Er ließ sie los, als stünde sie in Flammen, und wich zurück. „Meine Fresse, es tut mir leid."

Sie wirbelte herum und ihre Augen weiteten sich wegen dem, was sie sah. Seine Iriden mussten eisblau sein und seinen Wolf zeigen. Fuck, waren seine Zähne ebenfalls ausgefahren?

Das ergab keinen Sinn. Warum wollte er einen Menschen markieren?

Er schüttelte den Kopf und versuchte, sein menschliches Selbst und seinen Verstand zurückzugewinnen.

Er hielt kapitulierend die Hände hoch. „Ich wollte nicht die Kontrolle verlieren. Das war ... unerwartet."

Als seine Sicht wieder normal wurde, fuhr er mit einer Hand über sein Gesicht und atmete mehrmals tief und beruhigend durch. Melissas Wangen waren gerötet und ihre harten Nippel zeichneten sich unter ihrem BH und Bluse ab.

Ihm fiel nichts ein, was er sagen konnte, abgesehen von dem Ersten, was ihm in den Sinn kam. „Du wärst um ein Haar ums Leben gevögelt worden."

Sie atmete zittrig aus.

Er berührte seine Zähne mit der Zungenspitze. Sie fühlten sich jetzt normal an, doch er wusste, dass er kurz davor gewesen war, sie zu markieren. Das süße Sekret, das er in ihrer Haut eingebettet hätte, sammelte sich in seinem Mund.

Er funkelte sie finster an, als wäre das alles ihre Schuld. „Renn nie vor einem erregten Wolf davon. Vor allem nicht vor einem Alpha. Das löst den Instinkt aus, ein Weibchen zu beanspruchen."

Sie blinzelte.

Klasse, jetzt gibst du auch noch dem Opfer die Schuld, Arschloch.

Verdammte Scheiße. Er hatte diese Situation gründlich vermasselt.

Du bist ein jämmerliches Exemplar eines Wolfs. Du wirst es niemals zu etwas bringen. Nur ein menschliches Weibchen würde sich jemals dazu herablassen, sich mit dir zu paaren. Die höhnische Vorhersage seines Vaters in der Nacht, in der er ihn mit sechzehn Jahren rausgeworfen hatte, klingelte ihm in den Ohren.

Er fuhr mit den Fingern durch seine Haare hindurch. Nicht einmal eine Menschenfrau würde sich auf ein Arschloch wie ihn einlassen. Trotz all der Jahre, in denen er versucht hatte, zu beweisen, dass er es auf seine Art zu etwas bringen konnte, war er noch immer so schlimm wie der wilde Teenagerwolf, den sein Vater nicht in seinem Rudel hatte haben wollen.

„Es tut mir leid, Melissa. Ich wollte mich dir nicht aufzwingen. Bist du okay?"

Ihr Kopf wackelte auf ihrem Hals und sie öffnete die Lippen, doch es kam kein Laut heraus. Er hasste es, sie so zu sehen. Er wollte, dass die hochnäsige, kleine Immobilienmaklerin zurückkehrte und ihn beleidigte. Vermutlich war es jedoch gut, dass sie schwieg. Er war sich nicht sicher, ob er sich zurückhalten könnte, wenn sie zu ihrem Rededuell zurückkehrten – in ihrer Nähe stand seine Lust ohnehin auf Messers Schneide.

Obwohl sein Gehirn wieder funktionierte, drängte sich sein Schwanz schmerzhaft gegen seine Jeans.

Er lief zu seiner Kommode und zog ein T-Shirt sowie eine Boxershorts heraus, die er in ihrer Nähe aufs Bett warf. „Fürs Erste kannst du die hier anziehen. Ich werde dir morgen früh Klamotten holen."

Sie antwortete nicht oder bewegte sich. Ihr Atem ging schnell in ihrer Brust und ihre beerenfarbigen Lippen teilten sich.

„Hast du Hunger?"

Er rechnete halb damit, dass sie ihm nicht antworten würde – er verdiente es, von ihr ignoriert zu werden nach dem, was er fast getan hätte, doch sie nickte sofort. Er versuchte, sich daran zu erinnern, was er noch im Haus hatte. Nicht viel. Er müsste auch Lebensmittel für sie einkaufen.

Sich um jemand anderen als ihn selbst zu kümmern, war ein vollkommen fremdes Konzept für ihn. Als Alpha würde er für jedes seiner Rudelmitglieder sein Leben geben. Das bedeutete jedoch nicht, dass er sich um ihre grundlegenden Bedürfnisse kümmern musste. Sie waren alle jung und taff wie er.

Doch der kleine Mensch? Sie brauchte mehr. Viel mehr. Während ein Teil von ihm gegen diese Verpflichtung aufbegehrte, brauchte es ein anderer Teil von ihm, dass er derjenige war, der sich um sie kümmerte. Als würde es kein anderer auf der Welt richtig tun.

Das machte allerdings keinen Sinn, da er keine Ahnung hatte, was dazu gehörte, ein Menschenweibchen zu beschützen und zu umsorgen.

Klasse, als wäre er nicht schon angespannt genug.

* * *

Melissa legte ihre Bluse ab und zog Codys Kleider mit zittrigen Fingern an.

Was war gerade geschehen?

Cody wäre beinahe über sie hergefallen. Doch sie wusste, dass Cody nicht vorhatte, ihr wehzutun. Er hatte sich halb verwandelt – die Zähne waren lang gewesen und seine Iriden himmelblau. Sie erinnerte sich daran, dass das Ben passiert war, bevor er Ashley markiert hatte, und er war am Boden zerstört gewesen wegen dem, was er getan hatte. Vielleicht mischten sich Menschen und Gestaltwandler deswegen nicht miteinander.

Was wäre passiert, wenn sie eine Wölfin wäre? Oder eine *richtige* Wölfin, denn sie und Ashley waren zu einem Viertel wölfisch. Sie hatten es nicht gewusst, doch ihr Großvater war ein Gestaltwandler gewesen. Nachdem Ben Ashley markiert und sie sich schneller als erwartet davon erholt hatte, hatten sie einen Roadtrip nach Wyoming unternommen, um ihre Oma Jane zu besuchen und das Familiengeheimnis zu lüften. Sie hatte nicht viel erzählt – die Erinnerung schien für sie schmerzhaft zu sein – aber sie hatte bestätigt, dass der Mann, den sie als ihren Opa kannten, nicht ihren Vater gezeugt hatte. Er war von einem Gestaltwandler gezeugt worden, dessen Rudel ihn gezwungen hatte, sie aufzugeben, weil sie ein Mensch gewesen war. Er hatte sie verlassen, bevor er gewusst hatte, dass sie schwanger war, und sie hatte nie den Versuch unternommen, es ihm zu erzählen.

Sie hatten Oma Jane von Ben erzählt, waren jedoch darin übereingekommen, Ashleys und Melissas Eltern im Dunkeln zu halten, außer es wurde zwingend notwendig, dass sie davon erfuhren.

Hätte eine richtige Wölfin Codys ‚Angriff' willkommen geheißen? Nein, die Situation hätte sich nie ergeben, denn sie hätte es besser gewusst und wäre nicht weggerannt.

Sie fuhr mit den Fingern durch ihre zerzausten Haare. Ehrlich gesagt, *hatte* sie ihn gewollt, bis sie die langen Zähne gesehen hatte. Sie hätte ihre Beine gespreizt und ihm erlaubt, seinen riesigen Schwanz – sie riet nur, doch aufgrund der großen Wölbung in seiner Jeans, musste es so sein – in ihre Mitte zu stoßen.

Was bedeuteten die Zähne? Er wollte sie doch sicherlich nicht markieren. Das würde bedeuten, dass er sich fürs Leben mit ihr paaren wollte, und Cody schien sie nicht einmal zu *mögen*, abgesehen von der sexuellen Anziehung zwischen ihnen.

Unbekümmert dessen, was das alles bedeutete, war eine Sache bestätigt worden – ihre Instinkte, dass dieser Bad Boy genauso viel Ärger bedeutete wie ihr letzter Freund, waren richtig gewesen. Sie musste Ruhe bewahren, ihre Beine überkreuzen und die Situation aussitzen. Bald würden Ben und Ashley zurück sein und sie könnte den Schutz des Silberwolfs verlassen und sich jemand vollkommen Normales – und Menschliches – suchen.

Diese Gedanken verpufften allerdings wie eine Rauchwolke. Mit jemand Normalem würde sie nie glücklich sein, oder?

Seufzend drückte sie die Schlafzimmertür auf, denn das Knurren in ihrem Magen wurde beharrlicher als ihr Verlangen, Cody aus dem Weg zu gehen.

Er stand am Herd und es gelang ihm irgendwie männlich und unfassbar sexy auszusehen, während er mit einem Pfannenwender etwas in einer Pfanne umdrehte. Seine breiten Schultern waren muskulös und sein Oberkörper verjüngte sich zu einer schmalen Taille, gefolgt von dem besten Po, den sie jemals an einem Mann gesehen hatte. Irgendetwas an diesen zerrissenen, abgetragenen Jeans war heiß.

Lecker. Einfach lecker.

Sie räusperte sich. „Was kochst du?"

Daran, dass er innehielt, bevor er sprach, erkannte sie, dass er die ganze Zeit gewusst hatte, dass sie dagestanden und ihn beobachtet hatte. Nun, natürlich hatte er es gewusst. Er verfügte wahrscheinlich über übersinnliche Wolfinstinkte. Sie fragte sich, welche anderen Gaben Wölfe besaßen abgesehen davon, dass sie aus dem Fenster im ersten Stock eines Hauses springen, eine siebenundfünfzig Kilogramm schwere, fallende Frau auffangen und ein Motorrad wie der 1970er Teufelskerl Evel Knievel fahren konnten.

„Grilled Cheese Sandwich.“

Sie schnaubte. „Das hätte ich mir denken können, Walmart-Junge.“ Es war ein Tiefschlag. In Wahrheit liebte sie Grilled Cheese Sandwiches, doch Cody hatte beschlossen, dass sie eine Diva war, weshalb sie sich dementsprechend verhalten wollte, nur um ihn zu ärgern. Es funktionierte.

Er wirbelte herum und zog die Brauen über seinen Augen zusammen. „Ich habe nicht versprochen, dich zu füttern“, warnte er und deutete mit dem Pfannenwender auf sie.

Sie grinste und schlenderte auf ihn zu, wobei sie so tat, als würde er nicht verdammt furchterregend aussehen. Auch wenn es eigenartig war, hatte sie fast jegliche Angst vor ihm verloren nach dem, was gerade zwischen ihnen geschehen war. Sie hatte seine Grenzen gesehen. „Wenn du mich am Leben halten willst, gehört Essen allerdings dazu, meinst du nicht?“

Seine Lippen pressten sich zu einem dünnen Strich zusammen. „Fordere dein Glück nicht heraus.“ Er drehte sich wieder zum Herd um und legte eines der Sandwiches neben eine ganze Tomate auf einen Teller. Er hielt den Teller in ihre Richtung, ohne sich zu ihr umzudrehen.

Sie nahm ihn und blickte auf die Tomate hinab, wobei sie sich fragte, wie zur Hölle sie die essen sollte. Außerdem gab es keinen Platz zum Essen. Sie hatte es zuvor nicht bemerkt, doch er hatte weder einen Tisch noch Stühle. Die Augen verdrehend lief sie zum Sofa und ließ sich auf dieses fallen. Kein Wunder, dass es dreckig wirkte. Vermutlich aß er all seine Mahlzeiten hier.

Einen Augenblick später schloss er sich ihr an und setzte sich ihr gegenüber in den Sessel. Auf seinem Teller stapelten sich vier Grilled Cheese Sandwiches und zwei Tomaten.

Weil sie ihn gerne ärgerte, nahm sie die Tomate. „Wie genau soll ich die essen?"

Das Zucken an seinem Kiefer setzte wieder ein. „Mir ist egal, wie du sie isst oder ob du sie isst, Prinzessin. Tatsächlich sollte ich vielleicht dir das Kochen überlassen, während du hier bist." Seine Augen huschten zur Seite und sie bemerkte das neckische Funkeln in ihnen. „Ich könnte eine Haushälterin gebrauchen, die hier wohnt."

Dieser Gedanke sollte sie nicht antörnen. Vor allem nicht, nachdem sie mit Jeremy zusammengelebt hatte, der im Haus rein gar nichts getan hatte. Es musste an der schelmischen Art und Weise liegen, mit der Cody sie betrachtete, dass ihr Herz aussetzte und ihr Körper heiß wurde. Sie stellte sich vor, dass sie ein knappes Dienstmädchenkostüm trug und herumrannte, um ihn zu bedienen, weil ihr sonst ein Spanking drohte. Er wartete unterdessen, die kräftigen Arme vor der Brust verschränkt.

Hör auf damit. Hör einfach auf. Dieser Kerl war nur ein weiterer Mr. Wrong. Definitiv nicht der richtige Mann für sie.

Um ihm diesen Kommentar zu vergelten, hielt sie seinen Blick, nahm die Tomate in die Hand und biss hinein, als wäre sie ein Apfel. Saft und Samen tropften über ihr Kinn, doch sie machte keine Anstalten, sie wegzuwischen.

Cody starrte ihren Mund an und sein Gesicht nahm einen begierigen Ausdruck an.

Sie zuckte zusammen und ihr Puls raste, als er auf die Füße sprang und zu ihr marschierte.

„Was machst du nur mit mir?", wollte er mit seiner kehligen Stimme wissen.

Sie erstarrte, die Tomate noch in den Fingern vor ihrem Mund, während der Saft über ihren Arm rann. Sie wusste nicht, was er meinte.

Er nahm ihr die Tomate aus der Hand und dann war sein Mund auf ihrem. Seine Zunge leckte die Säfte auf, bevor sich seine Lippen in einem brutalen Kuss auf ihre senkten.

Sie keuchte.

Er legte eine Hand in ihren Nacken und zerrte sie auf die Beine. Ihr Körper wurde an seinen gepresst und er eroberte ihren Mund immer wieder.

Ihre Nippel, die unter dem übergroßen T-Shirt entblößt waren, zogen sich zusammen und richteten sich auf, während die weiche Baumwolle über sie rieb.

Als er sich von ihr löste, starrte er wie ein besessener Mann auf sie hinab. „Bist du dir wirklich sicher, dass du dieses Spiel mit mir spielen möchtest?"

Benommen vor Verlangen wäre sie vermutlich vornübergefallen, wenn er sie nicht fest an seinen harten Körper gedrückt hätte.

Sie erwog, sich unschuldig zu geben und zu fragen „welches Spiel?", doch darüber schienen sie hinaus zu sein. Cody hatte sie gewarnt – beinahe alles, was sie tat und was als sexuell ausgelegt werden könnte, würde sie in Gefahr bringen, von ihm gefickt zu werden. Und sie würde darauf wetten, dass er hart und grob fickte, entsprechend seiner Manieren.

Sie starrte sein stoppeliges Kinn an und schaffte es nicht ganz, ihre Augen zu seinem Gesicht zu heben.

Der idiotische Teil von ihr wollte die weiße Flagge schwenken und sich ergeben. *Nimm mich!*, schrie er, was zu der erbärmlichen Frau passte, die sie war und die sich viel zu schnell an einen Mann band.

Das wird nicht passieren.

Sie legte ihre Hände auf seine durchtrainierte Brust und drückte.

Er wich zurück, allerdings erst nach einem kurzen Zögern, als wollte er ihr zeigen, dass ihr schwaches Drücken für einen Mann – Wolf –, der so stark war wie er, nichts bedeutete. Seine Augen bohrten sich in sie, als würde sie nackt dastehen.

Er hob die tropfende Tomate an ihre Lippen und bot ihr noch einen Bissen an.

Nach seiner Warnung hätte sie es besser wissen sollen, doch sie versenkte ihre Zähne in dem weichen Fleisch der Tomate und schloss die Augen, als der Geschmack in ihrem Mund explodierte, der wegen ihres faszinierten Beobachters noch kräftiger war.

Er strich mit dem Daumen über ihre Unterlippe und schob Tomatensamen in ihren Mund. „Du wirst hier nicht lange durchhalten."

„Was meinst du damit?" Ihre Stimme bebte nur ein bisschen. Sie leckte sich den Saft von der Unterlippe und vermisste es bereits, an seinen Körper gedrückt zu werden. Trotz des schlechtsitzenden Outfits aus T-Shirt und Boxershorts hatte sie sich noch nie in ihrem Leben so begehrt gefühlt. Cody erweckte jede Zelle in ihrem Körper zum Leben und sorgte dafür, dass sie wachsam war und sich nach seiner Berührung sehnte.

Er packte ihre Hüften und seine Finger bohrten sich

fest in ihr Fleisch. „Ich brenne schon darauf, meinen Schwanz tief in dir zu vergraben und mich in dich zu hämmern, bis du meinen Namen schreist."

Ihr Mund klappte auf. Sie sollte schockiert von seinen vulgären Worten sein. Anscheinend war Dirty Talk jedoch ihr Ding, denn die Flammen des Verlangens brannten noch heißer. Ihre Brüste schmerzten, waren geschwollen und sehnten sich nach seiner Berührung. Ihr Kitzler pochte im Rhythmus mit ihrem Herzen.

„I-ich kann nicht", gelang es ihr irgendwie, zu stammeln.

Was sie eigentlich meinte, war, dass sie es konnte. Im Handumdrehen. Doch das wäre etwas, was ihr altes Selbst tun würde, und sie bemühte sich sehr darum, nicht mehr der Versagerzwilling zu sein und ausnahmsweise einmal in ihrem Leben etwas richtig zu machen.

Er ließ sie los und trat einen Schritt zurück. Begehren brannte noch in seinem Blick, vor ihren Augen setzte er jedoch eine zornige Miene auf. „Dann halte dich von mir fern, Prinzessin, oder du wirst dich in einer kompromittierenden Situation wiederfinden."

Kapitel Drei

„Ich werde duschen gehen", knurrte Cody und stolzierte von dem verführerischen kleinen Menschen weg. *Eine kalte Dusche.* Grundgütiger, was war das nur an ihr?

Er schloss die Badezimmertür mit einem lauten Klicken hinter sich und zog seine Arbeitskleidung aus. Ben Stone hatte sein Leben mit seinem kleinen Alpha-zu-Alpha-Gefallen gewaltig durcheinandergewürfelt. Er hoffte wirklich, dass es das wert war. Das kalte Wasser strömte aus dem Duschkopf, als er in die Dusche stieg und das Wasser auf seinen Körper prasseln ließ, bis die innere Hitze zu verblassen begann. Er schloss die Augen und rieb mit einer nassen Hand über sein Gesicht in dem Versuch, das Bild zu löschen, wie sie aussah, als der Tomatensaft über ihr Kinn lief.

Das hätte nicht so erotisch sein sollen. Doch an diesem Weibchen war etwas Einzigartiges, das sie von anderen Menschen unterschied. Vielleicht hatte sich Ben Stone deswegen in ihre Schwester verliebt. Dass der mächtige Anführer des Denver-Rudels – der Milliarden schwere

CEO einer Spielefirma, der sicherlich jede Wölfin in der Welt haben könnte – einen Menschen gewählt hatte, wollte etwas heißen.

Er blickte auf seinen Schwanz hinab, der noch immer halbsteif war. Er sollte sich besser darum kümmern, bevor er noch einmal in die Nähe dieses Menschen ging, ansonsten hätten sie ein Problem.

Seinen Schwanz mit der Hand umschließend, platzierte er die andere an den Fliesen, schloss die Augen und ließ zu, dass Melissa seine Gedanken einnahm. Bilder blitzten vor seinen Augen auf – der weiße Schenkel, als ihr Rock auf dem Motorrad nach oben gerutscht war; wie perfekt ihre Arme um seine Taille gepasst hatten; ihr Geruch, der trotz ihrer Menschlichkeit berauschend war.

Er pumpte seinen schmerzenden Schwanz und ließ die nächsten Bilder durch sein Gehirn blitzen. Die Feuchtigkeit ihres rosa Spitzenhöschens, als er ihren Kitzler massiert hatte. Das Aufblitzen ihrer Pussy, nachdem er es ihr ausgezogen hatte. Sie war rasiert gewesen – für wen? Dieses Arschloch von einem Ex-Freund? Bei dem Gedanken mahlte er mit den Backenzähnen und seine Finger krümmten sich an der Fliesenwand zu einer Faust.

Er ging dazu über, den Moment in seinem Kopf abzuspielen, in dem er sie aufs Bett geworfen hatte und sie auf allen vieren gewesen war. Er stellte sich vor, wie es gewesen wäre, wenn sie ihn willkommen geheißen hätte – der Blick, den sie ihm über ihre Schulter zugeworfen hätte. Eine Wölfin hätte ihre Zähne gebleckt und sich vorne aufs Bett gesenkt, um ihm ihren Hintern anzubieten.

Ja ... fuck, ja. Er verspritzte sein Sperma an der Fliesenwand und seine Augen rollten vor Wonne in seinen Kopf. Indem er sich wieder unter den Wasserstrahl drehte, spülte er sich ab und bemerkte, dass sein Schwanz trotz des Höhepunktes noch hoffnungsvoll war.

Das wird nicht passieren, Kumpel. Krieg dich wieder ein.

* * *

Mellisa holte mehrmals tief Luft, um sich von der Intensität von Codys Präsenz zu erholen. Sein Handy vibrierte auf dem Tisch und sie warf einen Blick darauf. Rief Jeremy zurück? Sein Wohlbefinden sollte ihr egal sein, aber sie konnte einfach nicht anders. Sie nahm das Handy in die Hand, doch der Anrufer wurde als ‚Ed Smith' angezeigt. Es musste einer von Codys Bekannten sein.

Sie würde wirklich gerne Ashley anrufen und sich noch ein wenig länger mit ihr über dieses Wolfszeug unterhalten, doch ihr Handy war in ihrem Häuschen. Genauso wie ihr Laptop.

Falls Cody es ernst damit meinte, dass sie sein Haus nicht verlassen durfte, würde sie beides brauchen, ansonsten würde ihr Geschäft herbe Einbußen erleben, was sie sich nicht leisten konnte.

Ihr Blick wanderte erneut zu seinem Handy. Sie fragte sich, wie lange er duschte. Sie könnte sich ein Uber rufen und zu ihrem Haus fahren. Wenn es so aussah, als wären die Typen noch dort, würde sie den Fahrer einfach bitten, sie hierher zurückzufahren. Doch falls es leer aussah, könnte sie reinrennen und wenigstens eine Übernachtungstasche mit den wichtigsten Dingen packen. Auch wenn sie es liebte, Codys Shirt zu tragen, brauchte sie richtige Klamotten. Und ihre Zahnbürste und Makeup und – ja – ihr Handy und ihren Laptop, verdammt!

Sie lud die Uber-App auf Codys Handy und loggte sich

in ihr Konto ein, in dem ihre Rechnungsinformationen bereits gespeichert waren. Rasch gab sie seine Adresse ein, die sie erhielt, indem sie den Kopf aus der Tür streckte und einen Blick auf das Straßenschild sowie die Zahlen am Haus warf. Es war eine anständige Nachbarschaft, wurde ihr bewusst. Sein Haus war unter Umständen doppelt so viel wert, wie sie ursprünglich geschätzt hatte. Was komisch war. Wer kaufte sich ein Haus im Old North End und verwandelte es in eine Werkstatt?

Ja! Ein Uber hatte den Auftrag bestätigt und würde in fünf Minuten kommen. Das könnte funktionieren. Sie könnte gehen, bevor Cody aus dem Bad kam. Natürlich würde der Teufel los sein, wenn sie zurückkehrte, doch sie freute sich beinahe darauf, so verrückt das auch sein mochte.

Eine Bestrafung von einem sexy, gefährlichen Wolf? Das war definitiv etwas, was sie mindestens einmal in ihrem Leben erleben wollte. Sie war schon immer der waghalsigere Zwilling gewesen, wie Ashley so gerne bemerkte.

Als sie hörte, dass das Auto vorfuhr, schlüpfte sie nach draußen. Ihr Outfit war lächerlich, allerdings war ihr egal, was der Fahrer über sie dachte – das hier war ein Notfall.

Sie sprang ins Auto und der Kerl fuhr zu ihrem Haus davon, das ungefähr fünfzehn Minuten entfernt war.

Die Fahrt war jedoch ein Reinfall. Licht erhellte das Haus und sie konnte das Flackern des Fernsehers sehen sowie die dunklen Silhouetten der Köpfe zweier Männer, die auf dem Sofa saßen.

Verdammt.

„Ich möchte doch nicht hier anhalten", sagte sie hastig zu dem Fahrer, als er Anstalten machte, zu parken. „Bringen Sie mich zu der Adresse zurück, an der Sie mich abgeholt haben."

Er schaute sie im Rückspiegel finster an. „Das haben Sie aber nicht so bestellt."

„Ich weiß. Ich werde die zusätzliche Fahrt sofort buchen", versprach sie und drückte auf dem Handy herum. Ihre Finger sausten über das Display, während sie ihr Versprechen einlöste.

Der Fahrer murrte, fuhr sie jedoch zurück.

Ihr sank der Magen, noch bevor das Auto vor Codys Haus parkte. Ein riesiger – im Ernst, ein gigantischer – silberner Wolf schnupperte an dem Gras vor der Eingangstreppe. Er hob den Kopf und eisblaue Augen starrten sie an.

„Oh, mein Gott, ist das ein Wolf?", fragte der Fahrer. „Schließen Sie die Tür!"

„Nein, das ist mein Hund. Es ist okay. Nur ein großer Husky. Ich weiß nicht, wie er rausgekommen ist. Danke, ich werde das Trinkgeld mit meiner Karte bezahlen. Ich weiß Ihre Hilfe zu schätzen!" Sie knallte die Tür zu, bevor er den Wolf noch einmal erwähnen konnte.

Dann schluckte sie und zwang ihre Füße, sich in die Richtung der Eingangstür zu bewegen – und zu dem riesigen Wolf.

Ein leises Knurren drang aus der Kehle des Wolfs und sie blieb wie angewurzelt stehen. War das Cody? Was, wenn es ein anderer, feindlicher Wolf war?

Der Wolf verengte die Augen zu Schlitzen und setzte sich, als würde er auf sie warten. Okay, ein wütender Wolf. Definitiv Cody.

„Hi, Wolf. Silver. Braver Junger." Ihre Stimme bebte nur leicht. Sie drehte den Türgriff der Eingangstür. In dem Moment, in dem sie weit aufschwang, drängte er sich vor ihr hindurch.

Er war kein Gentleman, oder? Es war vermutlich ein Dominanz-Ding. Der Alpha geht als Erster rein oder so eine Regel. Sie meinte, sie würde sich an so etwas von Cesar Milans Hundesendung erinnern. Nicht, dass sie Gestaltwandler mit Hunden verglich.

Sie folgte ihm ins Haus und schloss die Tür hinter sich. Er verwandelte sich vor ihren Augen und nahm die aufrechte Gestalt eines Menschen an. Sein atemberaubender männlicher Körper war splitterfasernackt und sein Schwanz stand in einem perfekten neunzig Grad Winkel ab.

Ihr stockte der Atem. Whoa.

Verdammt.

Wie sie vermutet hatte, bestand sein ganzer Körper aus harten Muskeln. Mindestens ein Dutzend Tattoos bedeckten seinen Körper. Ihr Mund klappte auf.

Doch sie hatte einen wütenden Wolf vor sich. Cody strahlte aus jeder Pore Wut aus. Seine Augen hatten sich noch nicht wieder zu grau verändert und der kalte, blaue Blick war eisig. Im Moment wollte er definitiv keinen Sex.

„Wo zur Hölle bist du hingegangen?"

Sie zuckte zusammen. „Ich habe ein Uber zu meinem Haus genommen, um nachzuschauen, ob sie fort sind. Ich wollte mein Handy und meinen Laptop holen. Die Typen waren noch immer dort, weshalb ich dort nicht angehalten habe." Die Worte purzelten hastig aus ihrem Mund, als hoffte sie, all seine Fragen auf einmal zu beantworten.

Er machte ein finsteres Gesicht und marschierte zum Schlafzimmer, vermutlich um sich etwas anzuziehen. Einen Augenblick später kehrte er in einer Jeans zurück. Sein Oberkörper war abgesehen von den Tattoos nach wie vor wunderbar nackt. Sie bewunderte die Tattoos auf seinem gewölbten Bizeps – es war ein wunderschönes Design oder Muster wie Kornkreise oder uralte Symbole. Sie fragte sich, was sie bedeuteten.

„Was habe ich gesagt, würde passieren, wenn du gehst?"

Sie errötete, als ihr seine deutlichen Worte wieder einfielen. *Ich werde dir den Hintern versohlen, bis dieser perfekte Arsch rosa und deine süße, kleine Pussy tropfnass ist.*

Sie konnte sich nicht entscheiden, ob sie hoffte, dass er seine Drohung wahrmachen würde oder nicht. Sie kaute auf ihrer Lippe herum. „Es tut mir leid, aber ich kann nicht tagelang ohne mein Handy und Computer hier drinbleiben. Ich habe Kunden und einen Boss, mit dem ich kommunizieren muss. Ich kann viel online machen – womöglich verliere ich nicht einmal Kundschaft."

Seine Nasenflügel blähten sich und er atmete tief ein, als wollte er sich beruhigen. „Deine Karriere wird nichts bedeuten, wenn du tot bist. Und ich habe das Versprechen eines Alphas gegeben, dich zu schützen. Das bedeutet, dass deine Entscheidung mein Leben ebenfalls ernsthaft vermasselt hätte, wenn du erwischt worden wärst."

Er starrte sie lange Zeit mit unleserlicher Miene an. Sie erkannte, dass seine Augen wieder ihre normale Farbe angenommen hatten, ohne dass sie es bemerkt hatte. Dann streckte er seine Hand aus, als wollte er ihre Hand halten. „Komm her, Prinzessin. Es ist Zeit für deine Bestrafung."

* * *

Er führte Melissa zur Seite des Sofas, drückte ihren Oberkörper über die Armlehne und versetzte ihrem Hintern einen Schlag. Sie atmete scharf ein, hielt jedoch ihre Position, als würde es sie interessieren, wohin das Ganze führte.

Er schlug erneut auf ihren Hintern. Er wollte ihr nicht

wehtun – nicht auf eine Weise, die nicht sexuell war und sich nicht gut anfühlte. Einen Moment lang gab er der Vorstellung nach, dass Melissa seine Gefährtin war. Er würde sich eines dieser felligen, gepolsterten Paddles kaufen und ihr Spankings verpassen, die niemals wehtaten, jedoch seine Dominanz symbolisierten.

Er rieb mit kreisförmigen Bewegungen über ihren niedlichen Po, dann versetzte er ihm zwei weitere Hiebe. Wie weit würde sie ihn gehen lassen?

Er schälte seine Boxershorts über ihren herzförmigen Hintern. Sie waren viel zu groß für ihn und sie hatte den Hosenbund mehrere Male umgeschlagen. Irgendwie hatte sie es geschafft, dass die Boxershorts sexy und niedlich aussahen. Dass sie in diesem Outfit – und allein mit einem Uber-Fahrer – weggegangen war, veranlasste ihn dazu, mit den Zähnen zu knirschen. Er wollte den Fahrer umbringen, weil er sie so gesehen hatte.

Er packte ihre Handgelenke und drehte sie hinter ihren Rücken, wo er sie mit einer Hand fixierte, während er die Boxershorts mit der anderen nach unten zog.

Sein Schwanz erwachte beim Anblick ihres nackten Hinterteils brüllend zum Leben und war bereit, zwischen diese hübschen Schenkel zu sinken und nie aufzuhören, sich zu bewegen. Er hob seine Hand und ließ sie fallen. Sie landete mit einem Knall auf ihrer rechten Pobacke.

Sie zuckte zusammen, gab jedoch keinen Laut von sich.

Er wiederholte die Tat auf der linken Seite.

„Wenn ich dir sage, dass du hierbleiben sollst, dann bleibst du hier", knurrte er und verstärkte die Intensität der Hiebe.

„*Böses. Mädchen.*" Er schlug sie noch etwas härter.

Sie stöhnte, als würde es sie antörnen, böses Mädchen

genannt zu werden. Nun, *zur Hölle ja.* Sie konnte jederzeit sein böses Mädchen sein.

Er saugte den süßen Geruch ihrer Erregung tief in sich auf.

Sein Herz schlug doppelt so schnell, als ihm bewusst wurde, dass seine Vorhersage eingetroffen war.

Ihre Pussy war wirklich tropfnass für ihn.

„Es tut mir leid. Ich werde es nicht noch einmal tun."

Er stoppte seine Schläge, massierte ihre Pobacken und bewunderte, wie weich ihre Haut war. Er liebte es, seine Handabdrücke auf ihrem hübschen Po zu sehen. „Was wirst du nicht noch einmal tun?"

„Ich werde nicht gehen. Ich werde brav sein."

Ihm gefiel die Vorstellung, dass sie sein braves Mädchen war, noch viel besser.

Fuck. Er musste aufhören, sich so zwanghaft mit diesem hübschen Menschen zu beschäftigen.

Doch er konnte nicht aufhören, ihren Hintern zu kneten und ihr perfektes Fleisch zu drücken. Er entließ sie nicht aus der einschränkenden Position, in die er sie gebracht hatte. Er atmete tief ein in dem Bemühen, die Bestie zurückzuhalten, die ihn anbrüllte, sie auf den Boden zu werfen und auf die erniedrigendste Art zu besteigen.

„Spreiz die Schenkel, wenn du willst, dass ich mich um das Ziehen zwischen deinen Beinen kümmere." Seine Stimme klang heiser.

Sie erstarrte, nur ihr Rücken hob und senkte sich im Takt mit ihrem Atem. Ihr hübsches Gesicht war vor seinen Blicken verborgen und in die Kissen gedrückt.

Verdammt ...

Natürlich würde sie sich ihm nicht anbieten. Was dachte er sich nur dabei? Er hatte sie gerade gedemütigt. Sie würde vermutlich nie wieder mit ihm sprechen.

Zu seinem Schock schoben sich ihre Füße Stück für Stück auseinander.

Er rührte sich nicht und konnte seinen Augen nicht glauben.

Ihre Schenkel öffneten sich weiter und boten eine klare Sicht auf das rosa Herz ihrer Mitte, das feucht und prall war.

Ein lustvoller Schauder durchfuhr ihn. „Hübsches Mädchen", murmelte er und empfand so viel Ehrfurcht, wie in seiner Stimme mitschwang. Ohne ihre Handgelenke loszulassen, hob er seine Finger an ihre Mitte und strich sachte über ihre Spalte.

Die Art und Weise, wie sie sich an der Sofalehne rieb, sorgte beinahe dafür, dass er die Kontrolle verlor. Er verbiss sich einen Fluch und suchte ihren Kitzler. Dieser war bereits geschwollen und heiß unter seiner Fingerkuppe. Er ließ sie einmal, zweimal kreisen, dann schnipste und tippte er.

Ihr lustvoller Schrei veranlasste seine Hüften dazu, nach vorne zu rucken und sich ihren Bewegungen anzupassen. Er kreiste erneut mit dem Finger. Schnipste. Tippte.

„Cody ..."

Er liebte den Klang seines Namens von ihren Lippen viel zu sehr. Den Geruch ihrer Erregung liebte er noch mehr. Er konnte es nicht erwarten, von ihr zu kosten. Er konnte es nicht erwarten, zu hören, wie ihre Schreie klangen, wenn sie kam.

Er ließ seine Finger nach unten gleiten und suchte ihren einladenden Eingang. Sie glitten in ihre enge Hitze. Er drehte sie und neigte seinen Ellenbogen so, dass er die Vorderseite ihrer inneren Wand erreichte und ihren G-Punkt suchen konnte.

Sie kreischte und bäumte sich auf. Ihre Handgelenke

zogen in seiner Hand, ihre Beine spannten sich an und ihre versohlten Pobacken kniffen sich fest zusammen.

„Wirst du für mich kommen, Baby?" Seine Stimme klang nicht wie seine. Sie war um zwei Oktaven gesunken.

„Ja", stöhnte sie.

„Für wen wirst du kommen?" Er zog seine Finger aus ihr heraus und widmete sich wieder ihrem Kitzler, den er umkreiste und stimulierte.

Ihre Schenkel zitterten und sie bewegte unablässig die Hüften.

„Dich", keuchte sie.

Er schlug auf ihren Kitzler. „Sag *bitte*."

„Bitte! Oh, Gott, bitte, Cody."

„Das ist es, Baby, sag meinen Namen. Wer bringt dich zum Kommen?"

„Cody! Cody bringt mich zum Kommen."

Er tauchte seine Finger erneut in sie und kitzelte ihren G-Punkt.

Sie schrie. Ein weiteres Mal bog sie den Rücken durch und ihr ganzer Körper spannte sich zusammen mit ihren inneren Wänden an, die seine Finger drückten.

„Oh, mein Gott! Was hast du mit mir gemacht?", heulte sie, als ihr Körper weiterhin bebte und zuckte und ihr Orgasmus einfach nicht aufhörte.

Ihr Orgasmus war sogar noch spektakulärer, als er erwartet hatte. Wenn er nicht gewusst hätte, was für ein verdammtes Privileg es war, das sehen zu dürfen, hätte er womöglich die Kontrolle verloren. Er konnte es nach wie vor kaum ertragen, sie nicht zu beanspruchen. Und dennoch befürchtete er, dass er sie markieren würde, sollte er das tun. Sie hatte eine unleugbare Wirkung auf ihn.

Mit einem Wimmern kam Melissa schließlich von

ihrem Hoch runter. Sofort hob er sie in seine Arme und stand auf.

„Ich muss dich außer Reichweite bringen, Prinzessin", brummte er. „Bevor ich etwas tue, was ich nicht tun sollte." Er trug sie zu seinem Schlafzimmer, schlug die Decke zurück und legte sie auf die Matratze. Sie sah niedlich in seinem übergroßen T-Shirt aus und er musste sich sehr anstrengen, zu ignorieren, dass sie kein Höschen anhatte. Mit einer ruckartigen Bewegung bedeckte er diesen verlockenden Teil ihrer Anatomie mit der Bettdecke.

Er dachte, er sollte etwas sagen. Das Wort *Danke* war nicht unbedingt angebracht, da er nicht derjenige gewesen war, der gekommen war, wie sein schmerzender Schwanz bestätigen konnte. *Gute Nacht* hätte es wahrscheinlich zusammengefasst, aber seine Zunge funktionierte nicht – sie klebte an seinem Gaumen – weshalb er einfach im Hinausgehen das Licht ausschaltete.

Er würde auf dem Sofa schlafen. So weit weg wie möglich von diesem verführerischen kleinen Menschen.

* * *

Melissa lag so schlaff wie eine Stoffpuppe auf dem Bett. Ihr Po kribbelte. Lust durchströmte sie noch immer in Wellen, aber sie fühlte den Verlust von Codys Präsenz sehr.

Das war vermutlich das Heißeste, was sie jemals erlebt hatte. Er hatte sie verletzlich gemacht und anschließend dafür belohnt.

Aufgrund der großen Intimität der Erfahrung fühlte sie sich roh. Und die Art und Weise, wie sie sich ihm schamlos hingegeben hatte – nicht nur das, sie hatte ihn *angefleht*, sie zum Kommen zu bringen – weckte den Wunsch in ihr, sich in ein Loch zu verkriechen.

Sie blinzelte in der Dunkelheit, während die Emotionen des Tages sie einholten – von dem Schrecken darüber, sich im Schrank verstecken zu müssen, bis hin zu dem posttraumatischen Stress, der von ihrer Entführung vor einem Jahr hochgekommen war, bis zu dem Spanking und dem Sex. Wenn man es denn Sex nennen konnte. Ihrem Orgasmus. Er war nicht gekommen, was sie überrascht hatte. Sie hätte ihn nicht für die Sorte Mann gehalten, den die Lust seiner Partnerin interessierte. Ganz und gar nicht.

Sie wollte Ashley anrufen, nur um ihre Zwillingsschwester zu hören und über Cody und alles andere zu sprechen. Verdammt, wenn sie doch nur ihr Handy hätte!

Aus dem Nichts erstickte sie ein Schluchzen. Sie wusste nicht einmal, worum es dabei ging. Sie war nicht aufgebracht oder wütend. Doch die Emotionen des Tages prasselten alle auf einmal auf sie ein. Sie atmete tief ein und versuchte, das Schluchzen zu ersticken, aber je mehr sie das tat, desto schlimmer wurde es. Tränen rannen aus ihren Augen.

Oh verdammt.

Nun, wenigstens war sie nicht vor Cody zusammengebrochen.

Sie musste diesem Mistkerl nicht noch mehr Munition liefern. Allerdings passte *Mistkerl* nicht so recht. Kein Mistkerl hätte sich um ihre Bedürfnisse gekümmert, ohne seine eigenen zu befriedigen. Kein Mistkerl hätte sie ins Bett getragen und unter die Decke gesteckt, als wäre sie es wert, umsorgt zu werden.

Meine Güte, sie war so verwirrt.

Plötzlich schwang die Tür auf und Cody, der gefährlich aussah, marschierte herein.

Sie blinzelte und wischte sich schnell über die Wangen.

„Fuck, Melissa. Es tut mir leid. Habe ich dich zum Weinen gebracht?" Er setzte sich neben sie und griff nach ihr.

Sie wollte nicht, dass er sie weinen sah. Doch als sie sich erneut von ihm stieß, packte er ihre Handgelenke mit einer großen Hand und hob sie auf seinen Schoß.

Witzig, dass sie das sofort tröstete.

Er drückte ihre gefangenen Handgelenke an ihre Brust und strich die Tränen mit dem Daumen von ihrer Wange.

Sie atmete scharf ein.

„Ich bin ein Arschloch. Es tut mir leid." Er streichelte ihr über den Kopf, den Hals hinab und über ihre Schulter. Nicht auf sexuelle Art wie zuvor. Nein, er spendete ihr Trost. Offenbar seine Art von Trost.

Kuscheln. Sie kuschelte tatsächlich mit dem tätowierten Bad Boy, der Dirty Talk liebte, ihr gerade den Hintern versohlt und sie ins Bett gebracht hatte.

„Nein, das warst nicht du. Das war einfach alles. Das hier ist so peinlich."

„Tränen sind die Waffe einer Wölfin", murmelte er. „Der Geruch der Tränen einer Frau bringt ihren Gefährten entweder dazu, durchzudrehen, um sie zu beschützen, oder bändigt ihn, damit er sie trösten kann."

Sie dachte darüber nach und fragte sich, welche Wirkung die Tränen eines Menschenweibchens auf einen Wolf hatten. Ihre Gedanken konnten allerdings nicht mit der Erschöpfung des Tages mithalten. Sie sank in Codys Umarmung, lehnte sich nach hinten und ihr Kopf ruhte an seiner Schulter. Ihre Augen schlossen sich und vage Gedanken darüber, wie wütend sie auf diesen herrischen Gestaltwandler sein sollte, gingen ihr durch den Kopf, blieben jedoch nicht hängen. Nicht, wenn sie sich zum ersten Mal seit ihrer Entführung im letzten Jahr so warm und sicher fühlte. Möglicherweise zum ersten Mal seit Jahren.

Sie wachte in der gleichen Position auf, nach wie vor halb aufrecht an Codys Brust gekuschelt. In dem Moment, in dem sie sich regte, hob er seine Hand an ihren Kopf und streichelte erneut über ihre Haare. Oder vielleicht hatte er gar nie damit aufgehört. Sie blinzelte den beleuchteten Wecker auf dem Nachttisch an. Es war zwei Uhr. Es war Stunden her, seit sie eingeschlafen war.

Hatte sie überhaupt geschlafen? Oder hatte er sie einfach die ganze Zeit so in den Armen gehalten?

Da sie komplett horizontal liegen wollte, krabbelte sie aus seinen Armen aufs Bett und rollte sich zusammen, wobei ihr Kopf auf einem Kissen lag.

Cody drückte einen Kuss auf ihren Kopf, stand auf und verließ den Raum.

Dieses Mal spürte sie seinen Verlust noch stärker. Seine Wärme, sein Geruch, obwohl sie noch nie zuvor den Geruch eines Mannes bemerkt hatte. Seiner war besonders angenehm – wie Leder und Kiefern und kräftiger, hart arbeitender Mann.

Sie rief ihm fast hinterher – um ihm zu sagen, dass er das Bett mit ihr teilen konnte – doch die Vernunft setzte wieder ein. Das wäre eine schlechte Idee. Sie hatte sich bereits wie eine Närrin benommen, ihre Beine gespreizt und ihn um einen Orgasmus angefleht. Und er hatte sie dazu gebracht.

Sag meinen Namen. Wer bringt dich zum Kommen?

Sogar allein in der Dunkelheit errötete sie bei dieser Erinnerung. Wie hatte er sie zu dieser lüsternen, bettelnden Frau reduziert? Wie hatte er sie nur mit wenigen Bewegungen seiner Finger ihres Stolzes beraubt und sie an den Rand der Ekstase gebracht?

Ein Mann – Wolf – wie er hatte vermutlich mit hunderten von Frauen geschlafen, um diese Fähigkeiten zu meistern. Sie war froh, dass sie darum herumgekommen war, Sex mit ihm zu haben. Nie wieder. Nein, Danke. Ein Kerl wie dieser ... nun, sie war bereits halb an ihn verloren. Es machte ihr Angst, wie sehr sie sich zu ihm hingezogen fühlte. Sie musste drei Schritte zurückmachen und ihre Knie richtig fest zusammenpressen. Kein Sex, kein Flirten. Definitiv kein mitternächtliches Kuscheln mehr.

Cody war der Inbegriff der Sorte Bad Boy, auf die sie immer wieder hereinfiel, doch dieses Mal würde sie widerstehen.

Irgendwo dort draußen hätte ein netter Buchhalter oder Ingenieur vermutlich gerne eine aufstrebende Immobilienmaklerin-Freundin.

Irgendwo wollte sich ein netter, einfacher, langweiliger Typ aufs Sofa setzen, Händchen halten und sich abends *Mad Men* mit ihr anschauen.

Warum klang das so unglaublich schrecklich?

Kapitel Vier

Cody drückte seine Eingangstür leise auf und trug die Tüten vom Walmart herein. Das Haus wirkte ruhig und seine sensiblen Ohren bemerkten Melissas leises Atmen, das aus dem Schlafzimmer drang. Sie schlief noch. Er war froh – sie brauchte den Schlaf.

Er hatte in der ganzen Nacht weniger als eine Stunde geschlafen. Als er gestern Abend ihre Tränen im Schlafzimmer gerochen hatte, war er entsetzt gewesen. Wenn sie während des Spankings geflossen wären, wäre das schon schlimm gewesen. Dass sie jedoch geweint hatte, als er gedacht hatte, dass er die Spannungen zwischen ihnen gelockert hätte – oder zumindest ihre sexuelle Anspannung – hatte den Wunsch in ihm geweckt, seinen Kopf gegen einen Metallbalken zu rammen.

Er wusste nicht, wie man eine Frau tröstete – er hatte das noch nie in seinem Leben versucht, doch der Drang war überwältigend gewesen. Als sie ihn von sich geschoben und seine Furcht bestätigt hatte, dass sie ihm niemals vergeben würde, hatte er nicht einfach aufstehen und gehen können.

Seine Gefährtin war in Not. Er musste sich um sie kümmern.

So hatte es sich jedenfalls angefühlt. Er betrachtete Melissa allerdings nicht als seine Gefährtin. Nicht einmal annähernd. Sie war ein Mensch und nicht sein Typ. Sie verstanden sich nicht einmal miteinander.

Die Chemie zwischen ihnen, oder zumindest wie sehr er sich zu ihr hingezogen fühlte, war jedoch nicht von dieser Welt. Nachdem er sie getröstet hatte, war er nicht in der Lage gewesen, zu schlafen oder sich auszuruhen. Etwas an ihrer Nähe hatte sein Blut zum Singen gebracht. Sein Gehirn hatte sich im Kreis gedreht – weil er sich auf unerklärliche Weise so zu ihr hingezogen fühlte; wegen der Schwierigkeiten, in denen sie steckte; wie er ihr Vertrauen gewinnen könnte, damit sie auf seine Befehle hörte und er sie beschützen konnte.

Er fragte sich, was für ein Typ ihr Ex-Freund wohl war, und eine ganze Reihe gewalttätiger Gedanken gingen ihm durch den Kopf, weil der Kerl sie in diese Situation gebracht hatte.

Er stellte die Milch und andere Grundnahrungsmittel in den Kühlschrank. Da er festgestellt hatte, dass er keinen blassen Schimmer hatte, was Melissa gerne aß, hatte er im Supermarkt zunächst gestockt und schließlich alles in Sichtweite gekauft.

Hinter sich hörte er eine Bewegung im Schlafzimmer und dann die Klospülung. Die Tür öffnete sich und das leise Tapsen nackter Füße erklang hinter ihm.

Er verstaute weiterhin die Lebensmittel im Kühlschrank, um Zeit zu schinden, während er sich überlegte, was er sagen sollte.

Als sie auch nicht sprach, drehte er sich um und griff

nach einer der Tüten vom Walmart. „Hier sind ein paar Klamotten. Ich bin mir sicher, du wirst sie hassen."

Sie griff nach der Tüte. Irgendwie schaffte sie es mit zerzausten Haaren und vom Schlafen zerknitterten Wangen noch hübscher auszusehen. Seine Augen wanderten zu ihren Lippen, die geschwollen und so küssbar aussahen.

Er warf ihr eine zweite Tüte zu. „Da drin ist ein Wegwerf-Handy. Und ein Chromebook, damit du arbeiten kannst."

Ihr klappte die Kinnlade herunter. „Du hast mir ein Handy und einen Computer gekauft?"

„Nur ein Chromebook."

„Aber das kann ich mir nicht leisten", sagte sie sofort, bevor sie errötete, als wollte sie nicht, dass er das wusste. Ihre Worte überraschten ihn, obwohl er das anhand des Standortes ihres Hauses hätte erraten sollen. Sie benahm sich so hochnäsig, dass er angenommen hatte, sie hätte Geld. Doch nein, sie war ein Möchtegern-reiches-Mädchen, die Sorte, die all ihr Geld dafür ausgab, reich auszusehen, und die Kreditkartenschulden anhäufte, um den Schein zu wahren.

„Dein Schwager kann es sich leisten", erwiderte er barsch. Er wusste nicht, warum er ihr nicht verraten wollte, dass es für ihn nur Peanuts waren, er genug Geld hatte und es ihn nicht störte, ihr Dinge zu kaufen. Möglicherweise lag das daran, dass sie so arrogant in Bezug auf Walmart und sein Haus reagiert hatte. Als wäre sie zu gut für ihn.

Er wollte sie nicht mit Geld beeindrucken, denn sie war ein oberflächliches Mädchen, dem solche Dinge wichtig waren.

Seine Logik hatte einen Fehler, im Moment wollte er sich jedoch nicht damit beschäftigen.

Sie verdrehte die Augen, schnappte sich die Tüten und öffnete sie. Sie sah wieder auf. „Danke“, sagte sie widerwillig.

„Was fehlt?“ Er merkte, dass sie etwas sagen wollte, es sich allerdings verkniffen hatte.

„Makeup“, murmelte sie.

Er machte ein finsteres Gesicht. „Das brauchst du nicht.“

Ihre Augenbrauen senkten sich. „Egal. Du musst mich schließlich anschauen.“

Er lachte. „Was ich sehe, sieht prima aus, Baby. Mehr als prima.“

Ihre Wangen röteten sich, was ihre blauen Augen betonte. Ja, das Mädel brauchte kein bisschen Makeup.

„Ich habe einen Haufen Essen besorgt. Ich wusste nicht, was du gerne isst, aber du solltest etwas für dich finden. Ich muss arbeiten.“

Sie hob fragend eine Augenbraue. „Als was arbeitest du?“

Er zögerte. „Im Baugewerbe.“

„Mmmh.“ Sie sah angemessen unbeeindruckt aus, wie er es erwartet hatte. „Gibt es Kaffee?“

Verdammt, er hatte nicht an Kaffee gedacht. „Kein Kaffee“, grunzte er.

Sie starrte ihn überrascht an, als hätte er ihr ein Grundrecht verwehrt, wie Klopapier oder so etwas.

„Du wirst es aushalten müssen, Prinzessin.“ Er gab seine Nummer in ihr Handy ein. „Meine Nummer ist dort drin gespeichert. Ruf mich an, falls es Ärger gibt. Muss ich eine Wache vor dem Haus aufstellen, oder wirst du hierbleiben?“

Ihre Augen wurden schmal. „Ich werde hierbleiben.“

Er starrte sie einen Herzschlag lang im Alpha-Stil

nieder, da sie ein Mensch war, verstand sie das allerdings nicht. Ihre Augen senkten sich, auch wenn eine niedliche Röte in ihre Wangen zu kriechen begann.

Obwohl er wusste, dass es unklug war, ihr zu nahe zu kommen, konnte er sich nicht davon abhalten. Er marschierte durch den Raum, stützte eine Hand auf den Tisch vor ihr und brachte sein Gesicht vor ihres. „Wenn du einen Schritt aus diesem Haus machst, werde ich dir noch einmal den Hintern versohlen", warnte er mit leiser Stimme und zusammengezogenen Augenbrauen.

Ihre Augen weiteten sich, als würde ihr die Vorstellung gefallen. Nun, das war eine Sache, die sie gemeinsam hatten. Er atmete ihren Geruch ein, bevor er davonging, und lächelte, als er den wunderbaren Duft von Erregung wahrnahm.

Er ging nach draußen und rief Ben an, während er die wenigen Blöcke zu seinem aktuellen Hausprojekt lief. Er musste nur noch ein paar Zimmer streichen und dann um die Böden herum Zierleisten anbringen.

„Hier spricht Stone."

„Cody Steele. Möchte nur nachfragen, ob du etwas rausgefunden hast."

„Mein Rudelkollege Mark Ruhl arbeitet in Denver für die Drogenbehörde. Er kennt den Kerl Rabago, den du gesehen hast. Es geht das Gerücht um, dass jemand Rabago um eine große Lieferung nach Colorado Springs betrogen hat. Mark kommt runter, um Melissa zu befragen, hat allerdings schon eine Fahndung nach Jeremy rausgegeben, ihrem schwachköpfigen Exfreund. Meine Vermutung ist, dass Jeremy oder einer seiner Freunde hinter dem verpfuschten Deal stecken, weshalb Rabago denkt, dass Jeremy das Geld hat. Ich bin gewillt, die Summe zu bezahlen, damit Melissa nicht mehr aufs Korn genommen wird, aber wir brauchen einen Plan, wie wir ihn kontaktieren und das Angebot aussprechen können. Hast du irgendwelche Verbindungen zu dem Typen?"

„Keine." Seine Rudelkollegen waren keine Engel, doch er hatte den meisten dabei geholfen, halb-rechtschaffene Mitglieder der Gesellschaft zu werden. Er wüsste es, wenn einer von ihnen in etwas so Gewaltiges verstrickt wäre.

„Okay, ich werde weiter daran arbeiten. Sorge du einfach für Melissas Schutz und versuch, ihren Arschloch-Ex in die Finger zu kriegen."

Der Alpha in ihm empörte sich, weil ihm Stone Befehle erteilte, aber dann machten sich Zweifel in ihm breit, weil er sie allein im Haus gelassen hatte. Vielleicht hätte er eine Wache für sie abstellen sollen.

„Was machst du mit einer menschlichen Ehefrau, Stone?", platzte es aus ihm heraus.

„Fick dich."

„Nein, wirklich. Ich möchte es verstehen." Er klang unhöflich, konnte Ben Stone allerdings schlecht erklären, dass er dessen Schwägerin unfassbar verführerisch fand. Er musste einfach wissen, ob Ben das Gleiche für Melissas Schwester empfunden hatte. Hatte er sich von Anfang an mit ihr paaren wollen?

„Sie ist teilweise ein Wolf", knurrte Ben.

Cody blieb mitten auf der Einfahrt des Hauses stehen, an dem er arbeitete. „Das ist sie? Melissa auch?"

„Sie sind Zwillinge", antwortete Ben trocken und es machte ihn wütend, dass er das nicht wusste. Er wusste eigentlich gar nichts über sie und das ärgerte ihn ebenfalls. Er hatte jedoch nicht vor, dieses Gespräch mit Ben zu führen. Er würde Melissa fragen, um Himmels willen.

Er schloss die Tür auf und machte sich daran, das Haus zum Streichen vorzubereiten.

Das Wissen, dass sie teilweise ein Wolf war, veränderte alles. Es erklärte auch alles. Es war nichts mit ihm verkehrt – sie besaß Wolfsblut, das sein Lied sang. Es machte sie trotzdem nicht zu einer würdigen Gefährtin. Er brauchte eine Wölfin, die Welpen auf die Welt bringen konnte, keine Menschenbabys. Doch wenigstens verstand er jetzt, warum er sich zu ihr hingezogen fühlte.

Er breitete die Abdeckplane aus und schüttelte einen Farbeimer, während er sich fragte, ob er irgendetwas gekauft hatte, was sie gerne zum Frühstück aß. Das war dumm. Er schüttelte den Kopf, um ihn von Gedanken an sie zu klären. Was interessierte es ihn, ob sie mochte, was er gekauft hatte? Es war nicht so, als würde er sie umwerben.

Melissa machte ein Omelette zum Frühstück. Danach trank sie einen Obstsmoothie, da Cody frische Heidelbeeren, Himbeeren und Erdbeeren gekauft hatte. Es war schon lustig, sie hätte nicht gedacht, dass ein Kerl wie er frische Beeren kaufen würde. Er wirkte wie die Sorte Mann, die sich von Müsli aus der Packung und Dosenessen ernährte. Waren die Beeren für sie?

Sie wollte weder ihre Termine in dieser Woche absagen noch ihre Freiwilligenarbeit für Big Brothers Big Sisters, aber sie sah keine andere Möglichkeit. Mit dem Wegwerf-handy rief sie im Büro an und informierte sie darüber, dass sie von zu Hause aus arbeiten würde, weil sie Hals-schmerzen hatte. Gerade als sie ihr Frühstück beendet hatte, klingelte es erneut. Sie wusste nicht, ob sie rangehen sollte, doch dann erkannte sie die Nummer ihrer Schwester.

„Hey, wie geht's dir? Cody hat Ben deine neue Nummer geschickt."

Das war nett von ihm.

„Hast du die Wolfdominanz überlebt?"

Sie schnaubte. „Okay, zuerst einmal, du hast keine Witze gemacht. Er hat mir den Hintern versohlt!"

Ashley lachte. „Bist du okay? Hattest du ..."

„Was?"

„Hast du Sex mit ihm?"

Sie verschluckte sich an ihrem Kaffee und verspritzte ihn auf dem Küchentisch. Sie griff nach einer Serviette und tupfte die Spritzer auf. „Nicht wirklich." Ihre Stimme klang erstickt.

„Was ist passiert?" Nur ein Zwilling hatte null Grenzen und verlange jedes schmutzige Detail.

„Er, ähm, hat mich zum Orgasmus gebracht." Sie lachte.

„Super. War es gut?"

Warum errötete sie, wenn ihre Schwester nicht einmal ihr Gesicht sehen konnte?

„Es war gut." Das stimmte nicht. Es war spektakulär gewesen. Cody hatte mit seinen Fingern mehr getan, als irgendein Kerl jemals mit seinem Mund, Fingern oder besten Stück erreicht hatte. Der Orgasmus war explosiv gewesen.

„Nur gut? Was erzählst du mir nicht? Hast du die Dominanz gehasst? Bist du deswegen aufgebracht?", bohrte Ashley nach.

„Ich bin nicht aufgebracht. Was bringt dich auf den Gedanken, dass ich aufgebracht bin?"

„Das ist vielleicht nicht das richtige Wort, aber deine Stimme ist angespannt, als gäbe es etwas, was du nicht sagst."

„Es sind Typen hinter mir her, die versuchen, mich zu töten, und ich werde von einem Wolf mehr oder weniger gefangen gehalten, der mir den Hintern versohlt.

Außerdem kann ich mich weder mit meinen Kunden treffen noch Häuser zeigen, weshalb ich möglicherweise wichtige Geschäftsabschlüsse verpasse. Reicht das, damit meine Stimme angespannt klingt?"

„Es hat etwas mit Cody zu tun. Ich weiß es einfach."

Verdammt. Es war so schwer, Schwestern reinzulegen.

„Er ist heiß. Und mürrisch. Er geht mir auf die Nerven. Ich komme nicht dahinter, wie er tickt. In der einen Sekunde bin ich der Meinung, dass er ein selbstgefälliger Prolet ist, und in der nächsten tröstet er mich oder tut etwas Aufmerksames. Und dabei törnt er mich die ganze Zeit an und macht mir sexuelle Avancen, die mich stinksauer machen sollten, aber stattdessen dafür sorgen, dass mein Höschen klatschnass wird. Es ist alles einfach zu viel. Ich weiß nicht, was ich damit anfangen soll."

„Wow. Ich wünschte, ich hätte ihn kennengelernt. Ich weiß nicht, ob ich dir raten soll, dich von ihm fernzuhalten, oder nicht."

„Ich denke, ich sollte mein Höschen anlassen und meine Beine überkreuzen. Er hat die gleiche Wirkung auf mich wie Jeremy und du weißt ja, wie schief das ging."

„Argh. Ja, das weiß ich. Dann hast du vermutlich recht. Halt dich von ihm fern. Provoziere seine Dominanz nicht, denn sexy Abenteuer werden die Lage nur verkomplizieren."

„Ich bin zum gleichen Schluss gelangt."

„Ben arbeitet auf seiner Seite daran, die Situation mit diesem Arschloch zu klären, das hinter Jeremy her ist. Er wird ihn bezahlen oder sein Kumpel wird ihn verhaften. Egal, was sie am Ende tun, sie kümmern sich darum, okay?"

Melissa atmete aus und ließ einen Teil des Stresses ziehen, den sie mit sich herumgeschleppt hatte. „Danke, ich fühle mich ein bisschen besser. Es tut mir leid, wenn das deine Flitterwochen ruiniert."

„Nein, das ist in Ordnung. Ich bin am Strand, sonne mich und trinke einen Banana Daiquiri, aber falls du möchtest, dass wir zurückkommen, setzen wir uns in den nächsten Flieger nach Hause."

„Nein. Bitte, bleibt. Hey, Ash?"

„Ja?"

„Ich will nicht, dass Jeremy umgebracht wird. Könntest du das Ben und seinen Freunden sagen? Ich weiß, dass er ihnen scheißegal ist, und das ist seine Schuld und alles, aber ..."

„Was? Hast du noch immer das Gefühl, dass du ihm etwas schuldig bist, weil er dir das Leben gerettet hat?"

„Ja." Sie wusste, dass Ashley es verstehen würde.

„Okay, ich werde die Botschaft weitergeben. Pass auf dich auf."

„Du auch. Hab Spaß mit deinem Wolf."

„Das werde ich. *Hasta luego, hermana.*"

Melissa lachte über den schrecklichen Akzent. Das Spanisch ihrer Schwester war grottig. „Wir hören uns später. Hab dich lieb."

Sie legte lächelnd auf und klappte das Chromebook auf, das Cody ihr gekauft hatte. Es war überraschend leicht, alles einzurichten, und innerhalb kürzester Zeit hatte sie Zugriff auf ihre E-Mails und Hausangebote. Vielleicht wäre es doch nicht so schlecht, von Codys Haus aus zu arbeiten, solange sie all ihre Geschäfte über das Handy anstatt persönlich durchführen konnte.

Und im Schlafanzug zu arbeiten, war auch nicht so schlecht. Allerdings war sie bereit für eine Dusche. Sie stand auf, streckte sich, nahm sich die Tüte mit Klamotten, die Cody gekauft hatte, und ging zu dem Bad, das ans Schlafzimmer angeschlossen war.

Wie der Rest von Codys Haus könnte das Badezimmer eine gründliche Reinigung vertragen. Sie rümpfte die Nase über den Schimmel, der in den Ecken der Fliesen und um die Wanne herum wucherte.

Eklig. Sie würde keinen Fuß in dieses Ding setzen, ehe es nicht mindestens dreimal desinfiziert worden war.

Sie schaute unter das Waschbecken und fand Putzmittel. Mit einem Paar Gummihandschuhe, die bis zu ihren Ellenbogen reichten, holte sie ein Putzmittel hervor und ging mit einer Scheuerbürste auf Hände und Knie.

Eine Stunde später erklärte sie das Bad für annehmbar und duschte. Natürlich war das Shampoo ein richtiger Mist und es gab keinen Conditioner. Außerdem hasste – *husste* – sie Deoseifen. *Igitt.* Jetz würde sie den ganzen Tag nach seifigem Gras riechen.

Sie trat aus der Dusche und wickelte ein Handtuch um ihren Körper, bevor sie die Klamottentüten auf Codys Bett ausleerte.

Sie schnaubte, als sie einen Viererpacken mit den hässlichsten, pastellfarbenen Omaschlüpfern hochhob, die sie jemals gesehen hatte. Er musste diese Schlüpfer als Scherz gemeint haben. Vielleicht hoffte er, es würde die Anziehungskraft zwischen ihnen abtöten. Oh wow, lila Leggings. Sie lachte laut auf, als sie sah, dass über den Brüsten eines Tops in pink *Prinzessin* stand. „Sehr witzig, Wolfmann", brummte sie.

Es waren auch ein paar normale Sachen in dem Haufen. Er hatte Jeans in Größe fünf und sieben gekauft – sie vermutete, dass er nicht wusste, welche Größe ihr passen würde. Mehrere einfarbige T-Shirts und niedliche Baumwollhöschen, die tatsächlich passen könnten, befanden sich ebenfalls in dem Haufen. Nichts davon hätte sie sich jemals selbst gekauft, doch es war besser, als sein Shirt und Boxershorts zu tragen.

Sie hielt ein sehr langes Paar schwarz-weißer Hexensocken hoch, die vermutlich bis zu ihren Schenkeln reichen würden. Er musste dieses Zeug absichtlich gekauft haben, um sie zu ärgern.

Perfekt. Wenn er sie in diesen Sachen sehen wollte, würde sie ihm eine Show bieten.

* * *

Cody schloss die Eingangstür auf und drückte sie auf. Und dann blieb er wie angewurzelt stehen. Melissa schrubbte auf Händen und Knien den Küchenboden und trug ... *Heilige Scheiße.*

Er schluckte und seine Körpertemperatur stieg um fünf Grad an, nur weil er sie ansah. Melissa trug ein schwarzes und rosa Höschen, das tragischerweise den Großteil ihres Hinterteils bedeckte, doch die Rückseite ihrer Schenkel blitzte oberhalb der langen, schwarz-weißen Strümpfe, die er gekauft hatte, nackt auf.

Sie drehte sich um, erhob sich auf die Knie und blickte wie ein Pin-up-Star über ihre Schulter. Sie hatte das *Prinzessin*-Top ohne einen BH an, und die harten Spitzen ihrer Nippel waren durch den dünnen Stoff deutlich zu sehen. Sie hatte ihre Haare zu Zöpfen frisiert – Zöpfe, verdammt noch mal – und sah aus wie Harley Quinn aus dem *Suicide Squad.*

Er stöhnte und verlagerte seinen Schwanz in der Jeans, um den Schmerz zu lindern.

Sie zwirbelte einen der Zöpfe und täuschte eine unschuldige Stimme vor. „Sind das die Kleider, in denen du mich sehen wolltest, Cody?"

Sein Mund wurde trocken. Er wich an die Tür zurück, da er sich nicht zutraute, in ihre Nähe zu gehen. „Ich habe dich gewarnt, was passieren würde, wenn du dieses Spielchen spielst, oder?" Seine Stimme war kratzig und leise, seine Hände ballten sich an seinen Seiten zu Fäusten und seine Fingernägel gruben sich in seine Handflächen.

„Es ist eindeutig dein Spiel. Du hast mich eingekleidet."

„Du wirst so hart gefickt werden, dass du deinen eigenen Namen vergisst."

Sie stand auf und streckte ihre Brust raus, wodurch die kecken Spitzen ihrer Brüste direkt auf ihn zeigten. „Du hast die Kleider gekauft."

Nun, damit hatte sie recht. Allerdings hatte er sie nur als Witz gekauft. Nie in einer Million Jahre hätte er sich vorgestellt, dass sie sie zu einem sexy Outfit kombinieren würde, das ihn dauerhart machen würde.

Beweg dich nicht von dieser Tür weg. Er zwang seinen Körper, sich nicht zu rühren.

„Du hast drei Sekunden, um zum Schlafzimmer zu rennen und die Tür zu verriegeln. Komm erst raus, wenn du dich umgezogen hast und etwas trägst ...", er räusperte sich, „mit dem ich besser umgehen kann."

Sie bewegte sich nicht, ihre blauen Augen waren weit aufgerissen.

„Bleib hier und ich beuge dich in weniger als fünf Sekunden über die Armlehne des Sofas und vergrabe meinen Schwanz zwischen deinen verflucht umwerfenden Schenkeln. *Geh.*"

Sie schob sich zur Seite, wobei sie sein Gesicht im Blick behielt. Als sie das Schlafzimmer erreichte, stürzte sie sich hinein und knallte die Tür zu. Erst, als ihm das Scheppern des Griffs verriet, dass sie die Tür abgeschlossen hatte, atmete er wieder.

Er fuhr sich mit den Fingern durch die Haare. *Verdammte Scheiße.*

„Komm nicht raus", brüllte er der Tür zu. *Mindestens eine Woche lang nicht.* Er wusste nicht, wie er seinen Ständer loswerden sollte. Er rieb sich mit der Hand über die Augen und versuchte, das Bild aus seinen Gedanken zu löschen, das sie dabei zeigte, wie sie den Boden in diesem Outfit schrubbte, und das ihm dauerhaft in seine Netzhaut gebrannt war. Er wollte sie so sehr.

Er starrte den Eimer und die Scheuerbürste auf dem Boden lange Zeit an, bevor er bemerkte, dass sie tatsächlich geputzt hatte. Das war nicht nur eine Show gewesen. Ein kurzer Rundumblick offenbarte gesaugte Teppiche, abgestaubte Oberflächen, Blätter, die zu einem ordentlichen Stapel arrangiert worden waren. Sogar die Möbel waren abgesaugt worden.

Nun, ich will verdammt sein.

Er wusste nicht, wie er die hartarbeitende Putzfrau mit dem hochnäsigen Snob in Einklang bringen sollte, die spöttisch auf die Klamotten von Walmart geblickt hatte.

Sie hatte sich den Arsch aufgerissen, um sein Haus zu putzen, was er zu schätzen wusste. Er musste zugeben, dass er in seinem eigenen Haus nicht gut im Putzen war. Wenn er mit anderen Leuten zusammenwohnen würde, würde er ebenfalls etwas zur Sauberkeit beitragen, doch da nur er hier lebte, spielte es kaum eine Rolle. Er verbrachte den ganzen Tag damit, Häuser für andere Leute zu reparieren und perfekt zu machen. Ihm war nicht danach, das Gleiche für sich zu tun. Doch jetzt, als er sein Haus durch ihre Augen sah, verzog er das Gesicht. Es war ziemlich schlimm gewesen. Auf jeden Fall kein

Ort, an den man eine Frau brachte, um sie zu beeindrucken.

Allerdings hatte er rein gar nichts getan, um diese Frau zu beeindrucken, oder?

Er ging zur Hintertür, um den Grill anzuwerfen. Er hatte ein paar Steaks gekauft und es war ihm plötzlich wichtig, für sie zu kochen, nachdem sie sein Haus geputzt hatte.

„Du kannst jetzt rauskommen", rief er, als er zurückkehrte, die Steaks aus dem Kühlschrank holte und auf einen Teller klatschte, um sie mit Gewürzen und Worcestershire-Sauce zu überhäufen. „*Wenn* du dir etwas anderes angezogen hast", fügte er hastig hinzu.

Sie erschien in einer Jeans und einem knallpinken T-Shirt. Er zuckte zusammen. „Wie ich sehe ..."

Sie verschränkte die Arme vor der Brust. Dieses Mal hatte sie einen BH an, was ihm die Pein ersparte, ihre Nippel anzustarren. „Was siehst du?"

„Ich hätte dich deine Kleider selbst aussuchen lassen sollen." Sie sah noch immer heiß aus – denn Kleider waren bei einer Frau wie ihr nicht das Entscheidende – aber das Outfit passte ihr nicht richtig. Die Jeans war zu groß und das Shirt zu klein.

Sie lachte leise und ein umwerfendes Lächeln erhellte ihr Gesicht.

„Komm her, Melissa." Er krümmte einen Finger und rechnete halb damit, dass sie ihm sagen würde, er sollte sich verpissen.

Sie tat es jedoch nicht, sondern kam mit schwingenden Hüften auf ihn zu, was sämtliche Mühen vernichtete, die er sich damit gegeben hatte, seine tobende Leidenschaft zu beruhigen.

Er packte eines ihrer Handgelenke und wirbelte sie zur

Küchentheke herum, wobei er ihre beiden Hände auf die Kante der Arbeitsplatte legte. „Spreiz deine Beine, Baby", raunte er ihr ins Ohr.

Schockierenderweise gehorchte sie ihm.

Er senkte seine Hand hart auf ihre jeansbedeckte Pobacke.

Sie keuchte, veränderte ihre Position allerdings nicht.

Er schlug genauso hart auf die andere Seite. „Du weißt, wofür das ist, Prinzessin", knurrte er. Mit viel weniger Kraft senkte er seine Hand, um auf ihre Pussy zu schlagen.

„Oh!"

Er schob seine Hüften nach oben gegen ihre, griff um sie herum und massierte durch den Saum ihrer Jeans hindurch ihren Kitzler. „Danke, dass du mein Haus geputzt hast", murmelte er an ihrem Ohr, ehe er mit seinen Zähnen daran knabberte. „Das war nett von dir. Es tut mir leid, dass es so ein Saustall war."

Er entschuldigte sich nur selten und es fiel ihm nicht leicht, vor allem bei ihr nicht. Zum Glück wurde sie nicht hochmütig. Vielleicht hatte sie es nicht einmal gehört, denn sein Finger presste den Saum ihrer Jeans weiterhin an ihren Kitzler und sie wand sich an ihm. Der Atem entwich ihr in einem schnellen, scharfen Keuchen.

„Ich habe herausgefunden, warum du für einen Menschen so gut riechst." Er leckte an ihrer Ohrmuschel entlang. „Du hast Wolfblut in dir."

„Törnt dich das an?" Das heisere Schnurren ihrer Stimme ließ seinen Schwanz noch härter werden, während er versuchte, sich durch seine Jeans zu bohren und in diesen süßen, kleinen Hintern zu dringen, mit dem sie sich an ihm rieb.

Sein Blickwinkel vergrößerte sich, doch er holte tief Luft, um die Bestie zu zügeln. „Wie lange denkst du, würde ich brauchen, um dich hier zum Orgasmus zu bringen, während du die Jeans noch an deinem heißen kleinen Körper trägst?"

Sie zitterte unter ihm und rieb ihre Pussy auf seinen Fingern. Als sie nicht antwortete, verpasste er ihrem Venushügel noch einen Klaps. „Hmm?"

„Ich weiß es nicht", stöhnte sie. Sie klang, als wäre sie nah dran. So nah.

Er schob seine Hand unter ihrem Shirt nach oben und knetete ihren Busen. „Dreißig Sekunden? Mehr?"

Sie griff nach hinten, packte seinen Nacken und grub ihre Nägel in seine Haut. Diese Aktion, die einer Wölfin so ähnlich war, brachte ihn zum Brüllen, als die Bestie ein weiteres Mal an die Oberfläche sprang, bereit, sie zu markieren.

Er rieb mit seinen Fingerknöcheln über ihren Kitzler und schlug hart sowie schnell auf ihre Pussy.

Sie kreischte, riss an seinem Hals und hängte sich an diesen, als ihre Beine einknickten.

Als er ihre Jeans noch einmal fest auf ihren Kitzler drückte, knurrte er: „Komm für mich, Baby."

Sie explodierte. Ihre Hüften bockten wild und er musste sich anstrengen, um den Druck dort aufrechtzuhalten, wo er zählte. Ihr Kopf bog sich nach hinten an seine Schulter, sie kratzte seinen Nacken und schrie immer wieder, während ihr ganzer Körper von dem Orgasmus durchgeschüttelt wurde.

Sein eigener Körper zitterte und die Mühe, sein Verlangen zurückzuhalten, war riesengroß. Er wirbelte sie herum und fixierte ihren Rücken an den Schränken. Seine Augen hatten ihre Farbe gewechselt, was er daran erkannte, wie sie ihn anstarrte. Furcht und Faszination tobten gleichermaßen auf ihrem Gesicht.

„Du ... solltest das nicht tun", sagte sie atemlos. Obwohl sie recht hatte, beleidigte es ihn. Er wollte, dass sie seinen Namen seufzte und mit glückseliger Dankbarkeit an ihn sackte.

Das würde natürlich nicht geschehen. Nicht bei Melissa und den hohen Standards, die er niemals erfüllen würde. Mit großer Selbstbeherrschung stieß er sich von ihr ab und trat zurück.

Er packte den Teller mit Steaks und marschierte hinaus in den Garten, um sie auf den Grill zu legen.

* * *

Wie beim letzten Mal, als Cody sie zum Höhepunkt gebracht und dann plötzlich verlassen hatte, fühlte sie sich orientierungslos. Ihr Körper vermisste seine Hitze, seinen muskulösen Duft, seine knurrige Stimme, die heiß über ihr Ohr wehte. Ihr Kitzler pochte und war hochempfindlich nach der sinnlichen Folter.

Cody hatte beleidigt gewirkt, als er gegangen war.

Was versuchte er, zu beweisen? Dass er sie mit Sex so mühelos kontrollieren konnte, wie es ihm mit der Androhung einer Strafe gelang? Oder konnte er einfach nicht anders?

Im Stillen hoffte sie, dass es letzteres war.

Sie hatte das unverhohlene Begehren auf seinem Gesicht gesehen, als er hereingekommen war und ihren Aufzug entdeckt hatte. Seine Hände hatten sich zu Fäusten geballt und er war bei der Tür geblieben, als hätte er Angst davor, ihr zu nahe zu kommen.

Sie öffnete den Kühlschrank und holte die Zutaten für einen Salat heraus. Mechanisch machte sie sich an die

Arbeit, während ihr Kopf über ihre Schwierigkeiten in Form des knapp zwei Meter großen Mannes nachdachte.

Vielleicht war dies die wölfische Art eines Umwerbens – heiße, sexuelle Begegnungen, in die Androhungen von viel Schlimmerem gestreut wurden. Und sie hatte das mit ihrer Warnung abgelehnt, nachdem sie zum Höhepunkt gekommen war. Deswegen war er vermutlich gegangen. Das Zucken an seinem Kiefer hatte gezeigt, dass sie ihn erneut erfolgreich verärgert hatte.

Ihre Wortgefechte waren beinahe ein Spiel für sie geworden. Allerdings war sie sich nicht sicher, ob sie es gewinnen wollte. Nicht, wenn es bedeutete, dass Cody sie für ein herzloses Miststück hielt, das sich nur für sich selbst interessierte. Und sie wusste, dass sie genau so rüberkam.

Sie musste ihm allerdings auch nicht ihr wahres Ich zeigen. Das hier war keine Beziehung – sie hatte bereits entschieden, dass die Anziehung zwischen ihnen zu nichts führen durfte.

Als sie schließlich zwei Salate auf Teller gegeben hatte, war Cody mit den gegrillten Steaks zurückgekehrt. Er sah wütend aus.

„Mmmh, das riecht himmlisch", sagte sie in dem Versuch, die Spannungen zwischen ihnen zu ignorieren.

„Also isst du Fleisch?", fragte er barsch.

Sie wusste nicht, ob es eine weitere Andeutung war. Beschwerte er sich, dass sie sich bei ihm noch nicht mit einem Blowjob für ihre Orgasmen bedankt hatte?

Sie warf ihm aus dem Augenwinkel einen Blick zu und entschied sich für ein unklares „Jepp."

Er blickte auf die Teller, die sie angerichtet hatte. „Danke, dass du einen Salat gemacht hast." Die Worte kamen ihm nur widerstrebend über die Lippen, als würde es ihn viel kosten, sich für irgendetwas bei ihr zu bedanken, oder als wären Manieren ein unbekanntes Gebiet für ihn. Das zupfte an ihrem Herzen. Gab er sich tatsächlich Mühe, höflich zu sein?

„Danke für das Steak." Sie bemühte sich, mit unbeschwerter und freundlicher Stimme zu sprechen.

Er holte noch Steakmesser für sie beide und setzte sich zu ihr aufs Sofa. „Wie viel Blut?"

Sie wusste, wonach er fragte – nach ihrem Wolfserbe. „Ein Viertel. Meine Oma hat sich auf einen Wolf in Cheyenne eingelassen. Er musste sie verlassen, weil sie ein Mensch war, und er hat nie erfahren, dass sie schwanger war."

Cody machte ein finsteres Gesicht. „Deine Oma konnte ihn nicht finden, um es ihm zu erzählen?" Überrascht runzelte er die Stirn.

Sie pikte ein Stück Steak mit der Gabel auf und steckte es sich in den Mund. „Mmmh."

Cody hörte zu essen auf und starrte auf ihre Lippen, während sie kaute.

„Das ist himmlisch."

Er schien sich zwingen zu müssen, auf seinen Teller zu blicken und ebenfalls ein Stück Steak zu essen.

„Sie hat es nicht versucht. Sie sagte, sein Rudel zwang ihn, sie zu verlassen, weshalb sie sich nicht einmischen wollte. Er hatte bereits seine Wahl getroffen."

Cody wischte sich den Mund mit einer Serviette ab. Aus irgendeinem Grund war sie überrascht davon, wie kultiviert und gepflegt seine Tischmanieren waren. Sie hatte angenommen, dass er eine Art Prolet wäre, doch stattdessen hatte er seine Serviette sofort auf seinen Schoß gelegt. Er kaute mit geschlossenem Mund und aß ordentlich für so einen großen, hungrigen Mann. Das war kein großartiges Kunststück, jedoch eines, was weder Jeremy noch einer der Kerle, mit denen sie in der Vergangenheit zusammen gewesen war, fertiggebracht hatte.

„Es hätte die Lage verändern können", erklärte er sachlich. „Sie hätte es ihm erzählen sollen. Ein Wolf kümmert sich um seine Familie."

Neugier regte sich in ihr und wand sich in ihrer Brust. Sie wollte wissen, wie sich ein Wolf um seine Familie kümmerte, nicht im hypothetischen Sinne, sondern ganz speziell, wie sich ein Frauenheld-Wolf wie Cody, der dauerhaft Single war, um eine Frau kümmern würde, wenn er sie versehentlich schwängerte. Sie schüttelte den Kopf, um diese abwegigen Gedanken zu vertreiben. Woher kamen diese Gedanken?

Cody fuhr fort: „Er hätte sein Weibchen und diesen Welpen mit seinem Leben geschützt und für beide gesorgt. Wessen Vater war er? Der deiner Mutter oder der deines Vaters?"

„Meines Vaters."

Sie schluckte noch einen Bissen des herzhaften Fleisches. Cody hatte es gewürzt und außen nur angebraten, sodass das fast rohe Fleisch auf ihrem Mund schmolz. Sie stellte fest, dass sie ein wenig überrascht war, dass er wusste, wie man so ein leckeres Steak zubereitete. Sie hatte eher erwartet, dass er der Typ Mann wäre, der es in Barbecue-Sauce ertränkte – oder Gott bewahre – in Ketchup. Stattdessen hatte er ein besseres Steak gegrillt, als sie es im besten Steakhaus von Colorado finden würde.

„Hat sich dein Dad nie verwandelt?"

„Nein, und er weiß es nicht. Ashley und ich fanden es erst heraus, als Ben sie markierte."

Cody beobachtete abermals ihre Lippen und dieser begehrliche Ausdruck huschte über sein Gesicht, bevor er seine Augen von ihnen löste, um ihren zu begegnen. „Was ist passiert?"

Ein Teil von ihr wollte es ihm nicht erzählen, denn es war immerhin Ashleys und Bens Geschichte. Ein anderer Teil, über den sie nicht zu lange nachdenken wollte, war jedoch der Meinung, dass er es wissen sollte – dass er es wissen musste für den Fall, dass es relevant wurde für ... sie.

„Es ist zufällig geschehen. Ben verlor die Kontrolle und biss sie hier." Sie deutete auf die Stelle, wo der Hals in die Schulter überging. Sie erinnerte sich noch gut an die schrecklichen Wunden ihrer Schwester, nachdem er es getan hatte. „Sie erholte sich viel schneller von dem Biss, als sie erwartet hatten, was eines seiner Rudelmitglieder auf die Frage brachte, ob sie Wolfsblut in sich trägt. Da wurde uns bewusst, dass wir nie krank wurden oder uns verletzten und dass unser Vater immer damit angegeben hatte, dass er noch keinen Tag in seinem Leben krank gewesen war. Uns fiel auch ein, dass auf seiner Geburtsurkunde kein Vater vermerkt war. Daher fuhren Ashley und ich nach Wyoming, um unsere Oma Jane danach zu fragen, und sie erzählte uns ihre Geschichte."

„Wyoming, hm? Wie heißt er?"

Sie schüttelte den Kopf. „Das hat sie uns nicht verraten. Warum? Kennst du Wölfe in Wyoming?"

Cody nickte. „Ja. Die Wolf-Gemeinde ist klein." Er hatte sein Steak und seinen Salat aufgegessen, wischte sich jetzt erneut den Mund ab und legte seine Gabel sowie sein Messer auf den Teller, als wäre er in einem Restaurant. „Das Wyoming-Rudel kommt nächsten Monat zum Estes Park für die jährlichen Spiele. Vielleicht solltest du hingehen."

Sie blicke ihn überrascht mit offenem Mund an. „Gehst du hin?"

Ein Muskel an seinem Kiefer zuckte. „Nein. Es ist ein Event, das mein Vater organisiert, und wir verstehen uns nicht.“

Sie speicherte diese Information ab, um später darüber zu grübeln. Irgendwie überraschte es sie nicht, dass er sich nicht mit seinem Dad verstand. Obwohl er mit großen Schritten auf die Dreißig zugehen musste, trug er diese ‚Rebell‘-Aura wie ein Abzeichen.

Es lag ihr im Blut, anderen zu dienen, sogar einem Mann, der es nicht verdiente, weshalb sie aufstand, ihre beiden Teller vom Wohnzimmertisch nahm und sie in die Küche trug. Sie musste nicht nachschauen, um zu wissen, dass ihr Codys begehrlicher Blick folgte, und sie musste zugeben, dass ihr das außerordentlich gefiel. Sie war noch nie mit einem Mann zusammen gewesen, der ihr so sehr das Gefühl gegeben hatte, begehrenswert zu sein. Dass Cody anscheinend nicht in der Lage war, sein Verlangen zu zügeln – obwohl er sie offensichtlich nicht mochte – verschaffte ihr ein Gefühl der Freude und Macht.

Kapitel Fünf

Cody steckte die Pistole wieder in den Bund seiner Jeans. „Komm, Prinzessin.“

Melissa hatte gerade das Geschirr abgespült, was ein Anblick gewesen war, der ihn beinahe erledigt hatte. Dass sie solch häuslichen Aktivitäten nachging, machte ihn härter als Stein. Zur Hölle, alles an ihr machte ihn hart. Ihr Wille, mit anzupacken, freute ihn jedoch und das nicht, weil ihm diese Dinge wichtig waren.

Es widersprach seinem anfänglichen Eindruck, dass sie nur ein verwöhnter, hochnäsiger Mensch war. Ein primitiverer Teil von ihm hieß dieses Verhalten ebenfalls gut – sein innerer Wolf hielt das für einen Beweis, dass sie es würdig war, eine Gefährtin zu werden.

Ein Jammer, dass sich sein innerer Wolf irrte.

Ein Viertelwolf bedeutete immer noch, dass sie zu drei Vierteln menschlich war. Er war in Estes Park, Colorado, aufgewachsen, wo die gesamte Bergstadt aus Gestaltwandlern bestand. Er hatte sich nicht mit Menschen befassen müssen. Sogar nachdem er mit sechzehn Jahren rausgeworfen worden war, hatte er sich an seine eigene Art gehalten. Gelegentlich hatte er wahllosen, willkürlichen Sex mit Menschenweibchen, war jedoch der Meinung, dass sie nicht zu viel mehr taugten. Und die spöttische Bemerkung seines Vaters zum Abschied hatte ihn zu der Gewissheit geführt, dass er lieber allein sterben wollte, als sich mit einem Menschen zu paaren und seinem Vater recht zu geben.

Melissa wandte sich von den Arbeitsplatten ab, die sie zum zweiten Mal abwischte – wer putzte Arbeitsplatten zweimal? Er fragte sich, ob sie das nach jeder Mahlzeit tat.

„Wohin gehen wir?"

„Zum Einkaufszentrum, um dir Klamotten zu kaufen."

Überraschung huschte über ihr Gesicht. „Oh." Dann umwölkte sich ihre Miene. „Hör zu, ich habe meine Handtasche nicht, weshalb ich weder meine Kreditkarten noch Bargeld habe."

„Ich bezahle." Dieses Mal schob er die Kosten nicht auf ihren Schwager. Er hatte den Eindruck erhalten, dass sie ihn nicht um Geld bat, was er verstehen konnte.

Sie zog zweifelnd eine Augenbraue hoch und Verärgerung durchfuhr ihn. Sie dachte, er könnte es sich nicht leisten. Wenn sie wüsste, dass eine halbe Million Dollar auf seinem Konto lagen und er aktuell Gebäude im Wert von beinahe zweieinhalb Millionen Dollar besaß, würde sie sich ihm gegenüber nicht so arrogant benehmen. Doch er wollte sie nicht mit seinem Geld beeindrucken, hauptsächlich, weil sie genau die Sorte Frau war, die davon beeindruckt *wäre*. Irgendwie weckte ihre oberflächliche Art den Wunsch in ihm, schonungslos er selbst zu sein – barsch, vulgär und ein niederer Arbeiter.

„Machst du dir keine Sorgen darum, dass ich draußen gesehen werde?"

Er hielt ihr die Eingangstür auf. „Ein wenig. Aber ich werde bei dir sein."

Sie lief an ihm vorbei und reckte ihre kleine Stupsnase. „Du besitzt ein ziemlich großes Selbstbewusstsein, oder?"

Er schlug ihr auf den Hintern, als er ihr nach draußen folgte. „Deswegen bin ich ein Alpha, Baby."

Sie schnaubte, dann blieb sie auf dem Gehweg stehen und starrte auf die CJ Steele Properties Werbung auf seinem Pickup. „Du arbeitest für CJ Steele?"

Er zögerte nur kurz, bevor er sanft antwortete: „Jepp." Es war keine Lüge. Er war Cody Jack Steele – allerdings hörte er nur auf Cody, nicht CJ. Also ja, ihm gehörte die Firma und er arbeitete für sich selbst.

Sie richtete ihren Blick auf ihn und etwas wie Ehrfurcht glänzte in ihren Augen. „Wirklich? Du renovierst die Old North End Häuser?"

Er versuchte, die gewaltige Freude zu ignorieren, die ihr bewundernder Tonfall in ihm hervorrief. Es musste sein innerer Wolf sein, der noch immer darauf aus war, von dem langbeinigen Menschen flachgelegt zu werden. „Ja."

„Wow. Wie ist es so? Gibt er die Vision für ein Haus vor und seine Arbeiter führen sie aus? Oder gibt es eine Formel ... so was wie ein Buch mit Vorgaben, das ihr benutzt? Wie lange arbeitest du schon für ihn?"

Verärgerung darüber, dass sie annahm, er wäre nur ein Hilfsarbeiter bei den Projekten, rang mit der Dankbarkeit für ihre Begeisterung. Er war der Meinung, dass seine Firma gute Arbeit leistete, und der Markt schien das auch zu denken. Die ehrfürchtige Art und Weise, wie sie von seiner Firma sprach, sorgte jedoch dafür, dass er sich wie ein gottverdammter Held fühlte.

„Ich bin praktisch seit der Gründung bei der Firma." Er hielt ihr die Tür auf, hauptsächlich weil er wusste, dass sie nicht glaubte, dass so etwas in ihm steckte. „Steele leitet alles, schätze ich."

Er lief um den Wagen herum und setzte sich auf den Fahrersitz.

„Mein erstes Geschäft als Maklerin war mit CJ Steele." Sie klang reumütig. „Ich habe einen großen Bock geschossen."

Ihre uncharakteristische Bescheidenheit faszinierte ihn und er beobachtete, wie sie bei der Erinnerung errötete, während er den Truck anließ. „Was meinst du?"

Sie zuckte mit den Schultern. „Ich verlor das Geschäft. Ein großes Geschäft – ein Haus im Wert von einer halben Million Dollar. Es war schrecklich – ich war so stolz, dass ich meine Lizenz erhalten hatte, und dachte, dass ich endlich etwas aus mir machen würde, und dann vermasselte ich es komplett."

Es gefiel ihm nicht, sie so über sich reden zu hören. Sie würde *endlich* etwas aus sich machen? Sie kam ihm nicht wie ein Versager vor, so wie er einer gewesen war. Dass hieß, abgesehen von der schlechten Wahl ihres Freundes.

Er hatte Probleme sich an ein Geschäft zu erinnern, dass nicht zu Stande gekommen war, aber es hatte so viele gegeben und er kannte den genauen Zeitrahmen nicht.

„Ich habe die Inspektion verpasst und Steele hat uns den Auftrag entzogen. Vermutlich hatte er ein besseres Angebot und wartete nur darauf, dass ich es versaue." Erneut klang sie eher reumütig als bitter. Er erinnerte sich definitiv nicht daran, dass er einem Käufer ein Haus entzogen hatte, weil er ein besseres Angebot erhalten hatte. Vor sechs oder sieben Monaten war jedoch tatsächlich ein Geschäft nicht zu Stande gekommen, weil eine Inspektion verpasst worden war.

„*Steele* hat den Auftrag entzogen?"

Sie zuckte mit den Achseln. „Das ist das Schwierige am Immobilienmarkt. Man kann nie sagen, ob es der Makler ist, der der harte Hund ist, oder ob es der Kerl ist, den er vertritt. Ich gehe davon aus, dass es der Makler war."

Seine Lippen zuckten. „Und warum denkst du das?"

„Ich liebe Steeles Arbeit. Ich bewundere ihn und was er in dieser Stadt in nur wenigen Jahren erreicht hat."

„Hm." Unerklärliche Freude durchflutete ihn.

„Ich würde so gern ein CJ Steele Haus besitzen – sie sind wunderschön." Der Respekt und die Ehrfurcht in ihrer Stimme sorgten dafür, dass seine Brust schmerzte, was keinen Sinn machte. Das konnte nicht daran liegen, dass er wollte, dass sie Bewunderung für ihn, Cody, empfand anstatt für den Steele, den sie auf ein Podest gestellt hatte.

Er parkte vor dem Einkaufszentrum in Briargate und blickte missmutig auf die Szenerie. Er würde sich lieber Reißzwecken unter die Fingernägel schieben lassen, als Klamotten einkaufen zu gehen. Er wünschte sich, er könnte Melissa einfach ein Bündel Geldscheine in die Hand drücken und im Auto auf sie warten, doch das wäre nicht sicher. Er blickte auf die Uhr am Armaturenbrett.

„Du hast fünfundvierzig Minuten, um dir zu besorgen, was du brauchst."

Ihre Augen weiteten sich, als wäre es ein Ding der Unmöglichkeit, so schnell zu shoppen. „Warum? Weshalb die Eile?"

„Nach dieser Zeit geht mir die Geduld für das hier", er deutete missmutig auf die Läden, „aus. Und glaub mir, du willst nicht herausfinden, wie es ist, wenn ich keine Geduld mehr habe." Er dachte, er würde wie ein mürrisches Arschloch klingen, aber Melissa kicherte.

Ihr strahlendes Lächeln zu sehen, raubte ihm beinahe den Atem. Es war engelhaft. Es weckte den Wunsch in ihm, sie erneut zum Lachen zu bringen, ihm fiel jedoch nichts Witziges ein, das er sagen konnte. Stattdessen überraschten ihn seine Lippen, indem sie sich ebenfalls zu einem Lächeln dehnten.

Ihre Blicke verhakten sich und hielten einander zu lange, bis er sich zwang, die Trucktür aufzustoßen und nach draußen zu steigen.

Melissa ging schnurstracks und mit schnellen Schritten auf den Anthropologie-Laden zu. Anscheinend hatte sie das Zeitlimit als Herausforderung angenommen. Er grinste und folgte ihr, wobei er ihren herzförmigen Hintern betrachtete.

Sie arbeitete effizient und schien zu wissen, was sie wollte. Entschlossen pflückte sie Klamotten von den Kleiderständern. Er blieb an der Tür stehen, die Arme vor der Brust verschränkt. Nach den Blicken zu urteilen, die ihm die Leute zuwarfen, fiel er auf. Nun, daran war er gewöhnt. Die Tattoos und sein grobes Auftreten zogen misstrauische Blicke auf sich, wohin er auch ging. Dennoch schien das die Unterschiede zwischen ihm und Melissa zu betonen, was ihn aus irgendeinem Grund ärgerte.

Er hatte kein Interesse an Melissa. Kein Interesse abgesehen davon, diese cremig weißen Schenkel zu spreizen und sie hart und schnell zu ficken, bis sie ihn anflehte, kommen zu dürfen. Warum sollte es ihn interessieren, ob sie kompatibel waren? Es war ja nicht so, als würden sie eine Beziehung eingehen.

Doch er wusste, dass der Großteil dieser Gedanken eine Lüge war. Sein Wolf wollte sie und zwar mit einem Verlangen, das über Sex hinausging.

Gefährtin.

Er fluchte leise und bemerkte einen weiteren nervösen Blick von einem Kunden.

Er würde sich nicht mit einem Menschen paaren. Vor allem nicht mit einer hochnäsigen Zicke wie diesem Weibchen. Allerdings blitzte die Erinnerung an ihr Gesicht in seinen Gedanken auf, als es von diesem Lächeln erhellt worden war, und er spürte, dass er innerlich wieder weich wurde. Dieses Lächeln war aufrichtig gewesen, die echte Melissa. Die Frau, die ihm gestern Nacht erlaubt hatte, sie in den Armen zu halten, nachdem er sie zum Weinen gebracht hatte. Die Frau ..., die er brauchte.

Melissa versuchte, in Gedanken schnell eine Liste der Klamotten zu erstellen, die sie womöglich brauchen würde. Ein paar legere Kleidungsstücke, etwas, was für die Arbeit angemessen war, nur für den Fall. Unterwäsche. Schlafbekleidung. Sie wollte nicht zu viel Geld ausgeben – sie hatte nicht viel auf ihrem Bankkonto, mit dem sie Cody die Ausgaben zurückzahlen konnte, weswegen sie es vorgezogen hätte, ihre Kreditkarte zu benutzen.

Sie behielt die Zeit im Blick, nicht weil sie sich Sorgen machte, dass Cody der Geduldsfaden riss, sondern weil sie Herausforderungen mochte. Achtzehn Minuten. Sie nahm die Kleider, die sie sich ausgesucht hatte, lief los und fing Codys Blick auf. Sie hasste es, dass er die Klamotten für sie bezahlen musste. Sie wusste nicht, wie viel Geld er hatte, aber es passte ihr nicht, dass sie ihm auf der Tasche lag.

Er kam auf sie zu. Seine Bewegungen waren flüssiger und eleganter, als sie es bei so einem großen, muskulösen Mann erwartet hätte. Allerdings war er nicht nur ein Mann. Sie erinnerte sich an den silbernen Wolf, der am Vorabend draußen ihre Fährte aufgenommen hatte – er war riesig und bedrohlich gewesen. Überwältigend.

Er schob seine Hand in die Tasche und zog ein Bündel Geldscheine heraus, genauso wie sie es von einem Kerl wie ihm erwartet hatte. Kein Geldbeutel. Keine Kreditkarten. Nur ein großes Bündel Bargeld. So ähnlich wie Jeremy. Bedeutete das, dass er wie Jeremy in illegale Dinge verwickelt war? Warum trug er so viel Geld bei sich?

Er nahm eine Handtasche von einem Regal in der Nähe und warf sie auf die Theke.

Sie zog eine Braue hoch und er zuckte mit den Achseln. „Du brauchst eine, oder?"

Sie biss sich auf die Zunge, damit sie nicht sagte: *Ja, aber nicht diese.* Er hielt sie bereits für eine pingelige Zicke. Nach einem Blick auf die anderen Taschen im Regal tauschte sie sie hastig aus, bevor die Kassiererin sie über die Kasse zog.

Cody bezahlte für all die Sachen im Wert von – *schluck* – 280 Dollar. Er ließ eine Hand in ihren Nacken fallen, als sie den Laden verließen. „Es ist okay, Baby. Machst du dir Sorgen, dass du mir das Geld zurückzahlen musst?"

War ihr das so leicht vom Gesicht abzulesen? Sie mochte es nicht, dass sie so von ihm abhängig war. Sie straffte die Schultern und reckte das Kinn. „Nein, ich kann es mir leisten. Ich brauche nur Zugang zu meinen Sachen." Ihre Stimme klang ein wenig höher als üblich.

Er betrachtete sie einen Augenblick lang und sie fühlte sich nackt, als würde er ihre Lüge durchschauen. Er blieb stehen. Die Hand in ihrem Nacken hielt sie fest, als er sie zu sich umdrehte. Während er ihr Kinn nach oben neigte, knurrte er mit seiner tiefen Stimme: „Ich kümmere mich darum." Ein verruchtes Funkeln trat in seine Augen. „Aber du darfst deinem Sugar Daddy deine Wertschätzung auf jede Weise zeigen, die dir gefällt."

Ihre Lippen bogen sich nach oben, als sie das nackte

Verlangen auf seinem Gesicht entdeckte. Sie erinnerte sich an die Macht, die sie verspürt hatte, als sie ihn an diesem Nachmittag verführt hatte. Daher strich sie mit ihren Fingern über seine Brust und zeichnete die Linien seiner harten Muskeln nach. „Ist das so?", säuselte sie mit honigsüßer Stimme und senkte ihre Lider zur Hälfte. „Hier? Im Einkaufszentrum?"

Seine Augen wechselten ihre Farbe zu hellblau. „Vorsicht", krächzte er, wobei seine Stimme zwei Oktaven tiefer war als üblich. Er vergrub seine Finger in ihren Haaren und wickelte sie um seine Faust, mit der er ihren Kopf nach hinten bog, während er sie zugleich an seinen Körper riss. Die unverkennbare Wölbung seiner Erektion presste sich an ihren Bauch. „Denkst du, ich werde keine Möglichkeit finden, dich hier im Einkaufszentrum wund zu ficken?" Er lachte harsch. „Ich bin ein sehr einfallsreicher Wolf, wenn man mir eine Herausforderung stellt."

Ihr Mund wurde trocken und Hitze wanderte von ihrer Mitte ausgehend ihre Innenschenkel hinab. Als sie ihre Lippen mit der Zunge befeuchtete, hefteten sich seine Augen darauf und sein Körper versteifte sich.

„Cody." Ihre Stimme klang zittrig. „Die Leute schauen schon."

Ein Teil der Wildheit wich aus seinem Gesicht und er entspannte sich, hielt sie jedoch nach wie vor an sich gedrückt. „Daran hättest du denken sollen, bevor du mich scharf gemacht hast." Seine Augen wurden wieder grau. Er neigte den Kopf und küsste sie zu ihrem Schock. Es war kein süßer, zärtlicher Kuss, sondern ein plündernder, brutaler Kuss.

Sie hielt still und ihr Inneres flatterte, als seine Zunge zwischen ihre Lippen glitt. Er biss und saugte an ihnen, ehe er seinen Winkel veränderte und es noch einmal tat.

Als er sie freigab, tat er das urplötzlich – die Hand in ihren Haaren ließ los, er hob den Kopf von ihrem und trat zurück.

Sie schwankte leicht, ihr war schwindlig von dem Kuss und sie war atemlos. Zitterte.

„Dafür werde ich dich bestrafen müssen", brummte er und dieses Mal war die Erregung unverkennbar, die seine Worte erzeugten. Ihre Pussy zog sich zusammen und flüssige Hitze ergoss sich über ihre Beine.

Gott, ja.

Codys Nasenflügel blähten sich und sein Kopf fuhr herum. Sein Blick landete auf einer angespannten, besorgt aussehenden Mutter und ihren zwei Kindern, die an ihm vorbeieilten. Das kleine Mädchen, das ungefähr sieben oder acht Jahre alt war, reckte den Hals, um zu Cody zu blicken, bis ihre Mom sie am Arm zog und weitertrieb.

„Kennst du sie?"

Cody runzelte die Stirn. „Nein."

Sie wartete, denn *Nein* war keine ausreichende Erklärung dafür, wie er und das Mädchen sich angestarrt hatten.

„Sie sind Gestaltwandler. Ich habe sie noch nie zuvor gesehen."

„Oh." Sie blinzelte überrascht. „Du konntest sie ... riechen?"

„Ja."

„Ist das ungewöhnlich? Solltest du Hallo sagen oder so etwas?"

Er schenkte ihr ein untypisches Lächeln, als fände er sie amüsant oder niedlich. „Ja. Das hier ist meine Stadt und ich bin der Alpha. Wenn sie hier lebt, hätte sie mich aufsuchen und sich mir vorstellen sollen."

„Vielleicht hatte sie einfach noch keine Gelegenheit dazu?" Doch noch während sie das sagte, realisierte sie, dass die Frau den Eindruck erweckt hatte, als würde sie versuchen, von Cody wegzukommen, bevor er sie bemerkte.

Cody zuckte mit den Schultern, wirkte jedoch beunruhigt. „Wir werden sehen." Er zog sein Handy heraus und warf einen Blick darauf. „Du hast noch neun Minuten übrig."

„Was?", rief sie empört. „Du kannst nicht die Zeit mitzählen, in der wir ..."

Er verschränkte die Arme vor der Brust. „Kann ich das nicht?"

Mit einem wilden Blick entlang der Reihe an Läden marschierte sie schnellen Schrittes zum Ann Taylor Loft, wo sie ein Outfit für die Arbeit zu kaufen plante.

„Verdammt, ich hatte gehofft, du würdest dorthin gehen", brummte Cody und deutete mit dem Kinn zum Victoria's Secret Laden.

„Ja, das kann ich mir vorstellen." Sie geriet nicht aus dem Tritt. „Du hast wahrscheinlich gedacht, ich würde dir eine Show liefern."

„Hey, du hältst es für witzig, den Wolf zu wecken. Du bist diejenige, der es leidtun wird, wenn sie mit gespreizten Gliedern und auf dem Rücken mitten im Einkaufszentrum liegt."

Dieses Mal wusste sie, dass er es nicht ernst meinte, sondern sie nur auf die Palme bringen wollte. Der Mann – Wolf – war so unglaublich vulgär. Sie sollte die versaute Art hassen, auf die er mit ihr sprach, aber die Worte ließen Flammen des Verlangens durch ihre Mitte züngeln. Und obwohl alles, was er sagte, herrisch und herabwürdigend war, verlieh ihr die Vorstellung, dass sie so viel Verlangen in ihm entzündete, ein Gefühl der Macht.

Er schlug ihr auf den Po. Seine langen Beine sorgten dafür, dass es ein Leichtes für ihn war, mit ihrem schnellen

Tempo mitzuhalten. Sie eilte in das Geschäft und wählte zwei Blusen und einen Rock aus. Cody trat vor und bezahlte sie.

„Bereit?"

Sie hatte gehofft, sich Schuhe kaufen zu können, da sie nur ihre Stöckelschuhe und die Sneakers hatte, die Cody im Walmart gekauft hatte, doch sie hatte bereits genug Geld ausgegeben. „Ja. Danke." Sie ging auf die Zehenspitzen und drückte ihm einen Kuss auf die Wange, was er erneut niedlich zu finden schien.

Kapitel Sechs

An diesem Abend ließ Cody Mark Ruhl, den muskulösen DEA-Agenten aus Denver, in sein Haus.

„Es tut mir leid, dass ich es nicht eher hergeschafft habe. Wir hatten gestern Abend eine große Razzia und es hat den ganzen Tag gedauert, den Papierkram zu erledigen." Er schüttelte Codys Hand und betrat das Haus. „Hi, du musst Melissa sein." Er gab auch ihr die Hand. „Wir sind uns auf Bens und Ashleys Hochzeit begegnet, aber du erinnerst dich wahrscheinlich nicht ..."

„Ich erinnere mich an dich", flötete sie und schenkte ihm ein strahlendes Lächeln, das Codys Inneres erschütterte.

Seine Finger ballten sich an seinen Seiten zu Fäusten. Wehe, sie erinnerte sich mit einer besonderen Zuneigung an ihn, dann würde er ... Er schloss die Augen und versuchte, die knurrende Bestie in sich zu zügeln.

Sie ist nicht deine Gefährtin.

Diese Aussage weckte allerdings nur den Wunsch in ihm, dem DEA-Agenten das Gesicht einzuschlagen. Sein innerer Wolf brannte darauf, sie zu markieren und beachtete nicht, dass Cody das Mädel nicht einmal leiden konnte und sich in einer Million Jahren nicht mit einem Menschen paaren würde.

„Darf ich dir ein Bier anbieten?"

„Klar. Ist es okay, wenn ich mich setze?" Mark ging zum Sofa und Melissa folgte ihm. Zu nahe für seinen Geschmack.

Er trat an den Kühlschrank, um drei Budweiser-Flaschen zu holen.

Vielleicht sollte er einfach Sex mit ihr haben und sie sich so aus dem Kopf schlagen. Die Chemie war da, ob sie einander nun mochten oder nicht. Ihr Körper reagierte jedes Mal, wenn er sic berührte, beinahe so, als käme sie nicht dagegen an. Vielleicht hatte sie deswegen gestern Nacht geweint, nachdem er sie befriedigt hatte. Sie hatte ihm das nicht schenken wollen.

Die Vorstellung veranlasste ihn dazu, mit den Zähnen zu knirschen, und er wollte seine Faust durch eine Wand schlagen. Er würde sich niemals einem Weibchen aufzwingen und die Vorstellung, dass sie *nicht* genossen hatte, was er getan hatte ... Aber nein. Ihre Befriedigung war nicht zu übersehen gewesen. Warum hatte sie dann geweint?

Er hatte sofort auf den Geruch ihrer Tränen reagiert, es war beinahe ein körperlicher Schmerz gewesen. Es hatte in ihm eine scheinbar gegensätzliche körperliche Reaktion ausgelöst. Hyperfokus – sein Körper war in Alarmbereitschaft und bereit gewesen, sich zu verwandeln, um sie vor jeder Gefahr zu beschützen. Es hatte sich allerdings auch eine Ruhe über ihn gelegt, als sollte er in die Lage versetzt werden, sie anständig zu trösten. Er versuchte, sich daran zu erinnern, ob er so etwas je zuvor bei einem Weibchen gefühlt hatte. Hatte jemals eine Frau in seiner Gegenwart geweint? Er befürchtete, dass diese Reaktion auch in Zusammenhang mit einer Gefährtin stand.

Er schnippte die Kronkorken von den Bierflaschen und trug sie an den Hälsen zum Sofa.

Melissa rümpfte die Nase und lehnte ihr Bier ab.

„Tut mir leid, ich habe kein Bier aus Kleinbrauereien für dich, Prinzessin."

Sie verdrehte die Augen und errötete, als wäre es ihr peinlich vor Mark so angesprochen zu werden. Das weckte lediglich den Wunsch in ihm, den anderen Wolf mit dem Kopf ins Klo zu stecken.

Mark war gerade dabei, Melissa etwas zu erzählen – vermutlich etwas, dem er hätte zuhören sollen. „Die Ausgabestelle, in der Jeremy arbeitet, wurde vor einigen Nächten ausgeraubt. Jeremy war derjenige, der es der Polizei gemeldet hat."

Melissa nickte, als würde sie diese Information bereits kennen.

„Ich vermute, dass er sie selbst ausgeraubt hat oder anderweitig in den Einbruch verwickelt war und Rabago deswegen hinter ihm her ist."

Melissa erbleichte.

„Weißt du etwas darüber?"

Sie blinzelte hektisch, als würde sie Tränen zurückhalten. „Nein", antwortete sie mit zittriger Stimme. „Ich denke, du hast recht. Er kam an jenem Abend nach Hause und erzählte mir von dem Raubüberfall. Ich fand, dass er aufgeregt wirkte, schrieb das allerdings dem Adrenalin zu, das mit so einem Drama einhergeht. Doch das ergibt viel mehr Sinn."

Mark nickte. „Mit wem denkst du, hat er zusammengearbeitet?"

Sie schluckte und schüttelte den Kopf. „Ich weiß es nicht. Es könnte jeder seiner Kumpel sein. Sie sind alle Idioten."

Cody störte sich nicht an ihrer Bitterkeit Jeremy gegenüber, es störte ihn allerdings, wie viele Emotionen der Versager in ihr hervorrief. Woran lag das? War er ihr trotz allem noch immer wichtig?

„Und seit gestern hast du nichts von Jeremy gehört? Wann hast du ihn zuletzt gesehen?"

„Als ich am Morgen zur Arbeit ging."

„Ging er an jenem Tag zur Arbeit?"

„Ich weiß es nicht." Sie strich sich eine rotbraune Strähne aus dem Gesicht. Die gequälte Mattheit in ihren Augen weckte den Wunsch in ihm, ihrem beschissenen Ex-Freund den Kragen umzudrehen.

„Und du hast versucht, ihn zu kontaktieren?"

„Ja, ich habe ihm geschrieben und ihn gewarnt, damit er nicht nach Hause geht. Er hat nie geantwortet."

„Nun, ich würde ihn gerne in die Finger kriegen, bevor es Rabago tut. Wir könnten ihm Schutz im Austausch für eine Zeugenaussage gegen den Drogenboss anbieten. Abgesehen davon hat Ben angeboten, Rabago zu bezahlen, was auch immer Jeremy ihm schuldet, damit du nicht mehr in Gefahr bist. Das ist jedoch meine zweite Wahl. Ich würde dieses Arschloch lieber aus dem Verkehr ziehen."

Melissas Kopf wippte auf und ab, als sie nickte. „Ich will auch nicht, dass Ben Jeremys Schulden begleichen muss."

„Also was passiert, wenn Rabago Jeremy zuerst findet?", erkundigte sich Cody. Er persönlich würde die zweite Option vorziehen. Je eher Melissa aus der Schusslinie geholt wurde, desto besser. Dann könnte er diesen Schlamassel hinter sich lassen. Das fühlte sich allerdings auch nicht richtig an. Er hatte diese körperliche Anziehung zwischen ihnen noch nicht genügend erforscht.

Ja, er musste sie einfach ficken und sich anschließend aus dem Kopf schlagen.

„Dann ist Jeremy vermutlich ein toter Mann. Aber sie werden das Geld zurückhaben wollen, bevor sie ihn töten. Deshalb ist es noch wichtiger, Melissa sicher zu verstecken. Wenn sie Jeremy erwischen, werden sie ihn foltern und sie würden definitiv mit Melissas Tod drohen, um ihn zum Singen zu bringen."

Melissa war blass geworden. „Dann musst du Jeremy finden, bevor er es tut." Sie starrte auf ihre Hände und sein Instinkt verriet ihm, dass sie womöglich wusste, wo der Kerl zu finden wäre.

„In Ordnung", stimmte Mark zu.

„Wenn Ben Rabago bezahlen würde, wer würde diesen Deal aushandeln?", fragte Cody.

Marks Lippen verzogen sich zu einem dünnen Strich. „Ich weiß es nicht. Weder ich noch jemand aus meinem Team kann das tun. Ben würde mich umbringen, wenn ich es Melissa tun ließe, allerdings ist sie die wahrscheinlichste Kandidatin."

„Ich würde dich als Erster umbringen", brummte Cody, woraufhin Melissa eine Braue hochzog. „Ich könnte es tun."

Mark legte seine Fingerspitzen aneinander und stützte die Ellenbogen auf seine Knie. „Du wärst gewillt, das zu tun?"

„Ja."

„Du wärst auch meine erste Wahl. Hauptsächlich, weil ich möchte, dass es ein Wolf tut, und ich weiß, dass du auf dich aufpassen kannst, falls etwas schiefgeht. Wie ich schon sagte, wäre es mir lieber, wenn wir diesen Weg nicht einschlagen müssten."

„Hast du irgendeine Ahnung, wo das gestohlene Geld sein könnte?", fragte Cody Melissa.

Sie schüttelte den Kopf. „Keine. Wir haben die letzten Monate kaum miteinander gesprochen und standen uns nie sonderlich nahe."

Seine Lippen krümmten sich, doch er verkniff sich jede Frage dazu, warum sie überhaupt mit einem Arschloch zusammengelebt hatte, das sie nie gemocht hatte. Er würde sich diese Fragen für ein andermal aufheben.

„Ist es für dich in Ordnung, Melissa hier zu haben?", fragte Mark. „Wenn nicht, kann ich sie mit nach Denver nehmen und ihr dort Schutz bieten."

Er wurde wütend, obwohl ihm sein Gehirn sagte, dass er besser dran wäre, wenn er sie los war. „Sie wird hierbleiben", blaffte er.

Melissa runzelte die Stirn.

„Ich kann ihr angemessenen Schutz bieten."

Mark richtete einen neugierigen Blick auf ihn. „Ich habe nicht daran gezweifelt, dass du sie beschützen kannst", sagte der Agent milde.

„Richtig." Er wusste, dass er missmutig klang, konnte allerdings nicht anders. Alles schien ihn wütend zu machen, wenn es um Melissa ging.

„Nun, Ortsansässige halten die Augen nach Jeremy offen. Ich werde sie zu Melissas Haus schicken, um zu schauen, ob sie Rabago oder seine Männer wegen Einbruchs festnehmen können. Das heißt allerdings nicht, dass es sicher ist, nach Hause zurückzukehren", warnte Mark Melissa.

Sie machte ein finsteres Gesicht, nickte jedoch.

Mark stand auf und er und Melissa folgten seinem Beispiel, gaben ihm erneut die Hand und begleiteten ihn zur Tür.

Nachdem er gegangen war, atmete Cody aus und stemmte die Hände in die Hüften. Diese ganze Sache war ein einziger Schlamassel.

* * *

Melissa beobachtete, wie Cody durch sein kleines Wohnzimmer tigerte. Ein Muskel zuckte an seinem Kiefer und seine Brauen waren zusammengezogen. Obwohl sie nicht diejenige gewesen war, die den Gefallen eingefordert hatte, erfüllte sie Reue, weil er in die Sache hineingezogen worden war.

„Ich will nicht, dass du Rabago das Geld bringst", sagte sie vom Sofa aus.

Er wirbelte herum und funkelte sie an. „Warum nicht?"

„Du solltest dein Leben nicht so aufs Spiel setzen müssen. Das ist nicht dein Schlamassel und du hast bereits mehr als genug getan, um mir zu helfen. Ich sollte das Geld hinbringen."

„Den Teufel wirst du tun", knurrte er.

„Es tut mir leid, dass dich Ben in diese Sache reingezogen hat. Du kennst mich nicht einmal und es ist nicht dein dämliches Drama. Ich weiß, dass das Ganze über das hinausgeht, in das du eingewilligt hast."

Er zog eine Augenbraue hoch. „Tut es das? Ich gab Stone das Versprechen eines Alphas, dich zu beschützen. Das bedeutet, mein Leben für deines. Also ja. Ich habe mich dem Ganzen bereits verschrieben." Er lief weiter hin und her, die Hände in die Hüften gestemmt und die Nasenflügel vor Wut gebläht.

Sie stand auf und stellte sich ihm in den Weg. „Worüber bist du dann so wütend?"

Er fluchte und fuhr sich mit den Fingern durch die

Haare, wodurch sie in alle Richtungen abstanden. Einen Finger in die Luft haltend, verkündete er: „Erstens verstehe ich nicht, warum du überhaupt mit diesem Vollidioten zusammen warst."

Sie zuckte zurück und Bitterkeit füllte ihren Mund. „Ja, nun, ich auch nicht, okay?" Ihre Stimme war lauter geworden. „Ich habe einen schrecklichen Männergeschmack. Das ist ein Problem, das ich bald zu beheben plane." Sie warf ihm einen düsteren Blick zu, zuckte jedoch zusammen, als er ihre Gedanken zu lesen schien – dass er einer der Männer war, denen sie aus dem Weg gehen wollte.

Er trat so dicht an sie heran, dass sich ihre Zehenspitzen berührten, und schaute finster auf sie herab. „Was soll das heißen?"

Sie errötete, lenkte jedoch nicht ein. „Es heißt nur, dass ich die Nase von Versagern voll habe. Ich werde mir jemanden Ehrenhaften suchen. Und Bodenständigen. Und Normalen."

Und Langweiligen.

Der Muskel an Codys Kiefer zuckte erneut.

Sie verschränkte abwehrend die Arme vor der Brust. „Du sagtest *erstens*. Was gibt es noch?" Sie wusste nicht, warum sie ihn reizte und diesen Streit ausfechten musste, doch das tat sie.

„Ja, es gibt noch mehr." Er stellte seine Schritte ein und hob die Hand zum Gestikulieren, schien sich dann jedoch eines Besseren zu besinnen. „Vergiss es", knurrte er.

„Was zur Hölle?" Sie war absolut dafür, alle Karten auf den Tisch zu legen. „Wenn du mich nicht hier haben willst, hättest du Mark nicht sagen sollen, dass ich bei dir bleiben kann. Und übrigens hätte einer von euch mich fragen sollen, was *mir* lieber wäre, meinst du nicht?"

„Was ist dir lieber, Prinzessin?" Dieses Mal klangen

seine Worte eisig anstatt wütend und sie registrierte die Veränderung schockiert. Woher kam all dieses Gift? Er deutet auf die Tür. „Ziehst du Mark als deinen Beschützer vor? Ist es das? Es ist okay, wenn Ben ihn in diese Sache zieht, aber bei mir nicht? Ich schätze, mit diesem Anzug und seiner Marke sieht er eher wie ein Ritter in einer glänzenden Rüstung aus, oder?"

Sie zuckte zurück, als hätte er sie geschlagen, und endlich verstand sie. Sie hatte seinen Stolz verletzt. Sanft zu werden und zu schwören, dass er es falsch verstanden hatte, würde sein Feuer nicht löschen. Sie marschierte zu ihm und pikte mit einem Finger in seine Brust.

„Fuck, nein."

Er schaute finster auf sie herab und wartete.

Es war schwer, mehr zu sagen. Sie stritten ständig miteinander. Es gefiel ihr nicht, ihm auch nur den kleinen Finger zu reichen. Allerdings mochte sie es auch nicht, wenn er wütend war. „Du bist hier der einzige Ritter in einer glänzenden Rüstung, den ich sehe."

Er sah misstrauisch aus, als dächte er, sie würde ihm Zucker in den Arsch blasen.

„Mark macht nur seinen Job. Du bist derjenige, der mir den Schutz seines Rudels angeboten hat. Wenn du nicht immer so ein selbstgefälliger, arroganter Mistkerl wärst, hätte ich womöglich etwas mehr Dankbarkeit gezeigt."

Seine Mundwinkel zuckten.

Ihr Herz machte einen Satz, als sie zusah, wie sein Blick von wütend zu begehrlich wechselte. „Ich brauche deinen Dank nicht", brummte er und griff nach ihrem Nacken. Daraufhin riss er sie an sich, um ihren Mund zu erobern, so wie er es mitten im Einkaufszentrum getan hatte. Sie schloss die Augen und ließ sich in den Kuss fallen, der nicht weniger brutal oder verzehrend war als der letzte.

Eine seiner Hände glitt über ihren Rücken und packte ihren Hintern, den er drückte, ehe er ihre Hüften an sich zog. Er schob ein Bein zwischen ihre Schenkel und ihre Hüften senkten sich, um ihren Kitzler an ihm zu reiben.

Sie stöhnte.

„Das ist es, Baby. Stöhn weiter so sexy." Er biss ihr ins Ohr und seine Zähne streiften ihren Kiefer, bevor er wieder dazu überging, ihren Mund mit seiner Zunge zu ficken.

Sie rollte mit dem Becken über seinen Schenkel und die Stimulation ihres Kitzlers trieb sie in den Wahnsinn.

Er senkte seinen Unterarm unter ihren Hintern, krümmte ihn und hob sie mühelos hoch, sodass sie rittlings auf seiner Taille saß. Sie schlang ihre Arme um seinen Hals, während sich ihre Lippen nach wie vor in einem verzweifelten Tanz auf seinen bewegten.

Sie wusste, dass es eine schlechte Idee war. Sie wollte keine Beziehung mit einem weiteren Bad Boy wie Cody beginnen. Doch seit dem Moment, in dem er sie das erste Mal in ihrem Schlafzimmerschrank gepackt hatte, kämpfte sie gegen die Anziehungskraft zwischen ihnen an. Vielleicht würde sich die Spannung zwischen ihnen entladen, wenn sie dem Ganzen freien Lauf ließ. Das bedeutete nicht, dass sie eine Beziehung mit ihm eingehen musste.

Cody hob sie höher und biss in ihren Busen. Sie kreischte. „Zieh dein Shirt aus, Melissa."

Keine Bitte. Ein Befehl.

Konnte sie mit diesem Kerl umgehen? Er war nicht nur menschlich. Vielleicht wäre der wölfische Teil zu viel für sie.

„*Jetzt*", brachte er zähneknirschend hervor. „Oder ich reiße es dir vom Körper."

Sie zog das T-Shirt aus und schleuderte es auf den

Boden. Cody drängte sie rückwärts gegen die Wand und fixierte sie an dieser. Er zerrte ihren BH nach unten.

„Au", protestierte sie, als sich der Träger in ihre Schulter grub. „Was zum Henker, Cody?"

Cody erstarrte keuchend und mit eisblauen Augen. Nach einem Moment verblasste die Farbe zu schiefergrau. Er lockerte seinen Griff und sie glitt an der Wand nach unten auf ihre Füße.

Reue schwappte über sein Gesicht. Er umfasste ihres und strich mit dem Daumen über ihre Wange. „Fuck, Melissa. Es tut mir leid. Bei mir wirst du nur verletzt werden."

Die düstere Vorhersage wiederholte die Schlussfolgerung, zu der sie bereits gelangt war. Das machte es allerdings nicht einfacher, es zu hören.

Ihr Kitzler pochte im Rhythmus mit ihrem hämmernden Herzen. Der BH hing halb von ihrem Körper und ein Träger haftete noch an ihrer Schulter. Sie wollte nicht, dass er aufhörte.

Er streichelte mit einer Hand die Seite ihres Halses entlang und folgte der Neigung ihrer Schulter. „Baby ... ich kann nicht ..." Er blinzelte. „Ich sollte nicht ..." Er schüttelte den Kopf. „Menschen sind für Wölfe zu zerbrechlich. Glaub mir, es gibt nichts, was ich lieber tun möchte, als diese sexy Schenkel zu spreizen und dich so zu vögeln, dass dir Hören und Sehen vergeht, aber ..." Er beugte sich näher und amtete an ihrem Hals ein. „Dein Geruch treibt mich in den Wahnsinn und ich könnte die Kontrolle verlieren und dich beißen, was keiner von uns will."

Sie strengte sich an, um trotz des Kloßes in ihrer Kehle zu schlucken. „Richtig", flüsterte sie heiser, obwohl sie sich nicht ganz sicher war, was er sagte. Sich mit ihr zu paaren, wäre offensichtlich ein großer Fehler.

Okay, na schön. Sie stimmte ihm zu.

Sie stieß sich von seiner Brust ab und er trat zurück. „Es ist spät. Ich gehe ins Bett", murmelte sie.

Er antwortete nicht, was vermutlich gut so war. Es gab eigentlich nichts, was sie einander sonst noch zu sagen hatten, oder?

Kapitel Sieben

Cody schlief in Wolfgestalt. Das schien ihm am sichersten zu sein – dadurch war die Versuchung kleiner, ins Schlafzimmer zu gehen, in dem der hübsche Rotschopf schlief, und das zu beenden, womit er begonnen hatte. Er wachte in der Morgendämmerung auf und steckte seine Schnauze ins Schlafzimmer.

Melissa setzte sich auf. Sie war wunderschön mit ihren langen, dichten Haaren, die vom Schlaf zerzaust waren, und ihren geröteten Wangen. Sein Wolf winselte beinahe bei ihrem Anblick. Ihre Augen weiteten sich, als sie ihn sah, doch sie stieg aus dem Bett und ging zu ihm. Sie trug eines seiner T-Shirts und ihre langen, nackten, wohlgeformten Beine hätten ihn zum Stöhnen gebracht, wenn er in Menschengestalt gewesen wäre.

Er trottete zum Bad in der Absicht, sich dort zu verwandeln, wo sie den gigantischen Ständer nicht sehen würde, den er jedes Mal bekam, wenn er sich in ihrer Gegenwart verwandelte. Doch sie hielt ihn auf.

„Cody?" Ihre Stimme war heiser vom Schlaf.

Er blieb stehen und drehte sich um.

Zu seiner Überraschung vergrub sie ihre Finger in seinem Fell. „Darf ich dich streicheln? Ist das okay? Ich will nur spüren ...“

Es kostete ihn sämtliche Selbstbeherrschung, sich nicht zurück zu verwandeln und ihr zu sagen, dass sie den Teil seiner Anatomie berühren sollte, der sich nach ihr sehnte, seit er sie zum ersten Mal gesehen hatte.

Sie fuhr mit ihren Händen über seinen Körper, streichelte und kraulte.

Ihm wurde bewusst, dass er seit Jahren nicht so gestreichelt worden war. Vielleicht niemals. Nein, seine Mom hatte sein Fell gestreichelt, als er ein Welpe gewesen war. Aber sie war gestorben, als er acht Jahre alt gewesen war, und seine Stiefmutter und sein Vater waren nie sehr liebevoll gewesen. Und er hatte zwar Sex gehabt, jedoch nie eine feste Freundin. Niemanden, der ihn einfach nur berührte, um ihn zu fühlen, und mit keiner anderen Absicht, als ihn zu streicheln.

Ein Schauder durchlief seinen gesamten Körper. Was war das? Wonne? Keine sexuelle Wonne, sondern etwas anderes.

Sie kraulte seine Ohren und vergrub ihr Gesicht an seinem Hals im Fell.

Er drehte sich und leckte ihre Schulter ab.

Sie kicherte und klammerte sich fester an ihn.

Er schüttelte sich, trottete zum Bad und verwandelte sich, kurz bevor er dorthin gelangte.

Melissa blieb beim Anblick seiner nackten Gestalt wie angewurzelt stehen und ihr Mund klappte auf. Als ihre Augen zu seinem erigierten Schwanz glitten, zuckte er mit den Achseln. „Das passiert, wenn ich mich verwandle.“

Er schloss die Tür, schaltete das Wasser an und ignorierte den Ständer. Er musste zu zwei Häusern gehen und deren Renovierungsfortschritte überprüfen, ehe er sich mit seinem Makler traf. Und es gefiel ihm nicht, Melissa allzu lange hier allein zu lassen.

Als er aus der Dusche trat, fand er sie im Wohnzimmer, wo sie eine Art Yoga-Routine auf seinem Boden absolvierte.

Er verkniff sich ein Stöhnen und sein Schwanz wurde beim Anblick ihres Hinterns, der in einem Höschen steckte und in die Luft gestreckt wurde, sofort hart.

„Im Ernst, Prinzessin – versuchst du, mich zu quälen?"

„Ich weiß nicht, wovon du sprichst", erwiderte sie etwas zu unschuldig. „Ich übe nur den herabschauenden Hund."

Wenn sie seine Gefährtin wäre, würde er ihr befehlen, diese Position einzunehmen, während er sie um den Verstand fickte, weil sie ihn so gereizt hatte. Die vorübergehende Fantasie all der sexuellen Spielchen, die sie spielen würden, wenn sie Gefährten wären, sorgte dafür, dass seine Füße praktisch Wurzeln schlugen und seine Augen an ihrem verführerischen Hintern kleben blieben.

Und dann verlor er die Kontrolle über seine spärliche Selbstbeherrschung. Ehe er sich versah, trugen ihn seine Füße zu ihr und seine Hände schälten das Höschen nach unten zu ihren Knöcheln.

Sie kreischte, lachte und versuchte, sich wegzudrehen, doch er schlang einen Unterarm um ihre Taille, um sie in Position zu halten, und schlug ihr auf den Po.

Sie keuchte. Nektar glänzte an ihrem Eingang und der Geruch ihrer Erregung sandte ihn ins Weltall.

Er hob seine Gefangene in die Luft und trug sie zum Sofa, wo er sie auf seinen Schoß setzte und ihren Rücken an seine Vorderseite lehnte. „Leg deine Hände auf den Boden."

„Was?"

Er wartete nicht darauf, dass sie ihm gehorchte, sondern

brachte sie selbst in diese Position, indem er ihren Oberkörper nach unten drückte, bis ihre Hände den Boden erreichten und ihre Beine links und rechts von seinen ruhten, sodass sie sich quasi in einer Schubkarren-Stellung befand. „Ich werde dir meine Lieblingsyogapose zeigen."

Ihr Hintern präsentierte sich in seiner ganzen Pracht vor ihm, ihre Pussy war gespreizt und glänzte.

„Das ist kein Yoga", protestierte sie, doch er ignorierte ihre Proteste und verpasste jeder Pobacke einen oberflächlichen Hieb. Sie erstarrte.

Er packte mit beiden Händen ihr Hinterteil und zeichnete mit den Daumen kleine Kreise am Scheitelpunkt ihrer Innenschenkel. „Wenn du ein braves Mädchen bist, bringe ich dich zum Höhepunkt. Würde dir das gefallen, Baby?" Er streichelte ihre Schamlippen mit dem Daumen und sie gab ein undeutliches Wimmern von sich. „Wie bitte?"

Sie antwortete nicht.

„Oder brauchst du noch ein Spanking?" Er schlug erneut einmal auf jede Pobacke.

„Na-hein", stöhnte sie. „Ich werde brav sein."

Er führte seinen Daumen an ihren feuchten Eingang und ließ ihn langsam hoch und runter gleiten, wodurch er ihre Mitte mit ihrem natürlichen Gleitmittel überzog. „Willst du, dass ich dafür sorge, dass du dich gut fühlst, Baby?"

„Ja", hauchte sie. „Cody ..."

Er liebte es wirklich seinen Namen von ihren Lippen zu hören. „Das ist mein braves Mädchen." Er rieb schnell mit der Daumenkuppe über ihren Kitzler, dann wurde er langsamer, um einige Male nach unten zu streicheln.

„Ahh-ah", schrie sie.

Er verpasste ihrem Hintern einen leichten Klaps. „Beruhig dich, Hübsche. Du darfst erst kommen, wenn ich es dir sage, verstanden?" Er hatte das Gefühl, dass sie nach wenigen Berührungen wie ein Feuerwerkskörper explodieren würde, und er beabsichtigte, sich Zeit zu lassen. Wenn er diesen heißen, kleinen Menschen nicht vögeln würde, konnte er es wenigstens genießen, sie zum Orgasmus zu bringen. Er warf ein Kissen zu seinen Füßen. „Mach es dir gemütlich."

Sie riss es an sich, legte es auf seine Füße und ihre Wange auf das Kissen, ehe sie ihre Arme um seine Beine schlang.

Er ließ weitere Hiebe auf ihren Hintern prasseln, denn er liebte es, wie ihr Po wackelte und sich wölbte, wie ihre Innenschenkel bebten und ihre Pussy auslief. „Was passiert mit Mädchen, die andere reizen?" Er tauchte einen Daumen in sie, während der Rest seiner Hand ihren Venushügel umfasste und ihren Kitzler massierte.

„Ahh!"

Mit der anderen Hand schlug er auf ihren Po und versetzte ihr einen scharfen Hieb. „Was passiert?"

„Das hier?" Ihre Stimme zitterte.

Er verkniff sich ein Glucksen und schlug erneut auf die haargenau gleiche Stelle, während er seinen Daumen in sie rein und raus bewegte. „Was ist das hier?"

„Eine Bestrafung", keuchte sie und rieb sich an seinem Schoß.

Er entfernte seinen Daumen und richtete seine Aufmerksamkeit wieder auf ihren Kitzler, was sie dazu veranlasste, die Beine vor pulsierender Erregung anzuspannen, die um seine Taille geschlungen waren.

Er hielt inne und versohlte ihr erneut den Hintern. Er zog seinen Daumen durch ihre Säfte und führte ihn an ihren Anus. Daraufhin umkreiste er die kleine Rosenknospe.

Sie krabbelte vorwärts, als wollte sie von seinem Schoß kriechen. Er packte ihre Hüften und riss sie zurück. „Wohin denkst du, dass du gehst?" Er drückte seinen Daumen beharrlich an ihren Hintereingang und wartete darauf, dass sich der enge Muskelring entspannte.

Sein Daumen drang in ihr Loch und er ließ etwas Spucke darauf tropfen, um es zu schmieren, damit er leichter rein und raus gleiten konnte. Er schob seinen anderen Daumen in ihre Pussy und bewegte sie abwechselnd in ihr. Zuerst presste er einen Daumen in sie, dann den anderen.

„Oh mein Gott", heulte sie. „Cody ..."

„Gefällt dir deine Bestrafung, Baby?"

„Ja", hauchte sie. „Bitte ..."

„Willst du kommen?"

„Ja, bitte. Ich werde brav sein."

Ein Glucksen entwischte ihm, doch er beschleunigte sein Tempo und drückte beide Daumen gleichzeitig in sie, während die Finger seiner unteren Hand fest auf ihren Kitzler pressten.

Sie kreischte. „Cody! Meine Fresse, oh mein Gott!"

„Komm für mich, Baby."

Ihr Schrei hallte durch sein Haus und ihre Muskeln verkrampften sich um seine Daumen. Die ungezügelte Wonne auf ihrem Gesicht gab ein Bild ab, das er sich für immer als das Hübscheste ins Gedächtnis einprägte, was er jemals gesehen hatte.

Als sie völlig erschöpft auf seinem Schoß und seinen Beinen zusammenbrach, beugte er sich nach vorne, um sie wieder nach oben zu ziehen. Dann schwang er sie in seine Arme und trug sie zum Badezimmer. Er stellte sie auf die Füße, ließ seine Arme jedoch fest um ihre Taille liegen für den Fall, dass ihre Beine zitterten. Die Leidenschaft hatte ihre schlaffen Wangen gerötet und ihre Lider waren halb über ihren glasigen Augen gesenkt.

Er schaltete das Wasser an und wartete darauf, dass es warm wurde. Als er sein Shirt von ihrem Körper zog, weinte er beinahe vor Verlangen. Ihre apfelgroßen Brüste deuteten nach oben. Ihre pfirsichfarbenen Nippel waren ewige Optimisten. Mit einem Anflug von Lust packte er ihre Handgelenke und knallte sie über ihren Kopf, um die dreisten Nippel noch weiter anzuheben. Ihre Brüste hoben sich zu seinem Mund, den er zuerst auf einen Busen, dann den anderen senkte.

Der Wolf in ihm sprang an die Oberfläche und sein Blickwinkel vergrößerte sich. Dieses Mal spürte er die Verwandlung in seinem Mund. Seine Zähne wurden länger und das Paarungsserum breitete sich in seinem Mundraum aus.

Nein.

Er nahm jedes bisschen Selbstbeherrschung zusammen, das noch in ihm steckte, um sich zurückzuziehen und den Duschvorhang aufzureißen. „Rein mit dir." Seine kehlige Stimme klang wie die einer anderen Person.

Sie trat in die Dusche, packte jedoch sein Shirt und zog ihn mit sich. „Cody ... es tut mir leid, dass ich gestern Abend Angst bekommen habe. Du hast mir nicht wehgetan. Lass es uns noch einmal probieren."

Der Wolf sprang erneut an die Oberfläche.

Nimm sie. Beanspruche sie. Mach sie zur Deinen.

Aufgrund seines geschärften Blicks schien sie noch näher zu sein. Er stolperte rückwärts. „Wir können nicht", krächzte er harsch und verließ das Badezimmer und dann das Haus, bevor der Wolf seine Meinung ändern konnte.

* * *

Die Orgasmen hatten ihr Interesse an Cody nicht gemindert – nicht im Geringsten. Die Art und Weise, wie er sie genommen hatte, war animalisch und brutal gewesen – absolut demütigend und dennoch waren die Orgasmen, die er ihr entlockt hatte, nicht von dieser Welt gewesen. Deswegen war sie am Boden zerstört gewesen, als er sie erneut ohne ein Wort verlassen hatte. Dieses Mal verstand sie es jedoch.

Cody wollte sie. Er wollte sie sogar so markieren, wie Ben Ashley markiert hatte. Allerdings hielt er das offenbar für eine schreckliche Idee. Tränen brannten in ihren Augen.

Sie verbrachte den Großteil des Tages damit, Arbeit aufzuholen. Sie postete die Fotos eines neuen Hauses, das sie im Angebot hatten, und erstellte eine virtuelle Tour. Sie rief mehrere Kunden an, um sie auf den neuesten Stand zu bringen. Für ihre Kunden, die in Erwägung zogen, ein Angebot auf ein Haus abzugeben, erstellte sie eine Liste von ähnlichen Häusern, die bereits verkauft worden waren, damit sie die Preise vergleichen konnten.

Erst nachdem sie alles erledigt hatte, was sie tun musste, rief sie Ashley an, um ihr das Herz auszuschütten.

„Er wird keinen Sex mit mir haben, weil er mich markieren will", sagte sie dumpf.

„Was? Oh, mein Gott! Im Ernst? Er denkt, du bist seine Gefährtin?"

„Nein! Das ist das Problem. Er will mich definitiv nicht als Gefährtin. Also kommt es nicht infrage. Was in Ordnung ist, wirklich, denn er ist ein wenig zu sehr mein Typ, wenn du verstehst, was ich meine."

Ashley hielt inne. „Nein, tatsächlich verstehe ich es nicht. Was versuchst du, zu sagen?"

„Hast du den Kerl schon mal gesehen? Er sieht aus, als

könnte er ein Vollstrecker der Mafia sein oder ein Auftragskiller oder so was. Er ist mit Tattoos bedeckt und ist nur ein Arbeiter."

Ashley schwieg. „Hast du gerade gesagt, *er ist nur ein Arbeiter?*"

„Ich will nicht versnobt klingen. Ich habe nichts gegen Arbeiter – offensichtlich. Ich arbeite selbst noch in einer Kneipe, um über die Runden zu kommen, und jeder Typ, mit dem ich zusammen war, ging einer niederen Tätigkeit nach. Es ist nur ... Ich hatte beschlossen, dass es an der Zeit für ein Upgrade ist. Dieses Mal will ich einen normalen, kultivierten Kerl daten. Nicht irgendeinen düsteren, gefährlichen, Motorrad fahrenden Anführer einer Wolfgang."

Ashley lachte schallend. „Ich weiß nicht, das klingt für mich richtig heiß. Allerdings weiß ich nicht, ob ich ihn einen Arbeiter nennen würde. Ich meine, Ben hat erzählt, dass er Häuser renoviert und verkauft?"

„Ja, er arbeitet für CJ Steele Properties, die Firma, die Häuser im Old North End Viertel renoviert – die, auf die ich so scharf bin? Aber du weißt, was ich meine. Er ist kein Arzt oder Anwalt."

„Du ergibst keinen Sinn. Wann wolltest du jemals einen Arzt oder Anwalt?"

„Das ist doch der Punkt!", jammerte sie. Normalerweise verstand Ashley sie besser. „Es ist nicht das, was ich will, aber das, was ich wollen sollte. Ich bin durch mit den Bad Boys und Cody ist definitiv ein Bad Boy."

„Hmpf", schnaubte Ashley. „Nun, ich glaube dir nicht. Allerdings hört es sich so an, als bräuchtest du ein wenig Zeit und Raum, um dir zu überlegen, was du als Nächstes willst. Außerdem hast du gerade erst eine Beziehung beendet, weshalb du nichts überstürzen solltest. Wenn Cody keinen Sex mit dir haben will, ist das vermutlich etwas

Gutes. Du weißt, dass du Leuten, zu denen du eine Verbindung aufgebaut hast, viel zu treu ergeben bist."

„Ach, halt die Klappe."

„Ich kritisiere dich nicht. Diese Eigenschaft macht dich zu so einer fantastischen Freundin und einer perfekten Schwester. Sie wird dich auch zur besten festen Freundin für einen Mann machen, der dich nicht ausnutzt."

„Falls so ein Mann existiert", erwiderte sie säuerlich.

„Er existiert", murmelte Ashley und Melissa hörte die Tiefe ihrer Liebe für Ben. Ein Anflug von Schuldgefühlen, weil sie sie erneut während ihrer Flitterwochen anrief, ließ sie ihr eigenes Drama vergessen.

„Hey, geh zurück zu deinem Ehemann. Deinem Alphawolf. Beißt er dich noch immer?"

Ashley lachte. „Nein, nachdem er mich markiert hatte, besaß er mehr Kontrolle."

„Gut zu wissen. Nicht, dass ich markiert werde oder so. Viel Spaß euch beiden. Gib ihm heute einen hammermäßigen Blowjob, okay?"

Ashley lachte. „Er wird sich für diesen Vorschlag bei dir bedanken. Wir telefonieren bald wieder. Hab dich lieb."

„Hab dich auch lieb", sagte sie sanft und legte auf.

* * *

Als Cody an diesem Nachmittag nach Hause kam, fand er Melissa mit dem Chromebook auf den Beinen auf dem Sofa sitzend vor. Sie sah total niedlich und fleißig aus. Er hatte sich bei seinen Aufgaben für den Tag beeilt, weil er sie nicht zu lange allein lassen wollte.

Oder vielleicht lag es auch daran, dass ihr Geruch noch an seinen Kleidern haftete und das Bild von ihr, umwerfend und nackt, während sie versuchte, ihn an diesem Morgen zu sich in die Dusche zu ziehen, immer wieder vor seinem inneren Auge abgespielt wurde, bis er kaum noch denken konnte.

Sie sah nicht sofort auf, doch ihre Wangen färbten sich rosa, weshalb er wusste, dass sie sich daran erinnerte, was er heute Morgen mit ihr getan hatte. Er feixte.

„Hey, Baby. Gibt es heute kein besonderes Outfit zur Begrüßung?"

Sie schürzte die Lippen, vermutlich in dem Versuch, prüde auszusehen. Allerdings wirkte sie dadurch nur noch mehr wie eine Femme fatale. „Damit habe ich mir Ärger eingehandelt, wenn ich mich richtig erinnere."

Er schlenderte zu ihr. Sein Schwanz wurde bei der Erinnerung bereits steif. „Und ich scheine mich daran zu erinnern, dass du deine Bestrafung genossen hast. Sogar sehr."

Ihre Lippen zuckten, doch sie tat weiterhin so, als würde sie ihn ignorieren, und klickte an ihrem Computer herum.

Das Wegwerfhandy, das er gekauft hatte, klingelte.

„Ich habe die Anrufe von meinem alten Handy an diese Nummer weitergeleitet", erklärte sie, als sie ranging. „Hier spricht Melissa." Das Blut wich ihr aus dem Gesicht. „Ich weiß nicht, wo er ist", krächzte sie ins Handy.

Er eilte an ihre Seite und legte sein Ohr neben ihres.

„Sag ihm, dass Junior Rabago nach ihm sucht und sein Geld zurückwill. Er hat noch bis Freitag Zeit, um es vorbeizubringen."

„Wie viel Geld schuldet er Ihnen?"

„14.000 Dollar plus Zinsen. Es muss auf einmal bezahlt werden, sonst sterben du und dein Junge. Denk nicht, dass ich dich nicht finden kann." Er legte auf.

Melissa holte lange und zittrig Luft. „Nun ... wenigstens weiß ich jetzt, wie ich ihn erreichen kann, falls wir Bens Geld nutzen, um ihn zu bezahlen."

„Wir bezahlen ihn. Je früher, desto besser. Wir müssen dir diesen Kerl vom Hals und aus deinem Leben schaffen."

„Denkst du, das wird ihn auch Jeremy vom Hals schaffen?"

Er schaute sie finster an, denn er hasste es, dass sie das Arschloch erwähnte. „Nur, wenn er Teil der Lieferung ist", meinte er.

Ihre Hand zitterte, als sie auf das Handy in dieser blickte. „Ich habe heute mit Ashley telefoniert und Ben sagte, dass er das Geld sofort auf dein Konto überweisen könnte, wenn du ihm deine Bankleitzahl und Konto-nummer gibst."

„Ich schreibe sie ihm gleich." Er trat von ihr weg, da er nicht mehr in ihrer Nähe sein konnte, ohne sie auf den Rücken zu stoßen und über sie herzufallen.

Sie richtete ihre Aufmerksamkeit wieder auf das Chromebook und ihre Stirn legte sich in Falten. „Oh, nein!", rief sie und schlug sich gegen die Stirn. Sie warf das Chromebook aufs Sofa und sprang auf. „Oh Mist, oh Scheiße, Mist, Scheiße, Mist!" Sie lief schnell in einem Kreis durch sein Wohnzimmer und schüttelte die Fäuste in verschiedene Richtungen.

„Was? Was ist los?"

Sie wirbelte zu ihm herum. „Ich habe den Geburtstag meines Littles vergessen."

Er starrte sie an. Weswegen war sie so sehr am Ausras-ten? „Dein was?"

„Mein Little. Ich mache im Big Brothers Big Sisters Programm mit. Ich hätte mich gestern Abend mit meinem Little, meiner ‚kleinen Schwester', treffen sollen, um ihren Geburtstag zu feiern. Bei allem, was los war, habe ich es komplett vergessen. Sie hat vermutlich versucht, mich auf dem Handy anzurufen, aber natürlich habe ich das nicht hier – mittlerweile ist wahrscheinlich der Akku leer. Ich fühle mich wie das größte Arschloch der Welt."

Er starrte sie an, überrascht davon, wie wichtig ihr das zu sein schien. Sie hatte gerade einen Anruf von einem Typen angenommen, der gedroht hatte, sie umzubringen, und war nicht durchgedreht. Doch *jetzt* war sie aufgebracht? Wegen eines verpassten Treffens mit einem Wohltätigkeitsfall? War die Frau, die er als oberflächlich abgestempelt hatte, wenn nicht sogar als egoistisch, tatsächlich wegen eines benachteiligten Kindes so außer sich? Allein die Tatsache, dass sie an dem Programm teilnahm, schockierte ihn.

„Dann sag ihr, dass du es wiedergutmachen wirst."

Zu seinem Entsetzen schwammen ihre großen blauen Augen in Tränen. „Du verstehst nicht. Das ist ein absolut unterprivilegiertes Kind. Ihre Mom ist eine Stripperin und Cracknutte, die es kaum schafft, für ein Dach über ihrem Kopf zu sorgen. Sie hat vermutlich noch nie in ihrem Leben einen richtigen Geburtstag gefeiert. Ich hatte ihr ein großartiges Geschenk gekauft und ich ..." Sie hielt inne und ihr Kinn zitterte.

„Baby." Das Bedürfnis, sie zu trösten, weckte den Wunsch in ihm, zu jaulen. Er war nicht gut darin, Frauen zu trösten – er hatte keinerlei Übung darin – aber er würde es auf jeden Fall versuchen. Indem er sie an seine Seite zog, streichelte er mit kreisenden Bewegungen über ihren Rücken. „Hübsches Mädchen, weine nicht. Wir werden jetzt zu ihr fahren und alles erklären. Nun, wir können nicht erklären, dass dich Leute umbringen wollen, aber wir werden ihr erzählen, dass du einen Notfall hattest."

„Aber ihr Geschenk", stöhnte sie. „Es ist in meinem Haus."

„Wir werden ihr auf dem Weg ein Geschenk besorgen und du kannst ihr sagen, dass du ihr später noch etwas anderes geben wirst. Sie wird zwei Geburtstagsgeschenke kriegen. Welches Kind liebt das nicht?"

Melissa schniefte. „Stört es dich nicht, mich jetzt dorthin zu fahren?"

Er umfing ihr Kinn und hob ihr tränenüberströmtes Gesicht an. Der Anblick der Feuchtigkeit, die noch immer über ihre Wangen rann, war untragbar. Er wollte alles und jeden zerstören, der sie jemals zum Weinen gebracht hatte. Es beunruhigte ihn, wie viel Macht ihre Tränen über ihn hatten. „Solange du zu weinen aufhörst", murmelte er.

Sie schluchzte und lachte gleichzeitig, stieß ihn von sich und wischte die Tränen mit dem Handrücken ab.

Sie fuhren zu einer Dairy Queen Filiale, wo sie eine Oreo-Eistorte kauften, die sie mit dem Namen ihres Littles – Margot – verzierten, weil Melissa meinte, dass sie vermutlich nicht viel mit ihrem Namen darauf erhielt. Mit der Torte auf dem Schoß und einem Geschenkgutschein für Target in der Handtasche saß Melissa angespannt neben ihm. Ihre Schultern waren gestrafft und steif.

„Wie lange bist du schon ihre große Schwester?" Er wollte mehr über diese Seite von Melissa wissen. Diese unerwartete und großzügige Seite.

„Noch nicht lange." Sie zog ihre Zähne über ihre Unterlippe. „Seit sechs Monaten. Es ist ein Projekt von *Brown Realty*. Zuerst wollte ich es nicht machen."

„Warum nicht?" Er erwartete, dass sie sagen würde, was für ein Ärger es war, oder dass sie die Probleme mit dem Programm aufzählte, doch sie starrte aus dem Fenster und kaute noch immer auf ihrer Lippe herum.

„Ich binde mich zu stark an andere Menschen", erklärte sie schließlich seufzend. „Ich habe keine zwanglosen Beziehungen. Ich gebe einfach alles für den anderen und weiß nie, wann ich damit aufhören muss."

Irgendwie glaubte er, dass sie auch von ihrem Ex-Freund sprach.

Sie seufzte noch einmal schwer. „Ich kann nicht fassen, dass ich ihren Geburtstag vergessen habe. Ich bin so eine Versagerin."

Seine Augenbrauen schnellten in die Höhe. Das war sein Spruch. Sah sich Melissa wirklich so? Wenn ja, hatte sie in den falschen Spiegel geschaut. „Wieso bist du eine Versagerin?"

„Das war ich schon immer", antwortete sie leise.

Er hasste die Dumpfheit in ihrer Stimme und ihren leeren Blick aus dem Fenster. „Ich versuche ständig, mich zu bessern, scheine es allerdings nie richtig hinzukriegen."

„Ich dachte, ich habe gesagt, dass du nicht mehr weinen sollst", erinnerte er sie in der Hoffnung, die Stimmung aufzulockern. Es funktionierte nicht. Sie schien ihn nicht einmal zu hören.

„Hey ... ich bin mir sicher, du bist eine fantastische große Schwester. Margot wird begeistert sein."

„Ashley hätte es nicht vergessen."

Ashley. War das ihre Zwillingsschwester?

„Melissa, du gehst zu hart mit dir ins Gericht."

„Ashley ist der gute Zwilling. Die mit den perfekten Noten und den höchsten Testergebnissen. Diejenige, die alles richtig gemacht hat."

Seine Lippe kräuselte sich. Er wusste, wie es war, wenn man mit seinen Geschwistern nicht mithalten konnte. Das wusste er nur allzu gut. „Zu was macht dich das?"

Sie lachte harsch. „Ich war diejenige, die in der Highschool den Unterricht schwänzte. Die Drogen auf dem Parkplatz mit den taffen Kids ausprobierte. Die mit Arschlöchern wie Jeremy ausging."

Ah. Er hasste es, dass ihr Arschloch-Ex so viel Platz in ihrem Gehirn einnahm, aber wenigstens wusste sie, dass es ein Fehler gewesen war.

Er fuhr vor die Adresse des Sozialwohnungsbaus, die sie ihm gegeben hatte, und schaltete den Truck aus, ehe er sich zu ihr umdrehte. „Vergleiche machen einen jedes Mal fertig, Kleines", sagte er, wobei er sich bemühte, mit lockerer Stimme zu sprechen. „Neben mir wärst du wahrscheinlich der Goldjunge."

Er beobachtete, wie sie zu ihm zurückkehrte, blinzelte und das geistesabwesende Starren ablegte. Ihre Augen blickten neugierig in sein Gesicht und jetzt klang er bitter. „Ich habe auch perfekte Brüder. Ich hasse die Mistkerle."

Sie lachte, woraufhin Erleichterung durch seinen Bauch wirbelte. „Ja, ich schätze, du hast recht." Sie stieß ihre Tür auf und er nahm die Torte von ihrem Schoß, bevor sie nach draußen trat. Der Blick, den sie ihm unter ihren Wimpern hervor zuwarf, wirkte schüchtern, als hätte sie nicht erwartet, dass er sich wie ein Gentleman benehmen würde. Nun, warum zur Hölle sollte sie das auch denken? Er hatte sich große Mühe gegeben, sie mit seinen schlechtesten Manieren zu schockieren.

Sie erklommen die Treppe – anscheinend gab es in diesem Gebäude keinen Aufzug – zum dritten Stock. Die fleckigen Flurwände und schmutzigen Laminatfliesen sprachen Bände darüber, wie gut sich der Vermieter um das Gebäude kümmerte. Ja, sein Haus war auch nicht picobello, aber das lag daran, dass es *ihm* gehörte und es ihm egal war. Die Häuser, die er vermietete oder an andere verkaufte, spiegelten wider, wie wichtig es ihm war, sie zu renovieren und auf einen höheren Standard zu bringen, als die Leute erwartet hatten. Das war der Grund, aus dem er so erfolgreich war.

Melissa klopfte an eine der Türen und trat von einem Fuß auf den anderen. Er legte eine Hand auf ihre Schulter, um sie zu beruhigen. Diese verletzliche Seite von ihr zu sehen, weckte seine heftigsten Beschützerinstinkte. Er wollte jedes gebrochene Teil von ihr reparieren und jede Oberfläche ihres Lebens abschmirgeln, um zu verhindern, dass sie sich jemals wieder einen Spreißel zuzog.

Und der Drang jagte ihm eine Scheißangst ein. Das wahnsinnige Verlangen nach ihr verstand er wenigstens. Sie war rattenscharf, Mensch hin oder her. Doch dieser andere Instinkt – der, der nicht zu verstehen schien, dass sie keine Beziehung führten und auf keine Weise miteinander verbunden waren, dass sie sich nicht einmal mochten – brüllte *Gefährtin*. Er brüllte sogar lauter als der Drang, sie zu markieren.

Die Tür schwang auf und eine schlaksige, mürrische Teenagerin mit blau gefärbten Haarspitzen, die ihr in die Augen fielen, spähte nach draußen. Sie schaute Melissa finster an, obwohl er meinte, einen Funken Interesse beim Anblick der Torte zu sehen.

„Margot, es tut mir so leid, dass ich unsere Verabredung verpasst habe. In mein Haus wurde eingebrochen und ich musste ausziehen und ... es war einfach ein großes Chaos.“

Das Mädchen starrte ihn über Melissas Schulter hinweg an. „Wer ist das?“

Melissa biss sich auf die Lippe. „Das ist Cody. Er ist, äh ...“ Sie warf einen unsicheren Blick in seine Richtung.

„Ich bin ihr Bodyguard“, beendete er den Satz für sie. „Bis wir herausfinden, wer in ihr Haus eingebrochen ist und warum.“ Halte dich eng an die Wahrheit, wenn du es mit Menschen zu tun hast. So hatte er es schon immer gehalten.

Die Teenagerin nickte und nahm seinen Job hin, als würden die meisten Leute in ihrem Leben mit muskulösen, tätowierten Bodyguards herumlaufen. Sie blickte auf die Torte, dann über ihre Schulter, wo ein Fernseher plärrte. Ein Paar Füße hingen über die Kante eines verschlissenen, karierten Sofas. „Du kannst jetzt nicht reinkommen."

„Das ist okay. Ich wollte dir nur das hier vorbeibringen." Melissa reichte ihrer ‚kleinen Schwester' die Torte, dann holte sie den Gutschein heraus, den sie auf dem Weg im Supermarkt gekauft hatten.

Die Teenagerin schob die Torte in einen Arm und griff mit dem anderen nach dem Gutschein, wobei sie endlich lächelte. „Danke."

„Hoffentlich können wir uns nächste Woche treffen." Sie warf ihm noch einen Blick zu. „Aber ich gebe dir auf jeden Fall Bescheid. Ich habe eine neue Nummer – ich schreibe dir, damit du sie hast."

Margot verengte die Augen zu Schlitzen. „Ist alles okay?"

„Ja, ich werde es in Ordnung bringen. Das mit gestern tut mir wirklich leid." Melissa umarmte das Mädchen ungelenk.

Margot versteifte sich bei der Umarmung und zog den Kopf ein, weshalb sich Melissa rasch von ihr löste. Nach einer unbeholfenen Verabschiedung schloss sich die Tür und er musterte Melissa in dem Versuch, einzuordnen, wie es ihrer Meinung nach gelaufen war.

Sie neigte den Kopf nach oben, um ihm in die Augen zu schauen. „Danke."

Wärme sickerte in seine Brust. Es war nur ein Wort, bebte jedoch nackt und entblößt in der Luft zwischen ihnen. Sie hatte ihm heute ihr wahres Ich gezeigt – das unter dem hochmütigen Äußeren – und er nahm diese Ehre nicht auf die leichte Schulter.

Er legte einen Arm um ihre Taille und begann, sie zu sich zu ziehen, als er einen Geruch bemerkte. Er wirbelte herum und seine Augen landeten auf dem weiblichen Welpen aus dem Einkaufszentrum.

* * *

Cody hatte sie gerade küssen wollen, hielt jedoch inne und drehte sich um. Das Mädchen, das sie im Einkaufszentrum gesehen hatten, stand zur Salzsäule erstarrt und mit aufgerissenen grünen Augen hinter ihm.

„Hey." Codys Stimme war freundlich – kein Vergleich zu seinem üblichen barschen Tonfall. „Wo ist deine Mom?"

Das Mädchen saugte seine Unterlippe in den Mund und antwortete nicht.

„Kannst du ihr sagen, dass ich hier bin?"

Die Augen nach wie vor auf Cody geheftet nickte sie und wich von ihnen zurück, bevor sie zum Ende des Ganges rannte, wo sie die letzte Tür aufdrückte und hindurch verschwand.

Cody wechselte einen Blick mit ihr und folgte dem Mädchen durch den Gang. Melissa beeilte sich, um ihn einzuholen, blieb jedoch stehen, da sie sich fragte, ob sie störte.

„Sollte ich ...? Vielleicht werde ich unten beim Truck warten?"

Cody blieb stehen und machte ein finsteres Gesicht. „Nicht sicher." Er streckte seinen Arm aus und als sie an seiner Seite ankam, zog er sie an sich. Es wirkte so natürlich, dass sie beinahe vergaß, wie merkwürdig es war, dass sich die Spannung zwischen ihnen lockerte. Sie wusste, dass sie ihn aus der Fassung gebracht hatte, als sie in seinem Haus durchgedreht war. Margots Geburtstag zu vergessen, war jedoch unverzeihlich gewesen. Sie hatte Monate lang daran gearbeitet, ein gutes Verhältnis zu dem Mädchen aufzubauen, und es dann zu verlieren, weil sie so mit sich selbst beschäftigt gewesen war, machte sie völlig fertig.

Doch Cody war fantastisch gewesen. Sie hatte wirklich nicht erwartet, dass er sie trösten oder ihr Dilemma ernst nehmen würde. Sie hatte definitiv nicht erwartet, dass er ihr dabei helfen würde, alles wieder in Ordnung zu bringen. Vielleicht hatte sie ihn falsch eingeschätzt.

Sie standen vor der Apartmenttür, aber Cody klopfte nicht an. Stattdessen lehnte er eine Schulter an die Wand, während er sie weiterhin an seine andere Seite drückte.

Die Tür öffnete sich so weit, wie es die Türkette erlaubte, und das blasse, hagere Gesicht der Gestaltwandlerin spähte nach draußen. Ihr Blick schwenkte von Cody zu ihr und wieder zu Cody. Ihre Nasenflügel blähten sich und Melissa wusste, dass sie ihren Geruch einsog.

„Wohnst du schon lange hier?", erkundigte sich Cody, als sie nicht sprach.

Sie schüttelte hastig den Kopf, wodurch ihr die blonden Haare in die Augen fielen. „Erst seit ein paar Wochen. Wir sind neu in der Stadt."

Cody wartete abermals, sie führte ihre Antwort jedoch nicht aus. Als er erneut sprach, nahm er einen Tonfall an, den sie zuvor noch nicht von ihm gehört hatte. Er war langsam und geduldig. Als wüsste er, das Weibchen würde es mit der Angst zu tun kriegen, wenn er zu viel Aggression zeigte. „Ich bin Cody. Das hier ist meine Freundin Melissa. Wir sind nicht hier, um dir wehzutun."

Die Frau musterte sie beide noch einen Moment lang.

Daraufhin hängte sie die Türkette aus und ließ die Tür aufschwingen, wobei sie aussah, als würde sie wider besseres Wissen handeln. „Möchtet ihr reinkommen?" Sie klang resigniert und müde.

Melissa verbarg ihren Schock, als sie das schäbige Apartment betraten. Es gab keine Möbel in der winzigen Einzimmerwohnung abgesehen von einer einzigen Matratze, auf der eine Decke lag. Beide Kinder saßen darauf und beobachteten die Neuankömmlinge.

„Bist du der Alpha?", wollte die Frau wissen. Sie klang leicht bitter und nicht unterwürfig, blickte Cody jedoch nicht herausfordernd in die Augen.

Cody nickte einmal und schob die Hände in seine Hosentaschen. Melissa staunte, wie viel weniger bedrohlich er dadurch aussah. Anstatt den Alpha-Dominanz-Schwachsinn durchzuziehen, den er bei ihr angewandt hatte, nahm er sich bei dieser Frau auf eine Weise zurück, wegen der sich Melissa noch mehr für ihn erwärmte. Nach ihrer verkniffenen, nervösen Miene zu urteilen, hatte die Frau schon Angst genug. Sie sah wie ein in die Ecke gedrängtes Tier aus. Was sie möglicherweise gefährlich machte angesichts dessen, dass sie Welpen zu beschützen hatte.

„Ich bleibe nicht lange", erklärte sie. „Deswegen bin ich nicht zu dir gegangen." Ihre Haut hatte eine gräuliche Blässe, sie machte den Eindruck, als wäre sie unterernährt, und es fehlten zwei Zähne in ihrer oberen Zahnreihe.

Cody nickte, was alles hätte bedeuten können. „Woher kommst du?"

Ihre Schultern hoben sich näher an ihre Ohren. „Ich bin mal hier und mal da."

„Name?"

Die Frau zögerte. „Colleen."

Cody zog seine Hand aus der Tasche und ein Bündel

Geldscheine hervor. Ohne sie aufzurollen, reichte er sie ihr. „Sieht so aus, als könntest du ein wenig Hilfe gebrauchen, wieder auf die Beine zu kommen, Colleen."

Sie machte keine Anstalten, das Geld anzunehmen. „Ich trete deinem Rudel nicht bei." Obwohl die Worte mutig gesprochen wurden, hielt sie den Blick gesenkt.

Ohne den Blick von ihr abzuwenden, veränderte Cody den Winkel seiner Hand, um das Geld den Kindern hinzuhalten. Der Junge, der aussah, als wäre er um die zehn Jahre alt, hastete, ohne zu zögern, nach vorne und nahm es.

Kluges Kind.

Cody holte eine Visitenkarte hervor. Dass er Karten bei sich trug, obwohl er nicht einmal einen Geldbeutel benutzte, überraschte sie, aber vielleicht war sie für Rudelangelegenheiten. Er reichte sie Colleen. „Unser Vollmondlauf ist morgen in der Gegend des Woodland Parks, oben beim Highway 24."

Die Kinder merkten auf, als hätte er gesagt, sie könnten zu einem Vergnügungspark gehen.

Cody lächelte. „Die Welpen sind selbstverständlich willkommen. Dort gibt es auch eine Hütte, die ihr jederzeit nutzen könnt. Ruf mich an oder schreib mir, wenn du die Wegbeschreibung möchtest."

Die Frau nahm die Karte und Unsicherheit machte sich auf ihrem Gesicht breit. Die Kinder hatten sich vom Bett erhoben, umringten sie und sahen mit flehenden Mienen zu ihr auf.

„Können wir hingehen, Momma?", fragte das Mädchen.

Colleens Lippen pressten sich zusammen.

„Du weißt jetzt, wie du mich erreichen kannst." Codys Worte nahmen zur Kenntnis, dass sie ihn nicht kontaktiert hatte, und ließen sie zugleich vom Haken. Er deutete auf die Karte. „Benutz sie, falls es nötig ist."

Ihr Gesicht verschloss sich, doch sie steckte die Karte in die hintere Tasche ihrer schlabberigen Jeans. „Ich weiß es zu schätzen, dass du vorbeigekommen bist." Sie starrte auf den Boden, als sie diese Höflichkeitsfloskel aussprach, die eindeutig unecht klang.

Cody schlenderte zur Tür und schaute zurück zu den Kindern, die ihn eifrig beobachtet hatten und jetzt die Blicke senkten, um sich ihrer Mutter anzupassen. „Ich hoffe, ich sehe euch am Sonntag. Der Berg ist wunderschön."

Niemand gab ihm eine Antwort, doch Cody hatte bereits die Tür geöffnet, als hätte er auch keine erwartet. Er ließ Melissa als Erste hinausgehen, wobei seine Hand leicht auf ihrem Kreuz lag. Also wusste der Kerl, wie sich ein Gentleman benahm, obwohl er so gerne den Neandertaler gab.

Als sie in den Truck stiegen, sagte sie: „Das war nett von dir."

Cody starrte das Lenkrad an und sah ernst aus. „Mit so etwas musste ich mich noch nie zuvor befassen."

„Womit?" Sie sprach leise, weil sie ihn nicht aus dieser untypischen Offenheit reißen wollte.

„Häusliche Gewalt. Ich schätze, sie versteckt sich vor demjenigen, der ihr die Zähne ausgeschlagen hat."

Melissa zuckte zusammen, als es laut ausgesprochen wurde, wusste jedoch sofort, dass Cody recht hatte. Sie musterte sein Gesicht und sah ihn durch einen anderen Filter. Cody als Alpha – nicht nur als den Mann, der seine Dominanz sexuell durchsetzte, sondern als denjenigen, der das Rudel anführte. Er wirkte schrecklich kompetent. Gefährlich, aber nicht auf die Bad Boy Art und Weise, eher auf eine beschützende Art.

„Du kannst ... du wirst sie beschützen, oder?"

Seine hübschen grauen Augen blickten in ihre und seine Miene war unleserlich. Scheiße. Vielleicht hätte sie sich nicht nach den Rudelangelegenheiten erkundigen sollen. Aber Mensch! Sie hoffte, dass er der Frau helfen würde. Er rieb sich übers Gesicht. „Wenn sie um meinen Schutz bittet, gehört er ihr. Du hast bestimmt bemerkt, dass sie nicht darum gebeten hat. Sie hat womöglich Angst, dass sie mir nicht vertrauen kann – dass ich sie an ihren Gefährten verraten werde, wer auch immer das Arschloch ist, das sie misshandelt hat. Vielleicht denkt sie auch, dass ich nicht genug Macht habe, um sie zu beschützen."

Er ließ den Truck an und fuhr vom Bordstein weg. „Du solltest mich nicht so ansehen."

„Wie sehe ich dich denn an?"

„Als wäre ich ein verdammter Held. Denn das bin ich nicht. Und mir gefällt dieser Gesichtsausdruck bei dir viel zu gut."

Ihr stockte der Atem. Cody sah sie nicht an, doch die Energie zwischen ihnen sprühte Funken.

Allerdings war er ein Held. Er hatte zugestimmt, ihr Leben vor seines zu stellen, ohne sie jemals gesehen zu haben. Und jetzt war er bereit, diese andere Frau zu beschützen, die er nicht einmal kannte.

Da ihr nichts einfiel, was sie sagen konnte, hielt sie den Mund und ignorierte das Summen, das durch ihren Körper vibrierte, nur weil sie sich in Codys Nähe befand.

Kapitel Acht

Cody parkte die Ducati Streetfighter vor seiner Berghütte. Da er Melissa bei sich hatte, hätte er mit dem Truck zum Woodland Park fahren sollen, doch der Tag war zu schön. Die Fahrt über den Bergpass des Highway 24 war umwerfend vor allem, weil er auf dem Motorrad die Autos überholen konnte, die im Stau standen.

Dass er die Ducati als Transportmittel gewählt hatte, hatte nichts mit der Freude zu tun, dass ein gewisser hübscher Rotschopf breitbeinig hinter ihm saß und die Arme um seine Taille gelegt hatte. Genauso wenig hatte es damit zu tun, ihr erneut zu zeigen, was für ein Bad Boy er war. Ja, klar.

Es *könnte* etwas damit zu tun haben, dass er glaubte, er wäre nicht in der Lage, das Führerhaus während der Fahrt mit ihr zu teilen. Dann müsste er nämlich ständig ihren Geruch einatmen und Small Talk über sich ergehen lassen. Er hätte keine zehn Minuten durchgehalten, ohne dem Verlangen nachzugeben, den Sitz nach hinten zu schieben und ihr zu sagen, wo er ihren Mund gerne hätte. Vor allem, da Vollmond war und seine Bestie so nah an der Oberfläche lauerte.

Melissa löste ihre Hände, die um seine Taille gelegen hatten. Er vermisste es sofort, ihren Körper an seinem Rücken zu spüren. Er erwartete, dass sie verärgert aussehen würde, weil ihre Haare zerzaust waren oder die Fahrt zu furchterregend gewesen war – sie hatte ihn die ganze Zeit mit aller Kraft umklammert – doch sie trug ein Lächeln auf dem Gesicht, als sie den Helm abnahm. Als sie ihre rotbraunen Locken ausschüttelte und über ihre schlanken Schultern fallen ließ, hörte er eindeutig *Chicka-bow-wow* in seinem Hinterkopf spielen.

Ihre Augen lagen allerdings nicht auf ihm. Sie lief zur Hütte, wobei sich Eifer auf ihrem gesamten Gesicht abzeichnete. „Wow. Als du Hütte gesagt hast, habe ich mir keine Bergresidenz vorgestellt.“

Einer seiner Mundwinkel hob sich wegen ihres mädchenhaften Enthusiasmus. Auf diese Reaktion war er nicht vorbereitet gewesen. Sie sprang die Stufen hinauf, während er die Motorradtaschen von seiner Maschine abnahm. „Wann wurde die Hütte gebaut?“

„Ich habe sie letztes Jahr fertiggestellt.“

Sie wirbelte mit offenem Mund herum und ihre vollen Lippen bildeten ein kleines O. „Du hast das gebaut? Allein?“

Er versuchte, den Stolz zu ignorieren, den ihre Ehrfurcht bei ihm auslöste. „Ja.“ Er griff an ihr vorbei und tippte den Code in das Zahlenfeld des Codeschlosses ein. Dabei gelang es ihm irgendwie, sie nicht dagegen zu drücken und seinen stets bereiten Schwanz an ihren knacki-gen, jeansbedeckten Hintern zu pressen.

„Oh mein Gott“, hauchte sie und hastete in das Gebäude, sobald er die Tür aufgedrückt hatte. „Das ist so schön." Ihr Blick glitt über das riesige Wohnzimmer, als sie nach vorne stürmte und sich alle Zimmer ansah. „Ich liebe die Gewölbedecke und die Mischung aus rustikal und Hightech. Es ist genau wie ein CJ Steele Haus. Das ist unglaublich. Wie groß ist es? 280 Quadratmeter?"

„300 Quadratmeter." Eigentlich wollte er es nicht tun, doch er ließ die Motorradtaschen mit ihren Kleidern sowie dem Essen fallen und folgte Melissa, während sie durch die Hütte eilte.

„Vier Schlafzimmer, zwei Bäder?"

„Das ist richtig."

„Und das hier? Wo hast du diese geschnitzten Stützen gefunden?"

„Ich habe sie geschnitzt." Seine Kehle schnürte sich zu. Er wusste nicht, warum es ihm so wichtig war, was sie von dem Gebäude hielt.

„Wer hat das Waschbecken gemacht? Es ist unglaublich."

Das Waschbecken war eine handgetöpferte, gebrannte Tonschönheit in Schattierungen von Ocker und Rostbraun. „Ein Freund von mir stellt sie her."

„Benutzt Mr. Steele sie in seinen Häusern?"

Ein Splitter der Verärgerung durchbohrte ihn. Ihre Heldenverehrung von ‚Mr. Steele' stand in so großem Widerspruch zu ihrer herablassenden Art ihm gegenüber. Irgendein sturer Teil von ihm brauchte es, dass sie *ihn* respektierte, den Mann, der vor ihr stand, nicht den Immo-bilienerfolg, den sie verehrte.

„Ja, diese Waschbecken befinden sich in einigen seiner Anwesen."

„Cody." Sie drehte sich um.

Er liebte es, seinen Namen von ihren Lippen zu hören, obwohl er es noch mehr liebte, wenn sie ihn während des

Höhepunkts schrie. Er setzte eine neutrale Miene auf in der Hoffnung, dass er die versauten Gedanken verbergen könnte, die ihm in Dauerschleife durch den Kopf gingen. „Ja?"

„Gehört dir dieses Haus?"

„Es gehört dem Rudel." Das war strenggenommen nicht die Unwahrheit. Er hatte die Hütte für das Rudel gebaut – ein Treffpunkt und ein Unterschlupf für jeden, der einen brauchte. Er hatte vier Jahre gebraucht, da er nur an den Wochenenden daran arbeiten konnte, doch er hatte jede Minute davon geliebt. Beinahe jedes Rudelmitglied hatte ebenfalls mitangepackt, weshalb es ein wahrhaft passender Versammlungsort war.

„Dieses Anwesen ist eine Menge wert." Er sollte sich nicht so sehr über die Ehrfurcht in ihrer Stimme freuen. Er wollte sie schließlich nicht mit Geld beeindrucken.

„Für wie viel würdest du es auf den Markt bringen?" Er war neugierig auf ihre Fähigkeiten als Maklerin. Sie sagte, sie hätte ein Geschäft mit ihm verloren. Hatte sie sich seitdem verbessert?

„489.000 Dollar, wenn es schnell verkauft werden soll. 530.000 Dollar, wenn du den perfekten Käufer wolltest."

„Der perfekte Käufer? Wer genau ist das?"

„Das ist die Person, die dein Haus genauso sehr lieben wird wie du. Derjenige, der sich darum kümmern oder es sogar verbessern wird. Derjenige, der ihm eine neue Geschichte verleihen wird."

Er starrte sie fasziniert an. Sein Makler sprach nie davon, dass die Leute seine Häuser lieben sollten. Bei keiner seiner Transaktionen wurde über Emotionen gesprochen. Dennoch wusste er genau, was sie meinte, als er beobachtete, wie ihr Gesicht strahlte, während sie die Liebe für ein Anwesen beschrieb. Er liebte jedes Haus, an dem er arbeitete. Und manchmal war es schwer, ihnen den Rücken zu kehren, wenn er sie verkauft hatte. Er hatte nie in Erwägung gezogen, den ‚richtigen‘ Käufer zu finden, um diesen Schmerz zu lindern.

„Wie würdest du mir diese Hütte präsentieren, wenn ich ein Kunde wäre?“

Einer ihrer Mundwinkel hob sich und ihre Augenlider senkten sich leicht, als wäre es eine Form des Vorspiels für sie, über Immobilien zu reden. Sie kehrte zur Eingangstür zurück und winkte ihn zu sich. Er stellte sie sich in ihrem engen Rock und den Stöckelschuhen vor, die sie an dem Tag getragen hatte, an dem er sie kennengelernt hatte. Ihre Haare stellte er sich in einer Hochsteckfrisur vor. Nein – vergiss das – in dieser Fantasie waren die Haare offen, Haare mussten immer offen sein, sodass seine Finger versucht waren, sie sich um die Faust zu wickeln und an ihnen zu ziehen. Er schlenderte an ihre Seite.

„Ich denke, dieses Haus wird Sie umhauen, Mr. ... äh ...“ Sie hielt inne und ihre Augen blickten nach Hilfe bei ihrem Spiel suchend in sein Gesicht.

Er wollte ihr nicht sagen, dass sein Nachname Steele war. Nicht jetzt, vielleicht nie. „Cody.“

Sie verdrehte die Augen, machte jedoch weiter. „Mr. Cody. Es ist eher ein Kunstwerk als bloß ein Gebäude. Einer der Arbeiter von CJ Steele Properties hat es erbaut und es verfügt über den gleichen Feinschliff, was seinen Wert bedeutsam steigert. Ich bin der Meinung, dass CJ Steele Properties mit der Zeit so gefragt sein wird wie, sagen wir, Frank Lloyd Wright Gebäude in anderen Städten.“

Cody blickte sie mit offenem Mund an. Verglich sie ihn wirklich mit einem Architekten? Einem Künstler? Irgendeine unbekannte Emotion drohte, sich so stark in seiner Brust auszudehnen, dass es unangenehm war. Ein Jucken befiel ihn, als müsste er sich verwandeln und laufen gehen. Doch woher er es kam, wusste er nicht. Vielleicht von den Gefühlen, die seine Kehle zuschnürten.

Sie trat in die Raummitte und deutete auf den Boden. „Der Holzboden sieht wie Kiefernholz aus, besteht in Wahrheit jedoch aus australischer Zypresse", sie warf ihm einen fragenden Blick zu und er nickte bestätigend, „was ein härteres Holz und viel strapazierfähiger ist. Sehen Sie, der Erbauer hat sich dafür entschieden, für die Innenwände die rauen Baumstämme der Außenfassade zu behalten. Das ist eine klassische CJ Steele Technik, bei der Rohmaterialien zur Schau gestellt werden. Er versteckt nichts; stattdessen lenkt er die Aufmerksamkeit darauf. Bei seinen Renovierungen im industriellen Stil legt er die Backsteine frei und benutzt das Stahlgehäuse der Stromkabel als Blickpunkt. Hier, in dieser Hütte, holt er die Natur herein. Dennoch bietet sie jede Annehmlichkeit, die man sich in einer Bergresidenz wünschen würde." Sie beendete ihren Monolog und schaute verlegen zu ihm. „Ich weiß, dass es kein echtes CJ Steele Haus ist, aber ich würde es auf diese Weise verkaufen. Vielleicht würde ich den Käufer damit reinlegen, ich weiß es nicht." Sie zuckte mit den Achseln.

Er versuchte, trotz des Kloßes in seinem Hals zu sprechen. Als nichts rauskam, zog er sie an sich und presste seine Lippen auf ihre.

Sie keuchte, zuckte vor Überraschung zusammen und ließ sich anschließend auf den Kuss ein. Er schob seine Zunge zwischen ihre Lippen und hielt sie im Nacken fest, um sie gefangen zu halten. Dann, weil ihm das kleine bisschen Kontrolle, dass er noch besaß, zu entgleiten drohte, wich er zurück.

„Ihre königliche Hoheit kann also die Unterkunft ertragen, während ich laufen gehe?" Er wusste nicht, warum er sie erneut damit ärgern musste, wenn es ihm doch gefiel, wie sie jetzt war, weich und anerkennend. Es hatte wahrscheinlich etwas damit zu tun, dass er etwas zwischen sie beide schieben musste, denn auch wenn sein innerer Wolf brüllte, dass sie sein war, wollte er sie nicht. Keinen Menschen. Er würde seinem Vater nicht recht geben.

Sie zuckte zusammen und als sie sich umdrehte, verriet ihm die hochmütige Neigung ihres Kinns, dass seine fiese Bemerkung ihr Ziel getroffen hatte. „Ist das hier nur ein neuer Käfig, in den du mich einsperrst, während du gehst und dein Ding durchziehst?" Sie stemmte die Hände in die Hüften und ihre kecken Brüste schienen ihn durch ihr enges Baumwollshirt hindurch zu reizen. „Darf ich die Hütte verlassen?"

Er hasste es, wie er die Stimmung zwischen ihnen verändert hatte, hob jedoch die Motorradtaschen auf und verstaute die Lebensmittel im Kühlschrank. „Hier bist du ziemlich sicher. Du kannst draußen auf der Veranda sitzen, aber geh nicht weiter weg."

Sie schnaubte. „Ich hätte das Chromebook mitnehmen sollen."

„Es gibt hier kein Wi-Fi oder Handyempfang. Wir befinden uns außer Reichweite."

„Was genau soll ich deiner Meinung nach tun, während du laufen gehst?"

„Du könntest dich nützlich machen und das Abend-essen für das Rudel kochen." Er meinte es nicht ernst, wusste jedoch, dass es sie ärgern würde.

Ihre Augen wurden schmal. „Klasse, also gehen die Wölfe laufen und der niedere Mensch bleibt zu Hause und kocht ihre Mahlzeit? Dieses patriarchalische Wolfdomi-nanz-Gehabe wird allmählich alt."

„Du liebst es, wie ich dich dominiere." Er stolzierte näher und drängte sie gegen eine Wand.

Ihr stockte der Atem und ihre Augen weiteten sich.

Er vergrub seine Finger in ihren Haaren und massierte ihre Kopfhaut, bevor er ihren Kopf nach hinten zog.

„Au. Was machst du?"

Der Geruch ihrer Erregung veranlasste ihn dazu, sein Knie zwischen ihre Beine zu schieben, bevor der Gedanke in seinem Gehirn angekommen war. „Prinzessin, es ist Vollmond. Dich hier allein zu lassen und laufen zu gehen, ist kein Vergnügen, es ist eine Notwendigkeit. Willst du wissen warum?"

Ihre prallen Lippen teilten sich. „Ja."

„Weil, Baby", er streifte ihr Ohr mit den Zähnen, „wenn ich noch eine Sekunde hier drin bei dir verbringe, werde ich dir die Kleider vom Leib reißen und dich so lange und hart ficken, dass du morgen nicht auf dem Motorrad zurückfahren kannst."

Sie leckte sich über die Lippen und seine Augen verfolgten diese Bewegung begierig.

„Führe mich nicht so in Versuchung, Prinzessin. Du weißt, dass ich meinen Schwanz liebend gern in deinen heißen, kleinen Mund stecken würde."

Er war endlich zu weit gegangen. Melissa stieß ihn von sich. „Meine Fresse, Cody."

Er zog sein Shirt aus und ihre Augen weiteten sich, senkten sich auf seine Brust und Bauchmuskeln und folgten der feinen Linie Haare zu der Stelle, an der sie in seiner Jeans verschwand. Er lachte düster, als er zum Schlafzimmer ging und seine Jeans aufknöpfte. Er trat sie von den Beinen, verwandelte sich und rannte zur Hundeklappe im hinteren Teil des Hauses, bevor seine Pfoten den Holzboden berührten.

* * *

Melissas Herz hämmerte noch lange, nachdem Cody verschwunden war, wie wild. Ihr Höschen war klatschnass, was jedes Mal passierte, wenn sie sich in Gegenwart des dominanten, versaut sprechenden Wolfs befand. Nur einmal würde sie ihn gerne in seine Schranken weisen oder ihn so durcheinanderbringen, wie es ihm stets bei ihr gelang.

Sie sah sich in der Hütte um und schwankte zwischen Selbstmitleid, weil Cody sie hier allein gelassen hatte, ohne zu erklären, was es mit dem Rudel und dessen Lauf auf sich hatte, und Freude über die unglaubliche Umgebung. Die Hütte – wenn man sie denn so nennen konnte – haute sie um. Es war eigenartig, dass Cody nicht realisierte, wie beeindruckend sie war, aber andererseits arbeitete er die ganze Zeit an CJ Steele Projekten. Dennoch gehörte ihm dieses Anwesen – oder seinem Rudel. Und sie würde den Wert auf beinahe eine halbe Million Dollar schätzen, wenn so viel Land dazu gehörte, wie sie vermutete. Dieses Anwesen in Kombination mit dem, das ihm im Old North End Viertel gehörte, hob seinen Vermögenswert auf eine viel höhere Stufe, als sie ursprünglich geschätzt hatte. Cody war nicht einfach irgendein Arbeiter, der von einem Gehaltsscheck zum nächsten lebte. Und falls er es war, hatte er weise investiert. Sie hatte ihn definitiv falsch einge-schätzt.

Sie schob ihre Schuldgefühle beiseite. Er mochte über finanzielle Ressourcen verfügen, das machte ihn allerdings noch lange nicht verlässlich. Oder nett.

Nett bewirkte bei ihr allerdings nicht so viel, wie sie es gerne hätte, wenn es um Männer ging. Das war noch nie so gewesen.

Codys Art von ,nicht nett' war so sexy, wie es nur ging. Und auch wenn es ihm an Manieren fehlte und er Frauen gegenüber ein herabwürdigendes Verhalten an den Tag legte, tat er nichts Illegales wie Jeremy. Er verdiente sich seinen Lebensunterhalt auf ehrliche Weise. Tatsächlich besaß er viel Ehre.

Sie erkundete das Anwesen noch einmal und bewunderte die wunderschöne Handwerkskunst. Es gab nichts, was sie an dieser Hütte ändern würde, wenn sie sie kaufen würde. Sie hätte keine einzige Sache anders gemacht, wäre das Haus für sie gebaut worden.

Sie seufzte. Hoffentlich würde bald ein CJ Steele Haus auf den Markt kommen und Ben würde ihr helfen, es zu kaufen.

Eine Stunde verging und Cody war noch nicht zurückgekehrt. Sie trat durch eine Glastür auf die Veranda. Die Rückseite der Hütte war dem Wald zugewandt. Rechts erhob sich der Berg und mit Flechten überzogene Felsen sprenkelten den bewaldeten Abhang. Ein Pfad führte um den Fuß des Abhangs herum und lockte sie. Weit und breit war kein anderes Gebäude oder Anwesen zu sehen.

Sie atmete die frische Bergluft tief ein, in der der Geruch von Kiefern lag. Der Wald sah so einladend aus. Wenn Rabago und seine Handlanger sie in Codys Haus in Colorado Springs nicht gefunden hatten, würden sie sie hier garantiert nicht finden. Nachdem sie sich ihre Jacke angezogen hatte, joggte sie die Verandatreppe hinab. Sie wollte wissen, wohin der Pfad führte.

Sie folgte ihm eine halbe Meile weit, bis er bei etwas endete, was eine natürliche Quelle zu sein schien, die aus der Erde empor sprudelte. Jemand hatte einen Teich mit Kieselsteinen am Boden gebaut und ein Kupferrohr von der Quelle dorthin verlegt. Ein Blechbecher lag daneben. Sie hob ihn hoch, füllte ihn mit Wasser und trank. Eiskalt und unglaublich erfrischend. Sie schloss die Augen und genoss das Quellwasser.

Ein leises Knurren erschreckte sie. Zwei riesige braune Wölfe kamen mit gebleckten Zähnen auf sie zu. Der Becher klapperte auf die Felsen und sie schluckte ein Kreischen.

„Äh ... immer mit der Ruhe ...“ Sie trat einen Schritt rückwärts und die Wölfe schlichen vorwärts, wobei ihre Zähne im Nachmittagslicht glänzten.

Waren sie Gestaltwandler? Das mussten sie sein, denn sie waren riesig. Weibliche Gestaltwandler.

„Ich gehöre zu Cody?“ Es klang eher wie eine Frage. Sie wusste nicht, wie viel Gestaltwandler verstanden, wenn sie in Wolfgestalt waren. „Ruhig Blut, Mädels. I-ich will mich nicht in eurem Revier breitmachen oder so etwas.“ Zu spät erinnerte sie sich daran, den Blick zu senken und sie nicht herauszufordern.

Eine Bewegung links von ihr zog ihren Blick auf sich und sie sah drei weitere riesige Wölfe, zwei schwarze und ein brauner, die zusahen. Sie waren Männchen. War das eine Art Paarungsding?

Sie hob ihre Hände. „Ich bin keine Bedrohung, Leute.“

Eine der Wölfinnen knurrte, sprang nach vorne und ihre Kiefern schlossen sich einen Zentimeter vor der Stelle, wo ihre Hand gewesen war, bevor sie sie zurückgerissen hatte. Sie stolperte in die Quelle und an den Felsen. Ihre Sneakers saugten sich mit dem eiskalten Quellwasser voll.

Noch ein Knurren erklang hinter ihr und silbernes Fell blitzte über ihrem Kopf auf. Sie schrie, als ein Wolf von dem Felsen über ihr flog und das schnappende Weibchen umstieß. Der silberne Wolf warf den braunen um und rollte mit ihm über den Boden, wobei er dessen Kehle zwischen den Kiefern gepackt hielt.

Cody? Ja, seine riesige, prachtvolle Wolfgestalt war unverkennbar.

Ein schreckliches, jämmerliches Jaulen hallte von den Felsen wider. Das Weibchen rollte sich auf den Rücken und zeigte seinen Bauch. Einen schrecklichen Moment lang glaubte Melissa, der silberne Wolf hätte den braunen getötet, doch als er zurückwich, war kein Blut an ihrem Hals. Er biss in ihre Hinterbeine und sie lag still, wobei sie winselte.

Die andere braune Wölfin hatte sich auf ihren Bauch gesenkt und kroch nun ebenfalls winselnd vorwärts. Er knurrte und schnappte auch nach ihr, ehe er sich umdrehte und in Richtung der Hütte davontrottete. Alle Wölfe folgten ihm mit eingeklemmten Schwänzen.

Melissa stand mehrere Augenblicke lang zur Salzsäule erstarrt da und zwang ihren Herzschlag, zu einer normalen Geschwindigkeit zurückzukehren. Das Unbehagen des eiskalten Wassers, das ihre Schuhe durchweichte, riss sie schließlich aus ihrer Lähmung. Auf zittrigen Beinen lief sie zurück zur Hütte. Als sie die Eingangstür aufstieß, stellte sie fest, dass junge Leute den großen Wohnbereich füllten und weitere in verschiedenen Bekleidungszuständen aus den Schlafzimmern kamen.

Zwei junge Frauen unterhielten sich miteinander, während eine ihre Socken und Schuhe anzog. Die andere, eine drahtige Frau mit einer gepiercten Lippe, band ihre sandblonden Haare zu einem Pferdeschwanz. Als sie Melissa sahen, erstarb ihr Gespräch.

Cody marschierte in nichts als seiner verwaschenen Jeans aus dem größten Schlafzimmer. Seine Füße waren genauso wie sein Oberkörper nackt und ihr Mund wurde beim Anblick seines Waschbrettbauchs und seiner muskulösen Brust trocken. Er achtete allerdings nicht auf sie.

Der wütende Wolf marschierte zu der Blondine. „Du greifst niemals ein Weibchen an, das unter meinem Schutz steht, egal ob sie ein Wolf oder ein Mensch ist", knurrte Cody.

Melissas Herz raste wieder im Galopp. Natürlich, das war das Weibchen, das sie angegriffen hatte.

„Wir wussten nicht, dass sie zu dir gehört", erwiderte die Frau mit gespielter Unschuld.

„Schwachsinn. Mein Geruch haftet an ihrem gesamten Körper und du weißt es." Er platzierte seine breite Brust vor der Frau und starrte sie nieder. Der Muskel an seinem Kiefer zuckte.

„Sorry, Alpha." Die Wölfin senkte den Blick, ihr Tonfall klang allerdings nicht aufrichtig.

Der Rest der jungen Leute hatte sich versammelt und beobachtete die Szene. Cody wirbelte zu ihnen herum. „Was ist mit dem Rest von euch? Ihr standet dort draußen einfach daneben und habt zugesehen. Was zur Hölle stimmt nicht mit euch?"

Die jungen Männer senkten den Blick und murmelten Dinge wie „Sorry, Mann" oder „Sorry, Alpha".

„Nun, warum hast du einen Menschen hergebracht?", wollte die Blondine wissen. „Ist sie deine ... *Freundin* oder so was?" Sie sagte *Freundin*, als würde sie die Vorstellung anwidern.

Endlich blickte Cody zu Melissa. „Das ist Melissa. Sie ist Ben Stones Schwägerin. Ben hat den Schutz des Rudels für sie verlangt und ich habe ihn gewährt."

Natürlich hatte sie nicht erwartet, dass er sie als Freundin vorstellen würde, seine Worte durchfuhren sie dennoch wie ein Messer. Richtig, sie war eine Verpflichtung, die er Ben schuldig war. Die Befriedigung, die sie verspürt hatte, weil er sie verteidigt hatte, verpuffte schnell.

„Also ist es ihr erlaubt, während des Vollmondes einfach auf unserem Berg herumzulaufen?"

Das leise Knurren von Cody war rein animalisch.

Die Frau hielt die Hände hoch, wandte den Blick ab und bot ihm ihre Kehle an. „Ich frag ja nur."

„Sie steht unter unserem Schutz", wiederholte er bestimmt., doch dann warf er Melissa einen vernichtenden Blick zu.

Verdammt. Ihr war nicht bewusst gewesen, dass sie im Rudel ein solches Problem verursachen würde.

Cody drehte sich im Halbkreis, aber niemand begegnete seinem Blick. „Wenn ihr noch mal jemand blöd kommt, werde ich denjenigen in seine Schranken weisen und es wird ihm nicht gefallen. Habt ihr mich verstanden?"

„Mir hat es letztes Mal gefallen." Die Blondine grinste Melissa an.

Das Blut wich Melissa aus dem Gesicht und ihr Magen verknotete sich. Die Wolfdynamiken hatten sie so aus dem Gleichgewicht gebracht, dass ihr das Offensichtliche entgangen war – die Frau war Codys Liebhaberin. Oder Ex-Geliebte.

Melissa hatte kein Recht auf die Eifersucht, die in ihrem Magen brannte, aber sie wollte die Frau ernsthaft verprügeln. Natürlich würde sie einen Kampf mit einem Gestaltwandler verlieren, was sie nur noch wütender machte.

„Raus." Er deutete zur Tür.

Die Blondine hielt die Hände hoch. „Sorry. Ich hab nur Witze gemacht. *Meine Güte.*"

Er starrte sie nieder, bis das Grinsen auf ihrem Gesicht verblasste und Röte ihren Hals hinaufkroch.

„Sorry, Alpha."

Mit finsterem Blick betrachtete Cody die anderen im

Raum. „Hat noch jemand ein Problem, das wir klären müssen?"

Schnell erklang ein Chor aus „Nein, Alpha".

„Gut. Lasst uns essen." Cody machte auf dem Absatz kehrt und ging zur Küche.

Verdammt. Sie sollte es nicht so heiß finden, zu sehen, wie Cody seine Wolfdominanz bei seinem Rudel einsetzte, aber das tat sie.

Dennoch war offensichtlich, dass sie nicht hierhergehörte. Sie war von Cody und dem Rudel eindeutig an den Rand gedrängt worden und Cody war offensichtlich wütend auf sie, weil sie die Hütte verlassen hatte. Und sie hasste diese Wölfin, die gerade dafür gesorgt hatte, dass sie sich so dumm vorkam.

Da sie nicht in der Lage war, eine ausdruckslose Miene aufzusetzen, verzog sie sich ins große Schlafzimmer und schloss die Tür hinter sich.

* * *

Cody stapfte nach draußen, um den Grill anzuwerfen, wobei er Lorna finster ansah. Als wäre es nicht schon genug, seine Bestie während des Vollmonds in Melissas Gegenwart in Zaum zu halten, musste er sich jetzt auch noch mit einem verrückten Rudeldrama befassen. In seinem Rudel gab es nie Drama.

Die Gruppe hatte sich mühelos zusammengefügt. Sie waren alle in den Zwanzigern und er war der offenkundige Anführer gewesen. Er hatte sich bei ihnen nie durchsetzen müssen, höchstens auf scherzhafte Art und Weise. Die meisten arbeiteten für ihn bei CJ Steele Properties und sie pflegten einen lockeren Umgang miteinander. Seine Angestellten arbeiteten hart, um ihn zufriedenzustellen, wussten jedoch, dass er ihnen keine Schwierigkeiten machen würde, wenn sie mal eine Pause brauchten.

Lornas Reaktion auf Melissa hatte ihn überrascht. Er hatte seit über einem Jahr nicht mehr mit der Wölfin geschlafen und sie waren nie ein Paar gewesen – es war ungezwungener Sex gewesen, der normalerweise am Vollmond stattgefunden hatte, was unter Wölfen nicht ungewöhnlich war, bis sie ihren wahren Gefährten fanden.

Er hätte das Rudel warnen sollen, dass Melissa hier sein würde. Er hatte Greg, seinem Beta, von seinem Versprechen als Alpha erzählt und vorgehabt, dem restlichen Rudel heute Abend davon zu berichten, da es sie alle betraf. Doch er dachte nicht klar und hatte das seit der Nacht, in der er Melissa nach Hause gebracht hatte, nicht getan. Sie stellte das mit ihm an.

Stimmen erklangen in der Küche, als sich die Spannung auflöste und die Gruppe gemeinsam das Essen zubereitete. Greg, der Beta des Rudels, öffnete ein paar Tüten Chips und holte ein Zwölfpack Bier aus dem Kühlschrank. Mary packte den Salat aus, den sie mitgebracht hatte.

Er betrat die Hütte, um das Fleisch zu holen, doch etwas ließ ihn innehalten. Irgendwie hatte der Geruch von Melissas Tränen seine Sinne erreicht. Wo war sie?

Verdammt. Das Bedürfnis, sie zu trösten, überwältigte jegliche Rudelverantwortung. Ohne ein Wort an jemanden zu richten, marschierte er zu seinem Zimmer und drückte die Tür auf.

Melissa stand am Fenster und schaute nach draußen. Er entdeckte ihr Spiegelbild in der Fensterscheibe und ihr verlorener Blick brachte ihn beinahe um. Bei seinem Eintreten wirbelte sie herum und huschte von ihm weg ins Bad.

Er sprang nach vorne und schob seine Schulter zwischen Tür und Rahmen, bevor sie sie zuknallen konnte.

„Kriege ich hier keine Privatsphäre?" Sie rang mit ihm und versuchte, ihn wegzustoßen. Er packte ihre Handgelenke und wirbelte sie herum, um ihre Arme um ihre Brust zu wickeln, wodurch sie auf schmerzlose Weise fixiert war. Anschließend zog er ihren Rücken an seine Brust und hielt sie fest.

„Hey", sagte er leise und versuchte, sie zu beruhigen.

„Lass mich in Ruhe."

Er drückte sie an die Wand und nahm sie zwischen dieser und seinem Körper gefangen. Seine Arme schützten sie davor, zerquetscht zu werden. Sie lehnte ihre Stirn an die Wand und keuchte. Er platzierte seine Wange an ihrem Hinterkopf und atmete ihren Geruch ein.

Er wusste nicht, warum sie weinte – nicht genau. Und er war nicht gut im Umgang mit verzweifelten Frauen – er hatte null Übung darin. Seine Instinkte verlangten jedoch, dass er sie tröstete.

„Bist du hier, um mich anzuschreien?" Bitterkeit durchzog ihre Stimme.

„Nein, Baby." Er spürte ihren Herzschlag durch ihren Rücken hindurch in seiner Brust. Ihre Nähe beruhigte seine Bestie und spornte sie zugleich an.

„Warum weinst du? Bist du eifersüchtig wegen dem, was Lorna gesagt hat?"

Ihr kleiner Körper wurde an ihm hart und ihre Muskeln spannten sich in Reaktion auf seine Worte an.

Er biss ihr ins Ohr und leckte anschließend darüber, um das Brennen zu lindern. „Das bist du, nicht wahr?" Freude durchflutete ihn. Gut. Er war froh, dass sie eifersüchtig war. Wenn sie wüsste, was für ein Verlangen sie in ihm hervorrief, würde sie wissen, dass er jedem Mann den Kopf abreißen würde, der ihr hinterher sah.

„Fahr zur Hölle."

„Baby, die Wölfin bedeutet mir nichts. Im Lauf der Jahre habe ich sie einige Male bei Vollmond gefickt und das ist alles. Es hat nichts bedeutet und wir waren nie ein Paar." Er wusste nicht, warum er ihr das erklären musste – sie führten genauso wenig eine Beziehung und wollten auch keine, doch es schien wichtig zu sein, dass sie wusste, wie die Lage aussah.

Er drehte sie in seinen Armen zu sich herum. „Es tut mir leid, dass sie so ein Miststück zu dir war. Ich wollte nicht, dass das geschieht."

Ihre Unterlippe zitterte und es brachte ihn um, ihren Schmerz zu sehen. „Wie viele Male?"

„Was?"

„Wie viele Male sind einige?" Dann schüttelte sie den Kopf. „Vergiss es. Das geht mich nichts an." Sie versuchte abermals, ihn von sich zu stoßen. „Gehst du jetzt endlich?"

Doch es ging sie etwas an. Ihre Eifersucht bedeutete, dass sie Gefühle für ihn hatte und trotz seines Verlangens, sich emotional von ihr fernzuhalten, war sie ihm auch wichtig. Er wollte ihren Schmerz lindern. Er fing ihr Kinn ein und hob es an. Seine Brauen zogen sich zusammen, während er ihr hübsches Gesicht musterte. „Sie hat nie auch nur ein Zehntel der Begierde in mir entfacht, die ich für dich empfinde. Wegen ihr war ich nie so angespannt und ich war nie nur Sekunden davon entfernt, die Kontrolle zu verlieren jedes Mal, wenn ich in ihre Nähe kam." Er presste seine harte Erektion an ihren Bauch. „Fühle, was du mit mir anstellst. Denkst du, du musst eifersüchtig auf sie sein?" Er schüttelte den Kopf. „Es gibt keinen Vergleich."

Tränen schwammen in Melissas Augen, fielen jedoch nicht.

Zärtlich und romantisch war nicht sein Ding, doch er gab sein Bestes und senkte den Kopf, um mit den Lippen leicht über ihre zu gleiten. „Es tut mir leid. Das war eine schreckliche Einführung in das Rudel. Kommst du bitte nach draußen und lernst sie jetzt kennen? Der Rest ist nett und ich werde Lorna sofort rauswerfen, wenn sie noch einmal unhöflich zu dir ist."

Sie presste die Lippen aufeinander und nickte. „Okay."

Ein Teil seiner Anspannung lockerte sich. Er verschränkte seine Finger mit ihren und führte sie in die Küche, wo sich mittlerweile mindestens zehn Mitglieder seines Rudels versammelt hatten. „Sagt hallo zu Melissa, alle miteinander. Sie ist ein Viertel Wolf."

Das weckte ihr Interesse und Mary, das einzige andere Weibchen ihres kleinen Rudels, zog Melissa zu sich. Melissa machte ihr Komplimente für ihren Salat und schon bald plapperte Mary darüber, welche Zutaten sie auf dem Bauernmarkt gekauft hatte.

Bis zum Sonnenuntergang waren alle fünfundzwanzig Mitglieder seines Rudels angekommen und der Lärm in der Hütte wuchs zu einem gedämpften Dröhnen an, als sie sich miteinander unterhielten und sich an dem zusammenge-würfelten Buffet bedienten. Er überlegte, Melissa zu bitten, sich während des Treffens im Schlafzimmer einzuschlie-ßen, entschied sich allerdings dagegen. Sie war bereits genug an den Rand gedrängt worden und er machte sich keine Sorgen darüber, dass sie ihre Geheimnisse verraten würde. Falls sie es tat, könnte er das mit Ben Stone ausdis-kutieren.

Kapitel Neun

Melissa beobachtete, wie Cody aus der Dusche in seinem Schlafzimmer trat. Seine Haare waren nass und zerzaust, aber er trug wieder die verwaschene Jeans und ein schwarzes T-Shirt. Ihr Puls beschleunigte sich bei seinem Anblick. Er war so männlich und kräftig.

Es war faszinierend gewesen, ihn dabei zu beobachten, wie er das Rudeltreffen geleitet hatte. Er hatte das Rudel über Colleen und ihre Kinder informiert und ihnen erzählt, dass er sie beschützen würde, wenn sie darum bat. Sein Rudel schien weniger enthusiastisch zu sein und merkte an, dass sie nichts über sie wussten und dass die Wahrscheinlichkeit bestand, dass ein viel größeres Rudel kommen würde, um sie zu holen. Cody hörte sich ihre Bemerkungen an und dankte jedem Mitglied, das seine Meinung sagte, blieb jedoch bei seiner Entscheidung, außer es würde etwas Neues ans Licht kommen. Er erklärte ihnen auch die Einzelheiten von Melissas Situation und den Rudelschutz, den sie brauchte. Niemand sprach sich dagegen aus — vermutlich erinnerten sie sich noch an Codys vorherige

Wut – aber aufgrund der finsteren Blicke, die ihr viele zuwarfen, wusste sie, dass sie auch nicht damit einverstanden waren, sie zu beschützen.

Nach dem Rudeltreffen waren die Wölfe wieder nach draußen gegangen, um laufen zu gehen. Jetzt war Mitternacht und Cody war erst vor wenigen Minuten zurückgekehrt. Als er – in Wolfgestalt – hereingekommen war, hatte er sie nicht angesehen und tat es auch jetzt nicht, als er das Zimmer verließ.

Sie hatte versucht, zu schlafen, doch das unheimliche Heulen der Wölfe draußen hatte das unmöglich gemacht. Das und der Gedanke an ihre Bestrafung. Also hatte sie in einem von Codys T-Shirts und dem Höschen, das er im Walmart für sie gekauft hatte, am Fenster gestanden und die letzte Stunde ins Leere gestarrt.

Cody kehrte mit einem aufgewickelten Seil in der Hand ins Zimmer zurück. Er ließ es auf die hübsch geschnitzte, rustikale Kommode fallen, bevor er sich umdrehte und dagegen lehnte.

„Komm her." Es lag ein dunkles Versprechen in seinem Blick.

Ein Schauder lief ihr übers Rückgrat, als sie erriet, wofür das Seil war.

Ihre Pussy verkrampfte sich. „Stecke ich in Schwierigkeiten?" Ihre Worte klangen heiser.

„Definitiv." Er krümmte einen Finger.

Sie trat nach vorne. Sie vertraute ihm, vor allem nach dem, was im Bad passiert war.

Mit einer schnellen Bewegung hob er sie an der Taille hoch, setzte sie auf die Kommode und schob seinen Körper zwischen ihre Beine. Mit dem Daumen fuhr er ihre Unterlippe nach. Seine Augen waren dunkel. „Du hast heute meine Befehle missachtet."

„Es tut mir leid. Mir war nicht bewusst, was für Probleme dir das machen würde." Sie versuchte trotz des engen Bandes zu sprechen, das ihre Kehle zuschnürte. „Ich wollte nur etwas frische Luft und ich dachte, dass hier keine Gefahr bestünde, dass mich Rabago findet."

Er lehnte seine Stirn an ihre. „Es hat das Rudel verärgert, dich auf ihrem Privatgelände zu finden. Ich hätte dir das erklären sollen. Ich hätte daran denken sollen, etwas mitzunehmen, mit dem du dich beschäftigen kannst, und ich hätte das Rudel warnen sollen, dass du kommen wirst. Es tut mir leid."

Sie atmete scharf ein, da sie seine Entschuldigung überraschte. „Heißt das, du wirst nicht ... ähm deine wölfische Dominanz bei mir durchsetzen?"

Seine Mundwinkel hoben sich an. „Sorry, Baby. Ich verspreche nie eine Strafe, ohne sie durchzuführen." Er strich ihr eine Haarsträhne aus dem Gesicht, vergrub seine Finger in ihrer dichten Mähne und massierte ihre Kopfhaut.

Sie verkniff sich ein Stöhnen. Gott, sie brauchte seine Berührung. Anscheinend wirkte sich der Vollmond auch auf sie aus.

„Erinnerst du dich an meine Worte, was passieren würde, wenn du mir noch einmal nicht gehorchst?"

Ja. Sie erinnerte sich. „Du sagtest nur, du würdest mich bestrafen, wenn ich das andere Haus verlasse."

Er packte ihre Haare und zog ihren Kopf nach hinten, woraufhin sie schrie, obwohl es nicht so stark wehtat. „Wie werde ich dich bestrafen, Prinzessin?", knurrte er.

Sie presste ihre Lippen zusammen und weigerte sich, zu antworten.

Seine freie Hand hob sich, um ihren rechten Busen zu packen, und er beugte sich nach vorne und biss ihr in den Hals. „Sag es", flüsterte er. Er hatte ein spezielles Talent dafür, beinahe jeden Moment zwischen ihnen sexuell zu machen. Wie immer reagierte ihr Körper, ihre Nippel zogen sich zusammen und Hitze flammte in ihrer Mitte auf.

„Ein ..." Sie räusperte sich, um den Frosch in ihrem Hals zu vertreiben. „Ein Spanking."

„Das ist richtig", gurrte er und seine Zunge leckte über ihr Ohrläppchen. Zu ihrer großen Enttäuschung gab er sie frei und trat zurück. „Zieh deine Kleider aus."

Sie glitt von der Kommode und hielt seinen Blick, während sie sein weiches, zu großes Shirt über ihren Kopf zog.

Das leise Knurren in seiner Kehle galt allein ihren nackten Brüsten, die er mit einem Begehren anstarrte, das ihr Selbstvertrauen auffrischte. Er schlang einen Arm um ihre Taille und riss sie zur selben Zeit an seinen Körper, in der er einen ihrer Nippel hart zwischen den Fingern zwickte.

Sie keuchte vor Schmerz und Überraschung.

„Okay, Prinzessin. Ich schlage dir einen Deal vor. Wenn du dich leise vornüberbeugst und deine Position wie ein braves Mädchen hältst, werde ich dich schonen."

„Und wenn ich es nicht tue?", krächzte sie.

Sein jeansbedeckter Schwanz presste sich hart und dick an ihren Bauch. Er ließ seine Hand von ihrer Taille zu ihrem Hintern gleiten und drückte zu. „Wenn du nicht still-halten kannst, werde ich dich mit diesem Seil fesseln. Denn wenn ich mit dir kämpfen muss, werde ich die Kontrolle verlieren. Du wirst mit meinem Schwanz zwischen deinen Schenkeln und mit meinen Zähnen in deiner Schulter enden. Dann wirst du dich den Rest deines Lebens einem Alphawolf unterwerfen müssen und ich glaube, keiner von uns will das."

Die Freude über sein intensives Verlangen erstarb mit seinen letzten Worten.

Er wollte sich nicht mit ihr paaren.

Natürlich wollte er das nicht. Er liebte sie nicht. Für ihn war sie nur ein hochnäsiger, nerviger Mensch. Körperlich fühlten sie sich zwar zueinander hingezogen, doch damit endete ihre Verbindung.

Sie versetzte seiner Brust einen Stoß. „Das würde ich niemals zulassen."

Cody packte ihre Handgelenke, wirbelte sie herum und drückte ihre Hände in ihr Kreuz. „Das Seil also." Schwang in seiner Stimme eine Spur Freude mit?

Ein Schauder lief ihr über die Wirbelsäule.

Er wickelte das Seil hinter ihr um ihre Handgelenke und führte sie zum Bett. „Beug dich vornüber, Prinzessin." Er schlug ihr auf den Hintern.

Sie gehorchte nicht sofort, aber er drängte sie nicht. Vielleicht wartete er auf ihre Einwilligung, die sie damit geben würde, dass sie ihre Position einnahm. Sie beugte sich vornüber und präsentierte ihm ihren Po.

Er fixierte sie mit einer Hand, zog ihr Höschen nach unten und versetzte ihr ein paar scharfe Hiebe.

Sie brannten, doch der Laut seines Stöhnens lenkte sie ab. Er klang, als hätte er Schmerzen.

Gut. Das geschah ihm recht. Sollte er doch wegen der Frau leiden, mit der er sich nicht paaren wollte, von der er aber nicht die Finger lassen konnte.

Er legte beide Hände auf ihren Hintern und massierte grob ihre Pobacken. Er drückte und öffnete ihre Kehrseite, ehe er seine schwieligen Handflächen über die Rückseite ihrer Beine gleiten ließ und ihr Höschen von ihren Knöcheln zog.

Sie stöhnte.

„Beweg dich und ich verdopple deine Bestrafung.“ Seine Stimme war Rauch und Samt.

Sie kniff die Pobacken zusammen. Sie wollte mehr, wollte allerdings nicht mehr gegen ihn ankämpfen.

„Braves Mädchen.“ Mit einer atemberaubenden Demonstration seiner Kraft hob er sie an der Taille hoch, bis sie auf dem Bett kniete. „Ich glaube, ich muss dich ein wenig anders arrangieren.“ Er kehrte mit dem Seil zurück und zog ihren linken Knöchel weit weg, um ihn an den Bettpfosten zu binden.

„Was tust du da?“

Er antwortete nicht, sondern ging zu ihrem rechten Bein über, das er in die entgegengesetzte Richtung zog. Er wickelte das Seil eng um ihren Knöchel, sodass sie auf dem Bauch lag und ihre Beine weit gespreizt waren.

„Das soll mich schützen?“, empörte sie sich. „Du hast es dir nur erleichtert, alles mit mir zu machen, was du willst.“

Als wollte er ihre Furcht unterstreichen, sah sie, dass seine Augen hellblau geworden waren, während er sie mit nacktem Begehren anstarrte.

„Solltest nicht du derjenige sein, der gefesselt wird?“

„So funktioniert das nicht.“ Seine Stimme war tiefer geworden und die Wölbung in seiner Hose offenbarte sein großes Interesse. „Ich bin der dominante Wolf, Prinzessin.“

* * *

Allerdings hatte sie vermutlich recht. Sein Blickwinkel hatte sich vergrößert, als er sie in einer so provozierenden Stellung daliegen gesehen hatte. Das rosa Herz ihrer Mitte war entblößt und weit gespreizt und ihr knackiger Hintern wurde für seine Bestrafung zur Schau gestellt. Lust schwappte in Wellen durch ihn hindurch und ihm wurde schwindlig.

Doch nein. Er besaß Selbstbeherrschung. Das war eines der vielen Dinge, die er in den Jahren gelernt hatte, seit ihn sein Vater aus dem Rudel geworfen hatte. Tief Luft holend stützte er ein Knie aufs Bett, um nah genug an sie heranzukommen, und senkte seine Hand auf eine Seite von Melissas Hinterteil.

Der Laut, den sie von sich gab, war purer Sex.

Er verpasste ihr drei harte Schläge.

Sie keuchte und die Muskeln in ihrem Rücken spannten sich an. Wunderschön. Sie war verdammt umwerfend.

Er versetzte ihr weitere Hiebe, denn er liebte es, wie sich ihre Pobacken verkrampften und sie sich auf den Kissen wand. Er hatte ihr jedoch keinen Spielraum gelassen, als er sie gefesselt hatte, weshalb sie ihm nicht entkommen konnte.

Er hielt inne und massierte ihren Hintern. „Braves Mädchen." Er fuhr damit fort und drückte fest ihren Po. Seine Lider wurden schwer vor Freude darüber, dass ihm ihr süßer kleiner Hintern gehörte.

Sie stöhnte. Der Geruch ihrer Erregung traf ihn wie eine Droge und sandte eine Hitzewelle durch seinen gesamten Körper hindurch. Als sie ihren Hintern hob, weil sie mehr wollte, musste er scharf einatmen, damit er sie nicht beanspruchte.

Er würde sie nicht losbinden, nicht wenn ihr Anblick jeden erotischen Traum wahrwerden ließ, den er jemals gehabt hatte. Er schlug auf ihre Pussy.

„Cody", schrie sie.

Abermals schlug er auf ihre Pussy und liebte den

feuchten Kuss, den seine Finger dabei erhielten. Ihre Erregung hob seine Lust beinahe an die Belastungsgrenze.

Er schlug auf die Innenseite ihres linken Beins.

„Cody ... Cody, bitte."

Er liebte es, wenn sie bettelte.

„Was brauchst du, Baby?" Erneut schlug er auf ihre Pussy.

Sie wand ihren Oberkörper, da er das einzige Körperteil war, das sie bewegen konnte. „Oh, mein Gott, Cody, bitte."

„Sag es mir." Abermals schlug er auf ihre Pussy.

„Dich! Ich brauche dich ... in mir."

Der Wolf in ihm brüllte und sein Blickwinkel vergrößerte sich. Seine Jeans war unten und von seinen Beinen, bevor er auch nur Luft geholt hatte. Irgendwie erinnerte er sich trotz des Nebels in seinem Gehirn daran, ein Kondom vom Nachttisch zu holen.

Aufreißen. Überstreifen.

In der nächsten Sekunde hatte er sich bereits bis zum Anschlag in ihr vergraben, ohne einen Gedanken daran, sie vorzubereiten.

Sie keuchte und ihre Muskeln spannten sich um ihn herum an.

„Meine Fresse, bist du gerade gekommen?" Seine erstickte Stimme klang, als käme sie aus weiter Ferne.

„Ja", keuchte sie. „Mir geht's gut. Mach weiter."

Er brauchte keine Ermutigung. Mit einem Ruck zog er sich zurück und rammte sich in sie. Ihr genialer Hintern war heiß und weich unter ihm, ihr Kanal so wunderbar eng, feucht und warm.

Jedes Mal, wenn er in sie drang, gab sie das niedlichste leise Grunzen von sich, das ihn allerdings gefährlich nah an den Höhepunkt brachte.

Er griff um sie herum und hielt ihr den Mund mit der

Hand zu. „Still, Baby. Hör auf, diese süßen kleinen Laute zu machen, sonst drehe ich durch."

Sie leckte seine Hand ab.

Seine Zähne fuhren aus.

Nein.

Er hob den Kopf, drehte den Hals, um sie von ihr abzuwenden, und kniff die Augen zu. „Beweg dich nicht", keuchte er. „Gib keinen einzigen Laut von dir ... ich muss nur ... zum Höhepunkt kommen." In sie rein und raus zu gleiten, war jedoch zu viel. Ihr Geruch umgab ihn und hüllte ihn ein. Er brüllte, stützte seine Fingerknöchel neben ihrem Kopf ab und hämmerte seine Hüften hart und schnell gegen ihren Hintern. Seine Eier zogen sich zusammen. Sterne tanzten vor seinen Augen. Das Verlangen, seine Zähne in ihr zu versenken, durchfuhr ihn, als Sperma durch seinen Schaft schoss. Er öffnete die Kiefer weit und Serum tropfte von seinen Zähnen.

Irgendwie fand er die Kontrolle, zurückzuweichen, sich aus ihr zu ziehen und sich hinter sie zu knien.

Sie wimmerte wegen des Verlusts.

„Kein Laut", wisperte er harsch und umschloss seinen pulsierenden Schwanz. Er pumpte ihn zweimal, bevor er das Kondom abriss und seinen Samen auf ihrem hübschen roten Hintern verspritzte.

Sie keuchten gemeinsam, während sein Blickwinkel wieder normal wurde. Seine Lust hatte sich nicht verringert, doch der Drang, sie zu markieren, war schwächer geworden. Er griff nach unten und verschmierte sein Sperma auf ihrer Kehrseite, wobei er ihre Pobacken spreizte und es mit dem Daumen in ihren Anus einführte.

Ihr kehliger Schrei ließ ihn innerhalb von Sekunden wieder hart werden. Er wollte ihren Hintern nehmen, wusste es jedoch besser. Er hatte keine Kontrolle – er würde ihr bestimmt wehtun. Also gab er sich stattdessen damit zufrieden, ihr hinteres Loch zu stimulieren und den Muskelring zu massieren, bis er sich entspannte, um ihn einzulassen.

Sie keuchte und spannte sich an, doch er hob seinen Mittel- und Zeigefinger an ihre klatschnasse Pussy und schob sie hinein. In dem Moment, in dem er beide Löcher zu fingern begann, fing sie an, zu stöhnen. Sie bog den Rücken durch, rieb ihr Gesicht am Bett und drehte ihre gefesselten Hände.

Er bewegte seine Finger schneller. Ihm war schwindlig vor Befriedigung darüber, dass er ihr Wonne verschaffte. Als er mit seiner freien Hand unter ihre Hüften griff und ihren Kitzler massierte, kam sie. Ihr Schrei durchbrach die Luft, hallte von den Wänden und brachte ihn beinahe dazu, sich zu verwandeln, damit er in ihr Jaulen einfallen konnte.

Ihre inneren Wände drückten seine Finger und molken sie immer wieder. Als sie schließlich erschlaffte, zog er sie aus ihr heraus und machte sich daran, die Seile zu lösen.

„Wunderschönes Mädchen", krächzte er, gab ihre Hände frei und machte sich an ihren Füßen zu schaffen. Er beugte sich nach unten und küsste die Rückseite ihrer Wade, während er einen Knöchel und dann den anderen befreite.

Sie bewegte sich nicht.

Er zog seine Jeans an, damit sein Schwanz nicht auf Gedanken kam, während sie schliefen, und krabbelte neben ihr das Bett hoch, bevor er die Kissen unter ihren Hüften hervorzerrte. „Komm her, Baby." Er zog sie an seine Brust.

Sie rollte sich an ihn und legte ihren Kopf mit einem süßen leisen Seufzen auf seine Schulter.

Er streichelte ihre lange, hübsche Mähne und küsste

ihre Stirn. Dieses Benehmen war ihm fremd – er hatte noch nie in seinem Leben mit einer Frau gekuschelt – dennoch wirkte es natürlich und richtig. Das Bewusstsein der Weichheit ihrer nackten Gestalt, die an seine geschmiegt war, kroch wie Feuerzungen durch ihn hindurch und störte den zärtlichen Augenblick. Seine Hand suchte ihren Busen und die Zungen wurden zu ausgewachsenen Flammen.

„Ich muss mir etwas anziehen", meinte er barsch und schaffte es irgendwie, sich von ihr loszureißen. „Sonst spreize ich deine Beine die ganze Nacht lang." Er hob sein T-Shirt vom Boden auf, wo er es vorhin fallen gelassen hatte, und zog es sich über den Kopf.

Ihr Gesichtsausdruck brachte sein Herz zum Stillstand. Darin lag Offenheit und ein vertrauensvolles Staunen stand in ihren großen blauen Augen, als sie zu ihm aufsah. Sie hatte sich seiner Fürsorge unterworfen. Die Bedeutung dessen zwang ihn beinahe in die Knie. Seine Hände zitterten, als er die Decke hochzog und neben sie ins Bett schlüpfte.

Er nahm ihr Gesicht in die Hände und fuhr mit seinem Daumen über ihre Wange, wobei er staunte, wie weich ihre Haut war, wie perfekt und glatt.

„Es muss schwer sein, ein Rudel anzuführen." Ihre Worte erschreckten ihn.

Er ließ sich auf seinem Rücken nieder und zog sie an seine Seite, wobei ihr Kopf auf seiner Schulter ruhte. „Ja", gestand er. „Die Hälfte der Zeit frage ich mich, was ich eigentlich tue. Ich fing als der Anti-Anführer an. Ich war wegen meiner Größe und Kraft ein Alpha, hatte jedoch kein Interesse daran, ein Anführer zu sein. Ich wollte nicht wie mein Vater sein." Er kam nicht umhin, die Bitterkeit zu bemerken, die sich in seine Stimme schlich, als er seinen Dad erwähnte.

„Wie war er so?", fragte sie leise.

Er versteifte sich. Seine automatische Reaktion, diese Fragen abzuwehren, war ihm so vertraut. Das Gespräch schien jedoch wichtig zu sein. Der Moment war bedeutsam. Und er hatte das Hin und Her zwischen ihm und Melissa so satt, dass er nicht dorthin zurückkehren wollte.

„Er ist ein harter Hund. Hat mich aus dem Rudel geworfen, als ich sechzehn war, wegen etwas, was ich nicht einmal getan hatte."

Melissa stockte der Atem. Sie fuhr leicht mit einer Hand über seine Brust und ihre Nägel kratzten durch die Haare dort, was einen Schauder über seine Arme jagte. „Was hattest du seiner Meinung nach getan?"

„Ein Mädchen wurde schwanger. Sie erlitt eine Fehlgeburt und ihre Eltern fanden es heraus. Sie erzählte ihnen, dass ich der Vater wäre."

Melissas Hand erstarrte. „Und du warst es nicht?"

Er rieb sich übers Gesicht und seufzte. „Das war ich nicht. Aber ich hatte Sex mit ihrer älteren Schwester gehabt, was sie vermutlich auf den Gedanken gebracht hat, mich den Wölfen zum Fraß vorzuwerfen. Ich gebe zu, ich war ein Rabauke. Gestaltwandler-Hormone sind schlimmer als die eines Menschen und meine waren außer Rand und Band. Ich geriet ständig in Schwierigkeiten. Mein Vater und ich stritten uns dauernd, weshalb diese Aktion wohl der Tropfen war, der das Fass zum Überlaufen gebracht hat."

„Was hast du getan?"

„Ich hatte nicht mehr als zehn Dollar im Geldbeutel und die Kleider an meinem Leib. Ich rannte den Berg hinab. Ich wuchs in Estes Park auf. Die ganze Stadtbevölkerung besteht aus Gestaltwandlern – ich wette, das wusstest du nicht." Er grinste und drehte sich zu ihr um.

Ihr antwortendes Lächeln veranlasste sein Herz dazu, einen Schlag auszusetzen. „Ich hatte keine Ahnung.“

„Ich lebte einige Wochen als Wolf in der Wildnis und jagte so mein Essen. Aber es ist gefährlich, zu lange in Wolfgestalt zu bleiben. Man verliert den Verstand – wird wild. Irgendwann fuhr ich per Anhalter nach Greeley und erhielt dort einen Job auf einer Ranch mit Unterkunft. Dann bekam ich Arbeit in einem Bauarbeiterteam.“

„Und daraufhin bist du hierhergezogen?“

„Ja. Vor acht Jahren. Damals gab es hier nur fünf Gestaltwandler. Das Rudel ist noch klein.“

„Hast du deinen Dad seitdem gesehen?“

Seine Kehle schnürte sich zu. „Ja. Er weiß, dass ich hier bin. Ich bin ein paar Mal nach Hause gegangen, um meine Geschwister zu besuchen. Es war eine angespannte Situation, aber wir haben sie überlebt. Er will, dass ich mein Rudel zu den Spielen bringe, die sie dieses Jahr abhalten.“

„Wirst du hingehen?“

Er zuckte mit den Achseln. „Ich will nicht, aber ich denke darüber nach. Es könnte schön für das Rudel sein … einige Weibchen zur Paarung zu treffen.“

Melissas offene Miene verschloss sich und er wünschte sich, er hätte das nicht gesagt. „Nicht für mich“, korrigierte er sich rasch. „Ich habe im Moment kein Interesse daran, mich fortzupflanzen.“ Das stimmte allerdings nicht. Er hatte eine Menge Interesse, jedoch nur daran, sich mit dem kleinen Menschen neben ihm fortzupflanzen.

Er dachte an seinen Vater und sein Rudel von fast eintausend Wölfen. Er war immer angespannt und wütend gewesen. Ständig hatte er sich mit irgendeiner Krise auseinandersetzen müssen.

„Ehrlich gesagt, habe ich ihn lange Zeit gehasst. Aber ich vermute, ich verstehe jetzt, wie peinlich es gewesen sein musste, dass der Sohn des Alphas Amok gelaufen ist. Kein Wunder, dass er mich rausgeworfen hat."

„Aber du hast es nicht getan", protestierte Melissa und stütze sich auf einen Unterarm. „Warum hat er dem Wort einer anderen mehr Glauben geschenkt als seinem eigenen Sohn? Und wen interessiert es, ob du ihn beschämt hast? Du solltest ihm wichtiger sein, als gut vor seinem Rudel dazustehen."

Etwas löste sich in Codys Brust. Etwas, was lange Zeit erstarrt und unbeweglich gewesen war, bewegte sich jetzt. Er konnte wegen des Kloßes in seiner Kehle nicht sprechen. Dass Melissa ihn so leidenschaftlich verteidigte, fühlte sich zu gut an. Und es war höchstwahrscheinlich unverdient.

„Hat er jemals geglaubt, dass du es nicht getan hast?"

„Ja. Ich glaube, das Mädchen hat die Wahrheit gesagt, nachdem ich verbannt worden war. Die Schuldgefühle haben sie zu sehr belastet, weißt du. Oder vielleicht war es ihr nicht mehr wichtig denjenigen zu beschützen, der sie geschwängert hatte. Meine jüngere Schwester versuchte, mich damals zu finden, doch ich blieb in der Menschen-welt, in der sie keine Kontakte hatten. Erst, als sich herum-sprach, dass es ein kleines Rudel in Colorado Springs gibt, fanden sie heraus, was mit mir passiert war."

„Du solltest ihm vergeben."

* * *

Das hätte sie nicht sagen sollen. Es ging sie nichts an.

Codys Kopf schnellte überrascht in die Höhe.

„Ich werde ihm nicht vergeben, du solltest es allerdings tun. Er klingt nach einem Arschloch, aber er ist immer noch dein Dad."

Codys Augen wanderten über ihr Gesicht und zum

ersten Mal sah sie ehrliche Zuneigung in diesen. Er lächelte. „Ich werde darüber nachdenken, Dr. Phil."

Sie lachte. „Nun, wenn du es nicht tust, wird es nur dich belasten, nicht ihn. Es wird zu deiner Einschränkung." Ja, sie machte einen auf Dr. Phil, aber sie wusste zufälligerweise sehr viel darüber, wie man über vergangene Traumata hinwegkam und mit seinem Leben weitermachte.

„Was weißt du darüber?"

Sie zuckte mit den Achseln. Sie wollte jetzt nicht über die ganze PTBS-Sache reden. Nicht, wenn sie sich so wunderbar fühlte, während sie in Codys Armen lag. Ihre Glieder waren schwach und gummiartig von den zwei Orgasmen und sie war high von allen möglichen Endorphinen. Ihr Hintern pochte von den Schlägen – dieser Teil war furchtbar gewesen – doch sie hatte nichts gegen die Nachwirkungen. Die Hitze und das Brennen mischten sich irgendwie mit den Nachbeben ihrer jüngsten Höhepunkte, sodass der Schmerz beinahe angenehm war.

Er zupfte an einer ihrer Haarsträhnen. „Ich habe Möglichkeiten, dich zum Reden zu bringen."

„Ach ja?" Ihre Stimme klang atemlos und verführerisch. Überhaupt nicht das, was sie beabsichtigt hatte. „Welche Folter wäre das?"

„Erzwungene Orgasmen. Die ganze Nacht lang. Meine Zunge auf deinem Kitzler, mein Daumen in deinem Hintern. Ich werde dich stimulieren, bis du flehst und bettelst, dass ich aufhören soll."

Der erstickte Laut, der ihrem Mund entwischte, war ein fehlgeschlagener Versuch, zu lachen, doch ihr Körper wurde heiß, ihre Nippel steif und ihre Pussy feucht und warm. Da sie ehrlich nicht glaubte, dass sie noch mehr Orgasmen ertragen könnte, entschied sie sich für die Wahrheit.

„Ich hatte letztes Jahr ein schlimmes Erlebnis. Feinde von Ben entführten mich, um meine Schwester dazu zu erpressen, ihn zu ruinieren. Jeremy war Teil des Ganzen – ich verdanke ihm mein Leben.“

Cody hatte sich bei der Erwähnung von Jeremy versteift, sprach allerdings nicht.

„Eine Weile hatte ich Albträume. Als ich eine Therapeutin besuchte, arbeiteten wir an Vergebung. Die Kerle, die mich entführten, sind tot, weshalb es nicht darum ging, dass Gerechtigkeit verübt werden muss. Die Therapeutin war der Meinung, dass, wenn ich allen Beteiligten vergeben könnte, es mich befreien würde von ...“ Sie verstummte.

Cody drehte sich um und stützte sich auf einen Ellenbogen. „Wovon?“

Ihre Nase brannte. Sie wollte nicht weinen – nicht heute Nacht. Nicht jetzt. „Davon, sich wie ein Opfer zu fühlen. Sich machtlos zu fühlen.“

Cody blieb sehr still und seine Brauen zogen sich zusammen. „Hat es geholfen?“

Sie nickte. „Ja. Ich glaube schon.“

„Ich hoffe ... Meine Fresse.“ Cody fuhr sich übers Gesicht. „Bitte sag mir, dass ich dir nie dieses Gefühl gegeben habe.“ Der erschrockene Ausdruck auf seinem Gesicht verwandelte ihr Inneres in warmen Honig.

Sie berührte sein Gesicht. „Kein einziges Mal. Ich fühlte mich stark und frech, wenn ich mit dir stritt. Und erregt. Hauptsächlich fühlte ich mich erregt.“ Sie senkte den Blick, da sie plötzlich schüchtern war.

Codys Grinsen wärmte sein Gesicht. Er packte ihren Kiefer auf eine herrische Art und zog ihr Gesicht zu seinem. „Ich denke, du weißt, dass das Gefühl auf Gegenseitigkeit beruht, Baby“, knurrte er, bevor er über ihren Mund herfiel.

Kapitel Zehn

Cody glaubte nicht, dass er neben Melissa schlafen können würde, da er wusste, dass sie kein Höschen unter seinem fadenscheinigen T-Shirt trug, doch er wachte auf, als sie aus dem Bett stieg.

Automatisch griff er nach ihr. Sein Körper wollte nicht von ihrem getrennt werden.

„Ich bin gleich wieder zurück." Ihr Lächeln war liebevoll und sanft. Er liebte diese Seite an ihr beinahe so sehr wie er die freche, streitlustige Frau liebte, der er zuerst begegnet war.

Sie tapste zum Bad und kehrte mit dem Seil in den Händen zurück.

„Willst du, dass ich dich noch einmal fessle?", neckte er sie und verschränkte die Hände hinter dem Kopf, während er auf seinem Rücken lag.

Sie trug einen verschmitzten Gesichtsausdruck, den er noch nicht an ihr gesehen hatte und der ihm definitiv gefiel. Sie krabbelte über ihn. „Ich werde dich fesseln."

Er schüttelte den Kopf. „Sorry, Baby. Das kommt nicht infrage."

Sie schien auf diese Antwort vorbereitet zu sein und hörte ihm nur mit halbem Ohr zu, während sie seine Jeans aufknöpfte und den Reißverschluss nach unten zog. Sein Schwanz, der in ihrer Gegenwart dauerhaft hart war, sprang heraus.

„Das ist ein Jammer", säuselte sie, nahm seinen Schwanz in ihre zarte Hand und schloss ihre Finger um die Wurzel. „Denn ich wollte dich blasen. Aber nicht, wenn du Gefahr läufst, die Kontrolle zu verlieren ..." Sie klimperte mit den Wimpern.

Seine Schenkel verkrampften sich wegen der Wonne ihrer Berührung und er stöhnte. Ja, er wollte den Blowjob. Und ja, er lief Gefahr, die Kontrolle zu verlieren. Er bezweifelte allerdings, dass ihn ein kleines Seil zurückhalten würde, wenn es darauf ankam. Er schloss die Augen, schob den Wolf zurück und holte mehrmals beruhigend Luft.

„Okay. Tu es", krächzte er und bot ihr seine Handgelenke an. „Ich hoffe, du weißt, wie man einen guten Knoten bindet, Baby, sonst wirst du bis in die nächste Galaxie gefickt werden."

Der Atem entwich ihr bebend und ihre Hände zitterten, als sie das Seil um seine Handgelenke wickelte. Sie band einen schlichten Knoten, hörte auf und löste ihn. „Tatsächlich kenne ich überhaupt keine Knoten. Ich wäre eine schreckliche Pfadfinderin."

Sie war so verdammt niedlich. Er lächelte, schüttelte das Seil ab und knotete schnell ein Paar Seil-Handschellen. „Halt die hier fest." Als sie es tat, schob er seine großen Hände durch die Schlaufen. „Jetzt zieh an den losen Enden, bis sie fest sind. Das ist es. Jetzt binde sie ans Kopfteil."

„Ich hätte wissen sollen, dass du sogar herrisch bist, wenn du gefesselt wirst."

Er schenkte ihr ein verruchtes Grinsen. „Glaub es, Baby. Ich habe immer das Sagen, ob meine Handgelenke nun von einem Seil umwickelt sind oder nicht."

Sie lächelte liebenswürdig. „Wir werden ja sehen."

Da vermutete er, dass er erledigt war. Er war sich dessen sicher, als sie sich das Nachthemd über den Kopf zog und ihm einen atemberaubenden Blick auf ihre kecken Brüste mit ihren harten, pfirsichfarbenen Nippeln gewährte.

„Drück deine Nippel", krächzte er. Sein Schwanz spannte sich an und seine Augen klebten förmlich an den harten Spitzen.

Sie zögerte, als würde sie mit sich ringen, ob sie Befehle von ihm annehmen sollte, wenn sie eindeutig versucht hatte, die Führung zu übernehmen. Doch anscheinend schien zu stimmen, was er über sie vermutet hatte – sie diente gerne. Sich zu unterwerfen, lag ihr im Blut, obwohl sie dachte, sie müsste dagegen ankämpfen.

Sie ließ ihre kleinen Hände an ihren Seiten hinaufgleiten und drückte ihre Brüste.

„Zwick sie." Er klang verzweifelt.

Sie befeuchtete ihre Lippen, als sie gehorchte, und er stöhnte und schaukelte mit den Hüften. Das Seil half tatsächlich, denn wenn er an seinen Händen riss, erinnerte ihn der leichte Schmerzensbiss daran, warum er gefesselt war.

„Leck an einem. Kannst du das? Kannst du daran saugen?" Zu beobachten, wie eine Frau an irgendetwas saugte, törnte ihn an. Dass eine Frau an sich selbst nuckelte, hatte irgendetwas Versautes an sich.

Melissa umfing ihren Busen und hob ihn an ihren

Mund, streckte ihre prächtige, pinke Zunge aus, um ihren Nippel zu umkreisen, und sog ihn in ihren Mund.

„Oh, meine Fresse!"

Sie setzte sich rittlings auf seine Beine und senkte ihren Mund auf seinen Schwanz, die Augen auf sein Gesicht geheftet. An dieser Aktion war etwas schrecklich Erotisches – die Tatsache, dass sie sein Gesicht und seine Reaktion so aufmerksam beobachtete, machte es noch viel intimer. So sexy.

Seine Hüften stießen sich in dem Moment nach vorne, in dem ihre Lippen seine Schwanzspitze berührten, und als sie um den Rand seiner Eichel leckte, riss er so heftig an den Seilen, dass der Bettrahmen ächzte. Er hoffte, dass die Seile vor dem Bett kaputt gehen würden, denn er hatte es selbst gezimmert.

Sie nahm ihn tief in ihrer Kehle auf.

Vergiss das – ihm war egal, was zuerst kaputt ging, solange es nur sofort geschah. Seine Augen hatten ihre Farbe verändert und Verlangen brannte heiß in seinem Bauch. Das Zimmer drehte sich und verschwamm. Sein Bewusstsein war nur auf seine harte Erektion und ihren heißen, feuchten Mund gerichtet.

Das Seil riss.

Schwach registrierte er Melissas schockiertes Gesicht, doch der Duft ihrer Erregung drang in seine Nasenlöcher und er war vollständig berauscht. Er sprang nach vorne, hob sie an der Taille hoch, positionierte sie auf allen vieren und drückte ihre Brust aufs Bett, sodass ihr Hintern in der Luft blieb. Das Seil war noch um seine Handgelenke gewickelt und die zerrissenen Enden flatterten in der Luft, als er ihre Hüften packte und sich bis zum Anschlag in ihre köstliche Hitze rammte.

„Cody!" Sie klang alarmiert, was ihn allerdings nur erregte. „Kondom! Du hast ein Kondom vergessen", keuchte sie.

Er fluchte laut. Es klang mehr wie ein zorniges Brüllen, doch er zog sich aus ihr, riss die gesamte Schublade aus dem Nachttisch und nahm sich eine Kondompackung. Seine Zähne schlossen sich darum, er riss sie auf und rollte das Kondom über seine Länge.

Melissa, seine hübsche Gefährtin, verharrte in der Stellung, in die er sie gebracht hatte, und wartete. Sie wollte das hier. Das Wissen ließ seine Lust noch heißer brennen. Er war teilweise wieder bei Vernunft, weshalb er um ihre Hüften herum griff und ihre Spalte streichelte. „Du bist so verdammt feucht für mich", knurrte er anerkennend. „Du bist immer feucht für mich, nicht wahr?"

Er schlug auf ihren Kitzler.

„Ja", keuchte sie.

„Warst du feucht für ihn?" Er hätte das nicht fragen sollen und wollte ihren verdammten Ex eigentlich nicht in den Raum zwischen ihnen bringen, aber jetzt, da er es ausgesprochen hatte, musste er es wissen.

„Nein – nie." Ihre heisere Stimme antwortete sofort, ohne zu zögern, und sein innerer Wolf machte den Moonwalk um das Bett herum.

Erneut schlug er auf ihren Kitzler. „Wirst du dich von mir ficken lassen?" Es war etwas zu spät, um ihre Zustimmung einzuholen, doch jetzt, da sein Verstand teilweise zurückgekehrt war, musste er sich vergewissern, dass sie keine Angst vor ihm hatte.

„Cody, jetzt. Ich brauche dich jetzt."

Er stieß sich in sie und seine Sinne explodierten. Die Zeit löste sich auf. Er fickte sie hart und schnell, wobei er ihre Hüften festhielt, damit sie seinen hämmernden Stößen nicht entkommen konnten. Er wollte, dass es für immer andauerte, und er brauchte es, dass es so schnell wie möglich endete. Das Zimmer verschwand, als Sperma durch seinen Schaft schoss. Er vergrub sich tief in ihr und kam mit einem Schaudern.

* * *

Melissas innere Muskeln zuckten und drückten Cody rhythmisch, während Lichter wie ein Meteoritenschauer vor ihren Augen vorbeiflogen. Cody zog sich aus ihr heraus und drehte sie auf den Rücken, als wöge sie nichts.

Sein unmenschliches Aussehen brachte sie zum Kreischen. Seine Augen waren hellblau und seine Eckzähne hatten sich zu scharfen Spitzen verlängert. Er schob sich über sie.

Um sie zu markieren.

Sie begann, zurück zu krabbeln und zu fliehen, erinnerte sich jedoch an seine Warnung aus ihrer ersten gemeinsamen Nacht.

Renn nie vor einem erregten Wolf weg. Vor allem nicht vor einem Alpha.

Stattdessen wehrte sie ihn ab, indem sie ihren Fuß an seinen Bauch legte und sich gegen ihn stemmte. „Cody", flehte sie in der Hoffnung, dass er die Kontrolle wieder erlangen würde.

Seine Hand fand ihren Fuß und packte ihn, während er auf sie hinabsah und die Stirn runzelte. Seine Augen schnellten zu ihren und fixierten diese. Er atmete zweimal tief ein und aus und seine Iriden wurden wieder grau, die Fangzähne verschwanden.

„Es tut mir leid. Es tut mir leid, Prinzessin." Er ließ sich neben sie aufs Bett fallen, nahm sie in seine Arme und küsste ihre Schläfe sowie ihre Haare.

Erleichterung vermischte sich mit etwas Komplexerem – der Intensität dessen, wie sehr sie es liebte, Codys Zuneigungen zu erhalten – und ihre Augen füllten sich mit Tränen.

Cody versteifte sich neben ihr, obwohl er ihre Tränen unmöglich hatte sehen können – sein Gesicht war in ihren Haaren vergraben gewesen. Sein Kopf schnellte in die Höhe und er starrte sie an, während sie die Tränen wegblinzelte.

„Habe ich dir wehgetan?", flüsterte er heiser und mit zusammengezogenen Brauen.

Sie schüttelte den Kopf und zog ihn für einen Kuss nach unten.

Er erwiderte ihn, seine Lippen bewegten sich sanft über ihre und er knabberte an ihrer Unterlippe, als er sich von ihr löste. „Ich habe deine Tränen gerochen." Er ließ es einfach nicht sein. „Es tut mir leid." Er legte eine Hand auf ihre Taille, stützte sich auf eine Hand und blickte auf sie hinab. „Ich habe dir Angst gemacht, oder?"

„Nein, mir geht's gut. Du hast mir ein bisschen Angst gemacht. Es hat wehgetan, aber auf eine gute Weise." Oh, zur Hölle errötete sie etwa? Es stimmte, ihre Pussy fühlte sich wund an und ihre inneren Wände zerschlagen, doch sie liebte das Gefühl, gut benutzt worden zu sein. Orgastische Glückseligkeit floss durch ihre Glieder hindurch.

Er wickelte die zerrissenen Enden des Seils von seinen Handgelenken, als wäre er sich erst jetzt seiner Glieder bewusst geworden und hätte die Fesseln bemerkt.

„Hast du Hunger, Baby? Ich kenne diesen fantastischen

kleinen Laden, der die besten Zimtschnecken verkauft, die du jemals gegessen hast."

Sie strahlte ihn an. Dieser Cody – der sanfte, rücksichtsvolle Cody haute sie um. War das wirklich der gleiche unflätige, vulgäre Arbeiter? Sie beobachtete, wie seine tätowierten Muskeln spielten, als er aus dem Bett stieg und sich seine Kleider anzog. Ja, es war der gleiche Kerl. Und wenn sie ehrlich mit sich war, würde sie zugeben, dass sie den Dirty Talk liebte. Vor allem da er diesem die heißesten Taten folgen ließ, die sie jemals erlebt hatte. Einschließlich eines Spankings.

Sie sprang aus dem Bett. „Ich werde nur schnell duschen."

Er schaute über seine Schulter und erstarrte. Seine Lider senkten sich zur Hälfte und sein Gesichtsausdruck wurde erneut begehrlich. „Komm nicht unbekleidet raus", warnte er.

Ihr Lachen wurde zu einem Kreischen, als er so tat, als würde er sich auf sie stürzen.

„Ich meine es ernst. Sonst fessle ich dich den ganzen Tag ans Bett, Baby", rief er ihr nach.

Im Badezimmerspiegel erhaschte sie einen Blick auf sich und blieb stehen, während sie ihr Spiegelbild mit neuen Augen betrachtete. Ihre Wangen waren vor Erregung gerötet. Auf ihrem Körper, den sie nie als etwas Besonderes betrachtet hatte, waren noch immer seine Male zu sehen – die Fingerabdrücke auf ihren Hüften, einige Flecken auf ihrem Hintern von dem Spanking der letzten Nacht. Die Erinnerung an diese Bestrafung sandte ein Flattern der Aufregung durch ihren Bauch hindurch. Hatte er ihr wirklich die Pussy versohlt?

Sie hatte Sex schon immer genossen – ihre Schwester hatte sie vor Jeremy eine Serien-Daterin genannt, aber

Cody gab ihr das Gefühl, begehrenswert zu sein, als wäre sie eine Sexgöttin.

Sie duschte zügig und zog die Wechselkleidung an, die sie in Codys Motorradtasche gepackt hatte. Leider fand sie keinen Föhn, machte sich allerdings nicht die Mühe, Cody danach zu fragen, weil sie wusste, dass er sich nur über sie lustig gemacht hätte.

„Bereit, Schönheit?" Cody hatte das Zimmer aufgeräumt und ihre Sachen gepackt. Er reichte ihr den Motorradhelm.

Das wars mit ihren frisch gewaschenen Haaren. Sie nahm ihn ohne eine Bemerkung entgegen. Cody hielt ihr seine Lederjacke zum Anziehen hin. Sie konnte nicht verhindern, dass sich ihre Augenbrauen überrascht hoben, bevor sie seine Hilfe annahm.

„Ja, ich weiß. Ich dachte auch nicht, dass es in mir steckt."

Klang er ein wenig verlegen?

Sie glitt hinter ihm aufs Motorrad und legte ihre Arme um seine Taille. Die Fahrt auf den Berg gestern war entsetzlich gewesen. Sie hatte das Gefühl gehabt, dass Cody die Ducati absichtlich schnell und waghalsig gefahren hatte, um sie zu erschüttern. Heute zeigte er Zurückhaltung, gab nicht so viel Gas und neigte das Motorrad in den Kurven nicht so stark zur Seite.

Sie schlängelten sich um unmarkierte Bergstraßen, Hügel hoch und runter, bis sie einen kleinen Laden erreichten, der mitten im Nirgendwo an einem Hang gebaut war. Ein Baumstumpf, der zu einem Bären geschnitzt worden war, stand in der Nähe des Eingangs.

Sie zog den Helm ab und kämmte sich mit den Fingern durch die Haare. Ein älteres Paar begrüßte sie, als sie den Laden betraten. Cody lief schnurstracks zur Theke, um zwei Zimtschnecken zu bestellen. Aus dem Kühlfach holte er eine kleine Milchtüte und bezahlte an der altmodischen Kasse für alles.

Er führte sie wieder nach draußen. Es gab keine Sitzgelegenheiten, weshalb er stand, während sie sich auf den Motorradsitz hockte. Cody zog eine der Schnecken aus der Papiertüte und hielt sie ihr an den Mund.

Sie war riesig – viel zu groß, um in ihren Mund zu passen – weshalb die Frischkäsecreme an ihren Lippen kleben blieb, als sie versuchte, einen Bissen zu nehmen.

Belustigung tanzte in Codys Augen, doch die Art und Weise, wie er ihre Lippen anstarrte, sandte Hitze zwischen ihre Beine. Er selbst aß nichts, da er scheinbar größeres Interesse daran hatte, sie zu füttern.

„Du hast recht. Das sind die besten Zimtschnecken, die ich jemals hatte.“

„Sag es noch mal“, neckte er sie.

„Zimt?“, spielte sie die Unschuldige.

Er trat näher und streichelte mit einer Hand über ihren Nacken. „Sag es, Baby.“

Irgendwie wurde der einfache Witz sexuell. Sein Daumen streichelte über ihre Unterlippe.

Sie nahm ihn in den Mund und saugte hart daran.

Cody stöhnte und sah aus, als hätte er Schmerzen.

„Du hast recht“, flüsterte sie, denn sie wusste, dass sie den Spieß umgedreht hatte.

Er schloss die Augen, als würde er seine Kontrolle zusammennehmen, dann öffnete er die Milchtüte und trank sie in einem Zug leer.

Sie fischte das Wegwerfhandy aus ihrer Handtasche und schaute nach, ob sie Empfang hatte.

Cody machte ein finsteres Gesicht. „Wen musst du anrufen?“

„Meinen Boss. Ich muss ihm sagen, dass ich heute Abend nicht zur Arbeit kommen kann." Als sich seine Lippe ungläubig verzog, erklärte sie: „In dem Nachtclub, in dem ich als Barkeeperin arbeite."

Schock veranlasste Codys Augenbrauen dazu, sich bis zu seinem Haaransatz zu heben. „Du arbeitest hinter einer Bar?" Ungläubigkeit schwang in seiner Stimme mit.

Sie drückte mit dem Daumen auf die Tasten. „Ja. Ich arbeite dort, seit ich achtzehn bin. Ich dachte, ich könnte kündigen, wenn ich Immobilienmaklerin werde, doch ich verdiene noch nicht genug." Sie zuckte mit den Achseln, während Cody finster dreinblickte.

Harry, ihr Boss, ging nicht ans Telefon, weshalb sie eine Nachricht hinterließ, in der sie behauptete, dass ihre Mom krank sei, und auflegte.

„Du bist Barkeeperin?" Er wirkte noch immer überrascht.

„Was? Denkst du, ich weiß nicht, was harte Arbeit ist? Ich komme für meinen Lebensunterhalt auf, seit ich aufs College gegangen bin. Es ist gutes Geld. Es bezahlt die Miete, denn der Himmel weiß, dass es Jeremy nie getan hat."

Codys Gesicht verdüsterte sich von neuem. „Was hast du nur in diesem Kerl gesehen?"

Sie zuckte mit den Schultern und wandte den Blick ab, weil sie mit ihm nicht darüber sprechen wollte. „Sag mir, was du in ihm gesehen hast. Ich muss es wissen."

Sie kaute auf ihrer Unterlippe herum. „Erinnerst du dich daran, dass ich dir von meiner Entführung im letzten Jahr erzählt habe?"

„Ja."

„Nun, Jeremy war einer meiner Entführer. Er und ein

Freund flirteten mit mir an der Bar und nach der Arbeit ging ich mit ihnen nach Hause."

Cody sah aus, als würde er am liebsten jemanden umbringen. „Er hat dich *entführt*? Ich werde ihn mit meinen bloßen Händen umbringen, wenn wir den kleinen Scheißkerl finden."

„Er wusste nicht, worauf er sich einließ. Sein Freund hatte ihm ein paar hundert Dollar angeboten, wenn er mich ins Bett kriegt. Als sie mich hatten, wurde es ernster und dann wurde er ebenfalls zum Gefangenen. Er entkam und kehrte zurück, um mich zu holen. Er befreite mich, bevor sie mich töten konnten. Also verdanke ich ihm mein Leben."

Codys Nasenflügel blähten sich und seine Hände ballten sich zu Fäusten. „Ich verstehe. Um dich für mich einzunehmen, muss ich dich also lediglich entführen und dann freilassen?"

Sie versetzte seiner unnachgiebigen Brust einen Stoß. „Das ist nicht witzig."

„Ich lache auch nicht. Ich meine es ernst, dass ich den Kerl verprügeln will."

„Nein, das tust du nicht. Hast du nicht gehört, was ich gesagt habe? Er hat mir das Leben gerettet."

„Ich denke der Gefallen – wenn man es denn so nennen kann – wurde bereits erwidert. Aber nur, um das klarzustellen, ich denke nicht, dass man behaupten kann, er hätte dein Leben gerettet, wenn er derjenige ist, der es in Gefahr gebracht hat."

Sie verschränkte die Arme vor der Brust. Tränen brannten in ihren Augen, nicht weil sie sich Sorgen um Jeremys Leben machte – was sie tun sollte – sondern weil Cody sich über ihr persönliches Ehrgefühl lustig machte.

„Ich werde ihn nicht umbringen, wenn es dir so viel

bedeutet, aber ich werde ihm definitiv in den Arsch treten, wenn ihn Rabago vorher nicht fertigmacht."

Eine Träne rann aus ihrem Augenwinkel. „Warum geht es bei euch Wölfen nur um Aggression? Ihr denkt, dass ihr alles mit Gewalt lösen könnt. Kein Wunder, dass sich die Frau versteckt, die wir in dem Apartmentgebäude gesehen haben. Niemand ist in eurer Nähe sicher."

Zu spät bemerkte sie, welche Wirkung ihre Tirade auf Cody hatte. Er war bleich geworden und hatte seine Augen weit aufgerissen. Ein Muskel zuckte an seinem Kiefer.

Sie hatte einen empfindlichen Nerv getroffen. Sie hatte es nicht ernst gemeint – nicht wirklich. Sie verstand die Wolfkultur nicht und die körperliche Aggression schockierte sie, aber sie hätte nicht urteilen sollen. Ihn mit demjenigen zu vergleichen, der das Weibchen misshandelt hatte, war falsch. Cody war nicht furchterregend. Er setzte seinen Willen gerne mithilfe kleiner Bestrafungen durch, die jedoch stets mit heißem Sex endeten.

„Was auch immer mit diesem Weibchen passiert ist, entspricht nicht der Norm. Wölfe beschützen ihre Weibchen und Welpen um jeden Preis. Ich würde sterben, um dich zu schützen. Das Versprechen habe ich deinem Schwager gegeben. Es tut mir leid, wenn das zu aggressiv für deinen Geschmack ist, Prinzessin."

Er knüllte die Papiertüte und die Milchtüte zu einem festen Ball und warf sie in einen Mülleimer. Anschließend stieg er aufs Motorrad und ließ den Motor an.

„Cody, es tut mir leid. Ich bin einfach nicht an deine Welt gewöhnt. Ich sollte nicht urteilen."

Seine Schultern entspannten sich, er nahm ihr den Helm aus den Händen und setzte ihn ihr auf den Kopf.

„Ich schätze, ich fühlte mich von dir verurteilt. Du weißt schon, weil ich mit Jeremy zusammen war."

Cody lehnte seine Stirn an ihren Helm und legte eine Hand in ihren Nacken. Ihr Atem vermischte sich. „Nein, ich verstehe es. Du bist loyal. Aber ich kann nicht anders, als dich beschützen zu wollen. Ich will den Scheißkerl immer noch für dich umbringen. Doch ich werde es nicht tun."

Kapitel Elf

Am nächsten Morgen scrollte Melissa durch die Liste der Häuser, die neu auf dem Immobilienmarkt waren. Nach einer weiteren heißen Runde unter der Bettdecke war Cody nämlich zur Arbeit gegangen.

Ben hatte geschrieben, dass er 15.000 Dollar auf Codys Bankkonto überwiesen hatte. Zudem hatte er gesagt, dass er am Freitag geradewegs nach Colorado Springs fahren und hoffentlich vor dem Treffen mit Rabago ankommen würde. Dieses hatte Rabago für Freitagabend auf einem verlassenen Grundstück am Stadtrand angesetzt. Sie musste sicherstellen, dass Jeremy ebenfalls bei dem Treffen war, ansonsten würde Rabago vermutlich weiterhin nach ihm suchen. Sie hatte keine Ahnung, wo er sein könnte. Er hatte einen Cousin, der in Denver lebte. Womöglich war er dorthin gegangen, um unterzutauchen. Sie hatte ihm geschrieben und ihn über die Geldübergabe sowie das Treffen informiert, hatte allerdings noch nichts von ihm gehört.

Um sich abzulenken, während sie auf eine Antwort wartete, ging sie jetzt die neu eingestellten Häuser durch.

Ihr Blick schnellte zu einem neuen Eintrag im Old North End Viertel. Ein CJ Steele Haus! Aufregung raste durch ihre Adern, als sie die Einzelheiten überflog. Das Haus war nur zwei Blöcke von Codys entfernt, was bedeutete, dass sie sich nach draußen schleichen und einen Blick auf das Haus werfen könnte, ohne dass er jemals wüsste, dass sie gegangen war. Rabago würde sie nicht finden, nicht bei einem so kurzen Ausflug. Selbst wenn es Cody erfuhr, wäre es das wert. Zur Hölle, sie würde jede Art von Interaktion mit ihm bevorzugen nach der distanzierten und kalten Art, mit der er sie gestern behandelt hatte.

Sie nahm das Wegwerfhandy und wählte die Nummer des dämlichen Immobilienmaklers Brad Johnson, um ihr Interesse anzukündigen. Ihm gelang es irgendwie sowohl gelangweilt als auch herablassend zu klingen. Er gab ihr zwar den Schlüsselcode, tat jedoch so, als wüsste er, dass das Haus nicht ihrem Budget entsprach. Was der Fall war – zumindest überstieg es die Summe, die sie mit gutem Gewissen von ihrem Schwager leihen konnte.

In einen Rock und eine Bluse gekleidet, um gewappnet zu sein, falls sie anderen Maklern über den Weg lief, während sie dort war, schlüpfte sie in ihre Stöckelschuhe und verließ das Haus durch Codys Hintertür für den Fall, dass jemand das Haus beobachtete. Das war allerdings höchstunwahrscheinlich. Wenn Rabago gewusst hätte, dass sie hier war, hätte er längst die Tür eingetreten.

Sie lief zielgerichtet über den Gehweg, wobei sie große Schritte machte und die warme Sommersonne genoss. Sie entdeckte das Haus sofort. Wie bei allen CJ Steele Häusern war der Vorgarten makellos gepflegt und mit einheimischen Bäumen, Büschen und Blumen bepflanzt. Das Haus erstrahlte in kobaltblauer Farbe, die einen hübschen Kontrast zu den alten Backsteinen bot. Indem sie das Tastenfeld des elektronischen Supra Schlüsselkastens nutzte, öffnete sie diesen und holte den Schlüssel heraus. Sie drückte die Eingangstür auf, trat hinein und lächelte.

Wunderschön.

Hartholzböden. Freigelegte Backsteinwände. Jedes Detail war perfekt, wie sie es vorausgeahnt hatte. Sie bog um eine Ecke in die Küche, blieb wie angewurzelt stehen und keuchte.

Cody wandte sich mit einem Pinsel in der Hand vom Fenster ab, wo er offensichtlich die letzten Nachbesserungen vornahm. Er richtete sich auf, als er sie sah.

„Was machst du hier?", stotterte sie. Natürlich sollte er ihr diese Frage stellen, aber sie musste etwas sagen.

Er lief um das Waschbecken herum und spülte seinen Pinsel ab. „Ich könnte dich das Gleiche fragen, Prinzessin."

„Ich weiß, es tut mir leid. Aber es ist ein CJ Steele Haus und heute auf den Markt gekommen. Ich träume seit Jahren davon, eines zu besitzen, und das hier ist meine Chance. Ich wollte sie nicht verpassen."

Cody hatte nicht vom Spülbecken aufgeschaut, weshalb sie mit ihrer Erklärung fortfuhr. „Außerdem war es so nah. Ich meine, du lebst nur ein paar Blöcke entfernt. Ich war vorsichtig. Es war niemand draußen, der mich hätte sehen können oder so."

Er beendete das Ausspülen des Pinsels, trocknete das Waschbecken mit einem Lappen ab und polierte den matten Aluminiumwasserhahn, bevor er den Pinsel und den Lappen auf eine Werkzeugablage legte.

„Du steckst in Schwierigkeiten, Baby. Mehr habe ich nicht zu sagen."

In ihrem Bauch flatterte es. Trotz ihrer Protestete liebte

sie ihren Tanz aus Dominanz und Unterwerfung. „Tue ich das?"

Er ging zu einem Fenster und schloss die Jalousien. „Ich denke, eine Bestrafung am Tatort ist am passendsten." Er entfernte den Wendestab und schlug damit auf seine Handfläche wie ein altmodischer Lehrer, der einen Rohrstock schwang. Er deutete mit dem Kinn zur polierten Betonarbeitsplatte. „Hände auf die Theke. Arsch raus."

Ihre Pussy verkrampfte sich. „Cody, es könnte jemand reinkommen."

„Ich werde nicht zulassen, dass dich jemand sieht, ich verspreche es. Ich besitze ein Gestaltwandlergehör. Ich würde jeden bemerken, der in diese Richtung kommt, bevor er auch nur die Tür erreicht. Aber denk nach – dass du das Haus verlassen hast, hätte viel schlimmere Konsequenzen nach sich ziehen können. Jemand hätte dich sehen können. Jemand hätte dich einfangen, foltern, deinen Körper verstümmeln und dich als Botschaft an deinen Ex aussetzen können."

Sie erschauderte und sah ihn finster an, weil er die Situation so extrem beschrieb.

„Diese Konsequenzen werden im Vergleich milde ausfallen." Der vertraute Ausdruck der Begierde zeichnete sich auf seinem Gesicht ab und sie errötete. Wenn Cody es genoss, wusste sie, dass es ihr auch gefallen würde. Nachdem er sie ein wenig hatte leiden lassen.

Und für Codys Vergnügen zu leiden, störte sie irgendwie nicht annähernd so sehr, wie es das ihrer Meinung nach tun sollte. Tatsächlich sorgte die Vorstellung dafür, dass ihre Nippel unter ihrer Bluse hart und ihr Höschen feucht wurde.

Codys große Hand landete auf ihrem Hintern und blieb dort liegen. Er drückte zu.

Der Atem entwich ihrer Kehle in einem Schwall.

Seine beiden Handflächen umfassten ihre nackten Schenkel und glitten aufwärts, wobei sie ihren Rock mit sich nahmen.

Ihre Pussy verkrampfte sich, Hitze flutete ihr Becken und rann ihre Beine hinab.

Nachdem er ihren Rock zu ihrer Taille geschoben hatte, hakte er seine Daumen in den Bund ihres Höschens und zog es zu ihren Knöcheln hinab.

„Dieses Mal wirst du für mich stillhalten, Baby." Obwohl die Worte rau klangen, umschmeichelte seine Stimme ihren Körper. Die Hitze in den Worten war sengend heiß und verbrannte sie, sodass sie roh zurückblieb.

Sie wollte ihn. Sie wollte das hier, so verrückt wie es war. Sie brauchte es und verzehrte sich danach.

Sie beugte sich auf ihre Unterarme und streckte ihm den Hintern raus.

Der Stab zischte, als er die Luft durchschnitt. Er traf ihr nacktes Fleisch und sie schrie. Die dünne Linie des Aufpralls brannte wie Feuer.

Cody schwang den Stab erneut und platzierte einen Schlag direkt unterhalb der ersten Linie. Sie wimmerte.

„Du warst *böse*, Baby." Codys tiefe Stimme schien geradewegs in sie zu greifen. Die Worte troffen vor Anzüglichkeiten. „Bieg deinen Rücken durch und zeig mir deinen Hintern."

Knall. Noch eine Feuerspur. Sie tanzte auf ihren Füßen.

„Spreiz deine Beine. Weiter." Dieses Mal klang seine Stimme leise und nah.

Sie stellte die Beine weiter auseinander.

Er verpasste ihr einen weiteren Schlag mit dem peitschenähnlichen Werkzeug.

Als sie die Augen öffnete – sie erinnerte sich nicht, sie geschlossen zu haben – entwich ihr der Atem nach wie vor abgehackt und keuchend.

Sie spürte die Berührung von etwas Kaltem und Hartem zwischen ihren Beinen und zuckte zusammen. Cody hatte den Stab zwischen sie geschlängelt und massierte ihre feuchte Pussy damit. „Du liebst meine Bestrafungen." In seiner Stimme lag eine Anschuldigung und sie wusste, dass sie über das Gespräch von gestern sprachen.

„Ja." Es machte keinen Sinn, zu lügen. Sie brauchte jetzt etwas von ihm – unbedingt.

Er wickelte ihre Haare um seine Finger und zog ihren Kopf nach hinten. Der Stab streichelte weiterhin langsam über ihren Kitzler. „Du magst es allerdings nicht, mir zu gehorchen."

* * *

Der Geruch von Melissas Erregung füllte den Raum, jagte ein Kribbeln über Codys Körper und sorgte dafür, dass sein Schwanz in der Jeans dick wurde.

„Wenn du meine Gefährtin wärst, würde ich diesem Spanking einen langen, harten Bestrafungsfick folgen lassen."

Ihre Pupillen weiteten sich. Sie befeuchtete ihre Lippen und der Anblick ihrer Zunge trieb ihn beinahe in den Wahnsinn. „Was ist das?"

Er beugte sich nach unten und knabberte an ihrem Ohrläppchen. „Das ist etwas, bei dem ich dich ficke, bis du deinen Höhepunkt hinausschreist. Dann drehe ich dich um und ficke deinen Arsch, bis du deinen Namen vergisst."

Sie schwankte. „Cody", flüsterte sie heiser, „meine Beine tragen mich nicht mehr."

Er konnte nicht anders – er war wieder in besonders vulgärer Stimmung. „Vielleicht, weil du auf die Knie gehörst."

Er erwartete, Zorn oder Ekel auf ihrem Gesicht zu sehen, doch sie hielt seinen Blick und ging auf die Knie. Er sog schockiert die Luft ein. Ihre Finger öffneten den Knopf seiner Jeans und zogen den Reißverschluss nach unten, bis sein Schwanz heraussprang.

Sie verlor keine Zeit damit, die Schwanzwurzel mit einer Hand zu umschließen und ihn in ihren Mund zu nehmen.

Er erschauderte vor Wonne.

Sie saugte hart und bewegte den Kopf schnell vor und zurück. Dann nahm sie ihn langsam und bewusst bis in den Rachen auf und zog sich wieder zurück.

Seine Schenkel zitterten. „Das ist es, Baby. Zeig mir, wie leid es dir tut."

Sie löste sich von ihm und leckte von seinen Hoden bis zu seiner Schwanzspitze, ehe sie mit der Zunge um die Eichel glitt.

Er vergrub seine Finger in ihren Haaren und drückte sie nach vorne.

Ihre Augen weiteten sich vor Überraschung, weshalb er aufhörte, kurz bevor er ihre Kehle berührte. Indem er ihren Kopf mit beiden Händen packte, hielt er ihn still, pumpte seine Länge in ihren Mund und benutzte ihn wie ein Fickloch.

Ihr gefiel das. Er fing noch eine Wolke ihres wunder- vollen Geruchs auf.

Er schloss die Augen und seine Kontrolle entglitt ihm. Ihre Fingernägel gruben sich in seine Schenkel.

„Ich werde kommen", warnte er, bevor er wie ein Raumschiff kam, das zum Mond schoss.

Sie ließ ihre Lippen um seinen Schwanz herum verharren, nahm seinen Samen auf und schluckte ihn.

Verdammt.

„Melissa, das war unglaublich."

Sie löste sich von ihm und biss in seinen Schenkel.

Sein Blickwinkel veränderte sich sofort und seine Zähne fuhren aus. Wölfinnen bissen und kratzten beim Sex, was die Bestie in ihm aktivierte.

Damit er sie nicht markierte, wirbelte er herum und machte mehrere Schritte weg von ihr, ehe er seinen Schwanz wieder in seine Jeans steckte und den Reißverschluss schloss.

Als er sich umdrehte, sah Melissa allein auf ihren Knien verloren aus und er fühlte sich wie ein Arschloch. Er marschierte zu ihr, packte sie in den Achseln und warf sie sich über die Schulter, ehe er ihren Rock nach unten zerrte und ihr Höschen vom Boden aufhob.

„Es ist an der Zeit für deinen Arschfick."

„Cody." Sie klang leicht alarmiert. „Bitte."

Er steckte ihr Höschen in seine Hosentasche, hob die Werkzeugablage auf und marschierte aus der Eingangstür, die er hinter sich abschloss.

„Cody, stell mich ab! Das ist unschicklich. Bitte trag mich nicht so."

Als er ihre Verzweiflung hörte, stellte er sie auf die Füße und schwang sie anschließend wieder in seine Arme, sodass er sie wie ein Baby an seine Brust drückte. Ihre Augen weiteten sich vor Überraschung.

„Besser?"

Sie zögerte und drückte ihren Kopf auf seine Schulter

sowie an seinen Hals in einer Bewegung, die sein Inneres flüssig werden ließ. „Ja."

Er schaffte es in unter einer Minute zu seinem Haus und schloss die Tür auf, wobei er sich nach wie vor weigerte, sie abzusetzen. Er trug sie ins Schlafzimmer, wo er sie abstellte, herumdrehte und den Reißverschluss ihres engsitzenden gelben Rocks öffnete. Er fiel in einer Pastellpfütze zu Boden.

„Cody, ich halte das hier für keine gute Idee. Ich meine, denkst du, es ist sicher?"

Er beschloss, ihr die Bluse und BH nicht auszuziehen, damit er besser die Ruhe bewahren konnte. Indem er seine Hand in ihren Rücken legte, beugte er ihren Oberkörper über das Bett.

„Cody, warte!"

Er drückte ihre warmen Pobacken. „Böse Mädchen werden in den Hintern gefickt, Baby."

„Cody!"

Die Panik in ihrer Stimme veranlasste ihn dazu, sich über sie zu beugen und zu flüstern: „Was ist los, Baby? Denkst du, ich weiß nicht, wie ich es gut für dich machen kann?"

Die Spannung in ihrem Körper lockerte sich.

„Hmm?"

„Nein", stimmte sie zu.

„Habe ich dich jemals nicht befriedigt?"

„Nein."

Nachdem er eine Flasche Gleitmittel aus dem Medizinschrank in seinem Bad geholt hatte, massierte er einen großzügigen Klecks in ihren Anus und dehnte ihn mit seinem Zeigefinger. Er führte einen zweiten Finger ein und bewegte sie rein und raus. Mit seiner anderen Hand rieb er kreisförmig über ihren Kitzler.

„Was passiert mit bösen Mädchen, Prinzessin?"

Sie antwortete mit einem Stöhnen.

Er zog die Finger aus ihrem Hintern, neckte jedoch weiterhin ihren Kitzler und nutzte ihr reichlich vorhandenes natürliches Gleitmittel, um seinen Weg zu ebnen. Mit der rechten Hand schlug er auf ihren Po. „Ich habe dir eine Frage gestellt."

„Ihnen wird der Hintern versohlt!", kreischte sie.

Er gluckste. „Ja, das passiert. Jedes Mal. Und wo werden sie gefickt?"

Sie stöhnte erneut.

Er verpasste ihr noch einen Hieb.

„In den Hintern! Sie werden in den Hintern gefickt."

„Das ist richtig, Baby. Willst du, dass ich dich in den Hintern ficke?"

Sie wimmerte. „Nein."

Er hörte auf, seine Finger auf ihrem Kitzler zu bewegen.

„Ja. Ja, ich will es."

„Das dachte ich mir." Er drückte seine Schwanzspitze an ihren Anus.

„Nei-ein", stöhnte sie und verschloss ihren Anus vor dem Eindringling.

„Nimm ihn auf, Baby", befahl er, obwohl er keinen Druck ausübte.

Sie wurde sofort weich, entspannte den engen Muskelring und erlaubte seinem Schwanz, in sie zu dringen. Sie stöhnte, als der dickste Teil seiner Schwanzspitze ihre Rosette passierte und dann war er drin.

Er schaukelte sich langsam in sie rein und raus.

„Ung … uh … oh …" Ihre leisen Laute machten ihn ganz verrückt.

„Nimm ihn auf", wiederholte er und beschleunigte sein

Tempo. Er legte seine linke Hand um ihre Taille und tippte auf ihren Kitzler.

„Oh!" Die Spur eines Orgasmus färbte ihren Schrei.

Er stimulierte ihren Kitzler, griff weiter nach vorne und stieß seine Finger in ihre Pussy.

Sie kreischte vor erschrockenem Enthusiasmus.

„Wer besitzt dich jetzt?"

„Du tust das", keuchte sie. „Oh, bitte, es ist zu viel!"

Er schloss die Augen und ließ sich von der Wonne überwältigen, von ihrem Geruch, der engen Umklammerung ihres Hinterns und der Feuchtigkeit ihrer Pussy an seinen Fingern. Indem er sich tief in sie rammte, kam er mit einem Brüllen.

Melissas Hände schnellten zwischen ihre Beine und sie stieß seine Finger tiefer in sie, woraufhin sich ihre inneren Wände um sie beide herum verkrampften.

Der Beweis ihres Orgasmus jagte eine weitere Woge der Erlösung durch ihn hindurch. Als sie zu Ende war, beugte er sich über sie und knabberte an ihrem Ohr. Die sanften Wogen der Glückseligkeit, die von seinem Höhepunkt herrührten, spülten sämtliche Mauern weg, die er in den letzten vierundzwanzig Stunden errichtet hatte, um sie auszuschließen. War er wirklich gewillt, das hier aufzugeben? Er hatte sich noch nie so verbunden mit jemandem, so richtig gefühlt. Sogar das Unbehagen, sich davon abzuhalten, sie zu markieren, war die Wonne wert, die er erhielt, wenn er sich in ihr bewegte und sie anschließend in den Armen hielt.

Er zog sich aus ihr zurück, hob sie in seine Arme und trug sie in die Dusche, wo er den Wasserstrahl für sie beide aufdrehte.

Melissa schwankte auf ihren Füßen, weshalb er sie mit einem Arm um die Taille festhielt und von hinten an sich drückte, während sie mit dem Gesicht zum Wasserstrahl stand. Nach einem Moment drehte er sich sachte, um ihren Rücken zu waschen, seine Hände über diesen gleiten zu lassen und ihre Pobacken zu spreizen, um seinen Samen wegzuspülen.

Ihre Arme legten sich um seinen Hals und sie klammerte sich an ihn, als wäre er die Boje, die verhinderte, dass sie hinaus aufs Meer geschwemmt wurde. Er küsste ihre Schläfe, ihren Kiefer und ihre Haare. Er stellte fest, dass er ihr Versprechen zuflüstern wollte, doch ihm fiel nichts ein, was er halten konnte.

Sie gehörte nicht zu ihm – sie war nicht seine Gefährtin. Er hatte bereits beschlossen, dass es zwischen ihnen nicht funktionieren würde. Warum schien sein Körper dann so sehr darauf zu brennen, sie zu behalten?

Eine Stunde später stand Cody am Grill. Es schien die einzige Form des Kochens zu sein, der er nachging, was für sie in Ordnung war. Er sah dabei verdammt gut aus. Sein T-Shirt schmiegte sich eng an seine Brustmuskeln und sein Hintern sah in den verblassten Jeans sexy aus.

Er bemerkte, dass sie ihn von der Veranda aus beobachtete, und lächelte. Dem jungenhaften Grinsen mangelte es an der selbstgefälligen Haltung, mit der er ihr begegnet war, als sie sich kennengelernt hatten. Die Offenheit auf seinem Gesicht war ein verblüffender Unterschied zu damals.

Wie hatte sie sich verändert?

Sie hatte ihre Analjungfräulichkeit verloren – das war eine große Sache. Doch mehr als das wirkte es, als hätte er die Mauern niedergerissen, die sie hochgezogen hatte, und sie wie eines seiner CJ Steele Häuser renoviert. Strukturell war sie noch die Gleiche, aber alles in ihrem Inneren hatte sich verändert.

Cody gab einen Berg Würste auf einen Teller und kam ihr auf der Treppe entgegen. Seine Hand landete auf ihrem Hintern und drückte zu.

Sie atmete scharf ein.

Er ließ nicht los, streichelte und drückte erneut zu. „Wund, Baby?"

Sie versuchte, ein wenig Empörung aufzubringen, weil er auch noch darauf herumritt, doch stattdessen schmolz ihr Wille einfach nur dahin. Sie unterwarf sich.

Den Teller mit Essen in einer Hand haltend, vergrub er seine Finger der anderen Hand in ihren Haaren, neigte ihr Gesicht zu seinem und eroberte ihren Mund mit einem harten, strafenden Kuss. „Komm", raunte er. „Ich füttere dich."

Er würde sie füttern.

Seit wann fütterten Männer sie? Wann hatte sich jemals jemand auch nur halb so gut um sie gekümmert wie er? Ja, es hatte das Walmart-Kleider-Fiasko gegeben, doch im Nachhinein sah sie, wie lustig es war. Seinen Schutz und seine Fürsorge hatte er zunächst nur widerwillig gegeben, jetzt war sie sich jedoch sicher, dass er ihre Gesellschaft genoss. Oder vielleicht sprach nur die post-koitale Glückseligkeit aus ihr.

Sie folgte ihm ins Haus und beobachtete, wie er drei Würste auf ein Brötchen gab, das auf einem Teller lag, und ihn ihr reichte.

„Whoa, das sind zu viele", protestierte sie.

Er feixte und nahm zwei zurück. „Bist du ein Ein-Wurst-Mädchen, Prinzessin?"

Sie schlug ihm auf die Brust. „Würdest du wohl mit deinem selbstgefälligen ..."

Er unterbrach ihre Tirade mit einem weiteren Kuss.

Nach einem Augenblick schmolz sie dahin, bewegte ihre Lippen auf seinen und gewährte seiner Zunge Einlass. „Ich werde aufhören", sagte er leise, als er sich von ihr löste. „Warum bringst du die nicht zum Sofa?" Er reichte ihr zwei Teller mit Essen. „Willst du ein Glas Wein?"

Sie blieb auf ihrem Weg zum Sofa stehen. „Hast du welchen hier?" Bisher hatte sie nur Budweiser im Kühlschrank gesehen.

Er grinste. „Womöglich habe ich hier eine Flasche versteckt für den Moment, in dem ich eine Frau verführen will."

Sie warf ihre noch feuchten Haare über ihre Schulter. „Ist es das, was du jetzt tust?"

„Vielleicht."

Warum markierst du mich dann nicht?

Verdammt wollte sie wirklich, dass er sie markierte? Wollte sie den Rest ihres Lebens als seine Gefährtin verbringen? Das konnte nicht sein. Sie mochte nur nicht das Gefühl der Unzulänglichkeit, das sie aufgrund seiner Entschlossenheit erhielt, sie nicht zu markieren.

Cody ging zu ihr, reichte ihr ein Glas Pinot Noir und eine Tüte Kartoffelchips mit Salz und Essig, ihre Lieblingssorte.

Sie riss sie auf und schüttete eine Handvoll auf jeden Teller, während er zur Küche zurückging, um sein Bier zu holen.

„Also magst du das Haus? Zumindest das, was du davon gesehen hast?" Er feixte, weil er sich vermutlich daran erinnerte, wie ihr Besuch bei dem Haus geendet hatte.

„Ja. Ich werde ein Angebot abgegeben."

„Das wirst du tun? Wie viel?"

„Nun, es liegt außerhalb meines Budgetrahmens, aber

ich werde den Komplettpreis wählen und das Angebot heute Nachmittag einreichen, ansonsten verliere ich es."

Er warf ihr einen neugierigen Blick zu und rieb einen Senfklecks von seiner Unterlippe. „Ne. Du solltest unterbieten. Biete den Preis an, den du dir leisten kannst. Man weiß nie, womöglich akzeptiert er dein Angebot."

Sie schüttelte den Kopf. „Ich will das Haus nicht verlieren. Sie werden nicht so oft angeboten und ich brauche ohnehin eine Unterkunft. Das Timing ist perfekt. Außerdem ist sein Makler ein Arschloch, schon vergessen? Er würde mich auslachen, wenn ich ein Angebot einreiche, das unter der gefragten Summe liegt."

Cody starrte sie einen Moment lang merkwürdig an, dann fiel er über seine Bratwurst her. „Bist du dir sicher, dass es das richtige Haus ist?", fragte er nach einem Augenblick. „Es ist ziemlich klein."

Sie schnaubte. „Als könnte ich mir etwas Größeres leisten. Nein, es ist perfekt. Genau das, wovon ich immer geträumt habe."

Cody sah nachdenklich aus, während er sein Essen verschlang, sagte jedoch nichts. Nach dem Essen wusch sie die Teller ab und stellte sie ins Trockengestell, goss sich noch ein Glas Wein ein und setzte sich mit ihrem Chromebook aufs Sofa, um Brad Johnson das Angebot für das Haus zu schicken, während sie sich einen Film ansah.

Cody ließ sich neben sie fallen und legte einen Arm um ihre Schulter. „Was möchtest du dir anschauen? Willst du, dass ich entscheide?"

Sie verdrehte die Augen, gab ihm allerdings die Fernbedienung. Sie schaute nur selten Fernsehen und war schlecht darin, sich für einen Film zu entscheiden. „Ein Frauenfilm, bitte", sagte sie, nur um seine Reaktion zu testen.

Er hob beide Augenbrauen. „Meinst du das ernst?"

„Nicht wirklich. Mir ist es egal." Sie öffnete das Chromebook, um den Papierkram vorzubereiten.

„Dir ist es egal? Komm schon, gib mir mehr, an dem ich mich orientieren kann."

„Mir ist es ehrlich egal."

Er schaute sie stirnrunzelnd an. „Also ein Frauenfilm", ächzte er.

Kapitel Zwölf

Cody hatte Stones Geld von seinem Konto abgehoben. Er hatte sich wie ein Bankräuber gefühlt, als er all das Geld in eine Sporttasche gesteckt hatte, die er unter dem Sitz seines Trucks verstaut hatte.

Anschließend fuhr er zu Starbucks. Er konnte kaum glauben, dass er das tat, doch Melissa hatte am ersten Morgen nach Kaffee gefragt und er hatte ihre Bitte seitdem jeden Tag abgewiesen. Sie verdiente den Kaffee, nachdem sie seinen herrischen Mist geduldet hatte.

Nachdem sie sich ihm unterworfen hatte.

Die letzte Nacht hatte er wachgelegen und die Nachricht von seinem Makler, Brad Johnson, bezüglich ihres Angebots für das Haus angestarrt. Einerseits wollte er, dass sie es bekam. Er hatte ihre Ansicht geliebt, dass es einen perfekten Käufer für ein Haus gab. Jemanden, der es genauso lieben würde wie er. Ja, er wollte, dass Melissa in einem seiner Häuser lebte.

Das Problem war, dass er sich nicht sicher war, ob er sie in *diesem* Haus wollte.

Er hatte angefangen, sie sich in einem ganz anderen Haus vorzustellen. In einem Haus, das er nur für sie renovieren wollte. Und für sich.

Der Gedanke, Melissa zu behalten, sie zu markieren und zur seinen zu machen, brachte sein Gestaltwandlerblut zum Singen. Der Wolf wollte sie. Dem Wolf schien es egal zu sein, dass sie nur zu einem Viertel Gestaltwandlerin war. Dass sich ihre Kinder vermutlich nie verwandeln könnten. Dass er seine Stellung als Alpha verlieren würde, weil seine Gefährtin schwach war.

Doch abgesehen von seinem gewaltigen körperlichen Verlangen nach ihr, war da noch mehr. Er hatte angefangen, sie besser zu verstehen. Mit seiner anfänglichen Einschätzung, dass sie eine Diva war, hatte er womöglich falsch gelegen. An den Wochenenden arbeitete sie als Barkeeperin, um über die Runden zu kommen – harte Arbeit war für sie kein Fremdwort. Sie hatte aus einem erbitterten Loyalitätsgefühl heraus, ihren Versager von einem Freund ertragen. Er war zwar der Meinung, dass dies ein absolut fehlgeleitetes Gefühl war, doch er bewunderte diese Einstellung. Sie band sich wie ein Gestaltwandler an andere.

Sie war so süß wie Honig, wenn er kein Arschloch war, und trotz ihrer regelmäßigen Proteste erzeugte seine Dominanz eine Reaktion bei ihr. Jedes Mal, wenn er ihre Unterwerfung gewonnen hatte, war es spektakulär gewesen. Zärtlich. Wunderschön. Er hatte sich noch nie in seinem Leben so mit einem anderen Wesen verbunden gefühlt – egal, ob Gestaltwandler oder Mensch.

Also ja, an diesem Morgen verdiente sie einen Kaffee. Und, wenn ihm einfiel, wie er sich mit ihr paaren konnte, verdiente sie ein Haus.

Er stieg aus seinem Wagen, um sich anzustellen, wobei

er auf das Brett mit der großen Auswahl starrte. Verdammt. Er hätte sie fragen sollen, was für einen Kaffee sie gerne trank, anstatt zu versuchen, sie damit zu überraschen, wenn sie aufwachte.

Zum ersten Mal überhaupt war es ihm wirklich wichtig, ein Weibchen – sein Weibchen – glücklich zu machen.

Sein Handy klingelte und er machte ein finsteres Gesicht, während er die Nummer betrachtete, die er nicht kannte.

„Hier spricht Steele."

„Ich brauche deine Hilfe." Er erkannte die angespannte, verzweifelte Stimme sofort. Die neue Gestaltwandlerin in der Stadt.

„Worum geht es?", fragte er scharf.

„Jayden – mein Sohn – er wurde von einem Auto angefahren. Die Menschen haben ihn in einem Krankenwagen ins Krankenhaus gebracht."

„Und jetzt wird dich derjenigen finden, vor dem du auf der Flucht bist", beendete er ihre Ausführung. Wenn das Auto nicht seinen Schädel zerquetscht hatte, würde sich der Junge in Nullkommanichts von dem Autounfall erholen. Allerdings so schnell, dass es sich die Ärzte nicht würden erklären können. Viel schlimmer war jedoch, dass seine Mutter ihren Ausweis zeigen und seinen Namen preisgeben müsste. Andernfalls würde sie riskieren, dass das Jugendamt alarmiert wurde.

„Ja."

„Wo bist du jetzt?"

„St. Francis."

„Ich bin gleich da."

Er verließ den Coffee-Shop und stieg in seinen Truck. Kurz zog er in Erwägung, Melissa abzuholen, weil sie besser darin wäre, die aufgelöste Mutter zu beruhigen. Dann wurde ihm allerdings bewusst, wie gefährlich es wäre, wenn sie zwischen die Fronten eines Gestaltwandler-Krieges geraten würde.

Er schrieb ihr, als er losfuhr, informierte sie über die Situation und befahl ihr, zu warten und ihn zu kontaktieren, falls sie einen Notfall hatte.

Während er zum Krankenhaus fuhr, erinnerte er sich an den Jungen. Jayden hatte das Aussehen eines geprügelten Straßenköters gehabt. Zeichen von vergangenen Misshandlungen waren in seinen misstrauischen Augen und dem hageren Gesicht zu erkennen gewesen. Die Art und Weise, wie er Cody beobachtet und auf sein Geldangebot reagiert hatte, zeigte, dass er klug und erpicht darauf war, andere zufriedenzustellen. Er musste den dreien helfen. Er wollte verdammt sein, wenn er demjenigen, der ihnen solche Angst eingejagt hatte, erlaubte, sie aus seinem Revier zu holen.

Als er beim St. Francis ankam, wählte er die Nummer, von der aus ihn Colleen – oder wie auch immer sie in Wahrheit hieß – angerufen hatte. Er fand die entsetzte Familie in einem kleinen Untersuchungszimmer auf der Kinderstation. Es waren keine Ärzte oder Krankenschwestern in der Nähe, die sich um sie kümmerten, weshalb er keine Zeit verlor und keine Fragen stellte. Er hob den Jungen einfach nur hoch, reckte den Hals, um sich zu vergewissern, dass der Gang leer war, und trug den Jungen nach draußen. Die Mom des Jungen und seine Schwester folgten ihm dicht auf den Fersen, da sie scheinbar mit seinem stillschweigenden Abgang einverstanden waren.

„Was ist passiert, Kleiner?", fragte er, während er die Treppe nach unten joggte, da er beschlossen hatte, dass der Aufzug für ihre Flucht zu öffentlich war.

Er roch Angst an dem Jungen, der um die zehn oder elf

Jahre alt sein musste. „Ich wurde von einem Auto angefahren“, murmelte er.

„Was tut weh?“

„Mein Kopf. Und mein Bein war gebrochen.“ Er benutzte die Vergangenheitsform, weil das Bein mittlerweile vermutlich größtenteils geheilt war. Allerdings wirkte die Familie unterernährt, was sich auf seine Heilfähigkeit auswirkte. Es erklärte, warum die fehlenden Zähne seiner Mutter nur teilweise nachgewachsen waren.

„In ein paar Stunden fühlst du dich besser.“ Er öffnete die Beifahrertür seines Pickup-Trucks und klappte den Sitz nach vorne, damit sich die Mutter und das Mädchen auf die Rückbank schieben konnten. „Wie heißt du?“

„Jayden.“

„Und du?“, fragte er das Mädchen.

„Angie.“

Er setzte den Jungen auf den Beifahrersitz und schloss die Tür. Es machte nicht den Anschein, als hätte jemand ihr hastiges Verschwinden bemerkt.

„Woher kommt ihr?“, fragte er Colleen, als er vom Krankenhausparkplatz fuhr.

„Kentucky.“ Ihre Stimme brach.

„Wie viele?“

„Das Rudel ist riesig – einhundertfünfzig Mitglieder. Wenn nur die Männer kämen, wären es ungefähr achtzig oder neunzig.“

Er knirschte mit den Zähnen. Sein Rudel hätte ihnen nichts entgegenzusetzen. Bens Rudel könnte sich ihnen allerdings erwehren. Die Frage war, ob er wollte, dass dies der Gefallen war, den er bei dem Kerl einlöste? Ihm gefiel die Vorstellung nicht, diese Schuld schon so bald einzufordern, noch dazu für etwas, was eigentlich nicht sein

Problem war. Doch er würde diese Frau auch nicht schutzlos allein lassen.

„Ich werde euch mit zu meinem Haus nehmen, bis wir uns die beste Strategie überlegt haben. Womöglich muss ich euch in Denver verstecken, wo es ein größeres Rudel gibt, das euch beschützen kann, falls es Ärger gibt."

Sie schüttelte den Kopf. „Ein größeres Rudel bedeutet mehr Wölfe, die ... ihn kennen könnten. Oder die reden könnten."

„Wir werden das in Erwägung ziehen." Die Verärgerung über die Situation im Allgemeinen sorgte dafür, dass sein Tonfall schärfer als beabsichtigt ausfiel.

Im Rückspiegel sah er, dass sie zusammenzuckte und den Kopf einzog. „Entschuldigung, Alpha."

Er atmete genervt aus. Er versuchte, ihr Vertrauen zu gewinnen und nicht, sie zur Unterwerfung zu zwingen. „Ist schon vergessen", brummte er.

Er fuhr vor sein Haus und trug den Jungen hinein, während ihm Colleen und Angie folgten.

Melissa kam ihnen an der Tür entgegen, die Stirn vor Sorge gerunzelt. Sie eilte herum, bot Essen und Getränke an und als sie das ablehnten, bereitete sie trotzdem einen Teller mit Pfannkuchen, Apfelschnitzen und einem Haufen Erdbeeren zu. Sie stellte ihn zusammen mit Sirup, Tellern und Gabeln auf den Wohnzimmertisch.

Die Kinder griffen sofort nach dem Essen und verschlangen alles innerhalb von fünf Minuten. Melissa nahm den Teller und richtete einen zweiten, den sie mit Gläsern voller Orangensaft brachte.

Er sagte wenig und arbeitete daran, eine Sendung im Fernsehen zu suchen, mit der er die Kinder beschäftigen konnte, damit sich die Erwachsenen unterhalten konnten. Dabei beobachtete er Melissa voller Dankbarkeit. Ihr fröhlicher Small Talk füllte den Raum, linderte die Spannung und lenkte die Kinder ab.

* * *

Melissa bemerkte, dass Cody den leicht besorgten Gesichtsausdruck aufgesetzt hatte, den er während des Rudeltreffens getragen hatte, als würde zu viel auf seinen Schultern lasten und er wollte, alles richtig machen.

„Lasst uns auf der hinteren Veranda sprechen – die Kinder kommen hier drin klar", schlug er vor.

Sie stand auf und zögerte, weil sie nicht wusste, ob er sie auch gemeint hatte, oder ob er Privatsphäre für sein Gespräch mit Colleen wollte.

Er bemerkte ihre Unentschlossenheit und nickte. „Du kannst auch kommen." An Colleen gewandt sagte er: „Sie ist eine Freundin des Rudels und steht unter unserem Schutz. Sie ist vertrauenswürdig."

Colleen sah ihr nicht direkt in die Augen, murmelte jedoch: „Sie ist teilweise ein Wolf."

„Woher weißt du das?", fragte sie überrascht.

Das Weibchen zuckte mit den Achseln. „Ich kann es einfach erkennen."

Cody lächelte schmal. „Deine Wolfinstinkte sind besser als meine. Ich habe es nicht sofort bemerkt."

„Ich musste sie täglich zum Überleben nutzen."

Sie setzten sich auf die hintere Treppe, da Cody keine Gartenmöbel besaß.

Er legte seine Unterarme auf seine Knie und verschränkte die Hände locker zwischen ihnen. „Also wie lautet deine Geschichte?"

Die Frau schien von seiner Direktheit nicht überrascht zu sein. Vielleicht war es eine Gestaltwandler-Sache. Ihr

Schwager war auch ziemlich direkt. Sie erinnerte sich an den Tag, an dem Ashley sie angerufen hatte, weil sie ihn kennengelernt hatte, und ihn mit Batman und seiner grüblerischen, einsilbigen Autorität verglichen hatte.

Colleen strich ihre blonden Haare glatt und spielte an den Spitzen herum. Sie hatte blaugrüne Augen und ein hübsches, herzförmiges Gesicht. Melissa hatte sie wegen der Anspannung um ihren Mund und Augen herum ursprünglich als älter eingeschätzt, doch jetzt, da sie sie beobachtete, wirkte die Frau zu jung, um Kinder zu haben, die schon halb ausgewachsen waren. Sie konnte nicht viel älter als Melissa sein.

„Unser Alpha will uns zurückhaben. Er ist mein Gefährte. Oder zumindest denkt er das." Etwas an der gefühllosen Art und Weise, wie sie den letzten Satz aussprach, offenbarte einen Blick auf den Stahl, der unter dem Getretener-Hund-Vibe lag.

Melissa lächelte beinahe.

„Du hast ihn verlassen." Codys Worte klangen eher wie eine Aussage als eine Frage.

Colleen nickte. „Meine Schwester hat uns geholfen, ihm zu entkommen, nachdem er Jayden so schlimm verprügelt hatte, dass er nicht rechtzeitig für den Schulbesuch heilte."

Sie spürte, wie ihr das Blut aus dem Gesicht wich.

Codys Blick huschte zu ihr und sie erinnerte sich an ihren Streit vom Vortag. Sie hatte sich geirrt. Cody war kein Vergleich zum Ehemann dieser Frau oder ihrem Gefährten – wie auch immer sie ihn nannte. Nur ein Monster würde ein Kind derartig verprügeln.

„Wir sind seit einem Monat auf der Flucht. Ich fand kaum Arbeit abgesehen davon, Häuser zu putzen. Ich wollte meinen Ausweis nirgends benutzen für den Fall, dass er ihn aufspüren könnte." Sie zuckte mit ihren schmalen Schultern. „Ich weiß nicht, wie diese Dinge funktionieren."

„Ich weiß es auch nicht. Ich denke, falls er eine Vermisstenanzeige für euch drei aufgegeben hat, besteht die Möglichkeit, dass die Polizei in seiner Gegend alarmiert wird, weil ihr im Krankenhaus wart. Wir haben einen Freund beim Gesetzesvollzug, der uns womöglich darüber aufklären könnte."

„Ich weiß deine Hilfe zu schätzen. Eure Hilfe." Colleen blickte zu Melissa. „Ihr wart wirklich nett zu meinen Welpen und es ist lange her, seit wir ein freundliches Gesicht gesehen haben." Ihre Augen schwammen in Tränen.

Melissa setzte sich näher zu ihr und zögerte, bevor sie zaghaft eine Hand auf ihren Rücken legte und sie streichelte. „Wir werden nicht zulassen, dass jemand dich oder deine Kinder mitnimmt", versprach sie und begegnete Codys Blick, um seine Zustimmung zu verlangen.

„Nein, das werden wir nicht zulassen." Sein ernster Blick ruhte auf ihrem Gesicht und sie sah so viel Ehre und Freundlichkeit darin, dass es sie beinahe fertigmachte.

* * *

Nachdem alle die Pizza gegessen hatten, die Cody zum Abendessen bestellt hatte, zerrte er Melissa in die Garage, um sich unter vier Augen mit ihr zu unterhalten. Ihre Bemerkung am Vortag bezüglich der Gewalt hatte ihn in die Defensive gedrängt, doch jetzt, da er aus nächster Nähe mit häuslicher Gewalt konfrontiert wurde, musste er versuchen, ihr alles zu erklären.

Sie betrachtete ihn aufmerksam und mit wachsamen Augen.

„Hör zu, Melissa." Er fuhr sich mit den Fingern durch die Haare. „Was du gestern gesagt hast ..."

„Es tut mir leid", unterbrach sie ihn. „Ich weiß, dass es nicht das Gleiche ist."

Wärme durchströmte ihn. Sie war fantastisch mit der Familie umgegangen – sie hatte sich angestrengt, Colleen zu beruhigen, und dafür gesorgt, dass es die Kinder angenehm hatten. Sie war zwar keine Gestaltwandlerin, aber sie besaß die Art von Gastgeberin/Rudelmutter-Fertigkeiten, die sie zu einer perfekten Gefährtin für einen Alpha machten.

„Wir sind Wesen, die Dinge gerne auf ... körperliche Weise klären. Das stimmt. Wir heilen schnell, weshalb es nie langanhaltende Schäden verursacht, wenn man körperliche Dominanz ausübt."

Ein Schatten huschte über ihr Gesicht.

„Ein dominantes Männchen ist am aggressivsten, besitzt jedoch auch ein angeborenes Bedürfnis, zu beschützen – vor allen Dingen diejenigen, die viel schwächer als es sind, wie beispielsweise Welpen." Er deutete zum Haus. Es machte ihn krank, an einen Alphawolf zu denken, der diese armen Kinder misshandelte. „Und die Mechanismen, die für die Sicherheit eines Weibchens sorgen, sind einfach. Ihre Tränen lösen sofort eine Reaktion in ihrem Gefährten aus. Sie beruhigen sämtliche Aggression und rufen ein mächtiges Verlangen hervor, jedes Problem zu lösen, das sie zum Weinen bringt. In einer Situation wie Colleens ist etwas schrecklich schiefgegangen. Ein Wolf müsste krank im Kopf sein, um seine eigenen Welpen und Gefährtin derartig zu verletzen."

„Das ergibt Sinn. Wie ich bereits sagte, ich hätte nicht urteilen sollen. Es ist einfach neu für mich."

„Ich hoffe, ich habe dir keine Angst gemacht oder dir das Gefühl gegeben, dass du nicht sicher bist. Das war nie meine Absicht."

Sie schüttelte den Kopf. „Das hast du nicht getan. Du bist einfach ... selbstgefällig und überheblich. Ehrlich gesagt, denke ich, dass ich mich mehr darüber ärgere, wie sehr es mich antörnt, als darüber, was du getan hast."

Seine Lippen bogen sich nach oben, als er näher an sie herantrat. „Baby, ich weiß nicht, was diese Sache zwischen uns ist, aber ..."

„Es ist nur Sex", sagte sie zu schnell.

Er verzog das Gesicht. „Das glaube ich nicht", widersprach er mit leiser Stimme. „Mein innerer Wolf schreit mich an, dich zu markieren, seit wir uns zum ersten Mal berührt haben."

Sie schnaubte leise. „Du willst dich mit mir paaren? Einem Menschen? Würde das nicht deine Fähigkeit ruinieren, das Rudel anzuführen?" Er hörte die Bitterkeit in ihrer Stimme und war überrascht davon, dass sie so viel über Rudeldynamiken wusste, dass sie das verstand.

„Ja. Ich weiß. Ich habe dagegen angekämpft, aber ..."

Ihre Brauen zogen sich zusammen und er erkannte zu spät, dass er das Falsche gesagt hatte. Sie versteifte sich und schluckte schwer. „Es ist nur Sex", verkündete sie bestimmt.

„Warte mal." Er griff nach ihr, doch sie entzog sich seinem Griff.

„Nein, du hast recht. Du solltest definitiv dagegen ankämpfen. Ein Paarungsbiss könnte gefährlich für einen Menschen sein. Ich kann mein Leben nicht aufs Spiel setzen, um mich dauerhaft an irgendeinen Arbeiter zu binden, den ich gerade erst kennengelernt habe. Das wäre verrückt."

Ihre Worte trafen ihn wie ein Betonblock, der gegen seine Brust krachte. Er hatte zwar das Gleiche gedacht, dass es nur Sex gewesen war, aber jetzt ... empfand er so viel mehr für sie. Zu hören, dass sie immer noch glaubte, er stünde so weit unter ihr, war ein großer Schlag für sein Ego. Nein, es war mehr als das, im Moment konnte er jedoch nicht einmal über die Folgen einer wahren Gefährtin nachdenken, die seine Zuneigung nicht erwiderte.

„Richtig, Prinzessin. Nun, mach dir keine Sorgen. Morgen kannst du aufhören, bei mir zu hausen und in dein Bilderbuchleben zurückkehren." Er marschierte an ihr vorbei ins Haus.

* * *

Melissas Augen brannten. Sie hatte nicht vorgehabt, Cody zu verletzen – überhaupt nicht. Sie hatte sich selbst beschützt und sich gegen das wachsende Verlangen gewehrt ... von Cody geliebt und beansprucht zu werden. Sie wollte, dass er sie markierte. Der Wunsch wurde jedes Mal, wenn sie zusammen waren, mit jeder Interaktion, die sie hatten, und in jedem Moment, in dem sie seine sanfte Führung und Macht beobachtete, stärker.

Wenn sie ganz ehrlich mit sich wäre, würde sie erkennen, dass sie sich bereits in ihn verliebt hatte irgendwann zwischen jener ersten Nacht, als er sie in den Armen gehalten hatte, während sie geweint hatte, und dem gemeinsamen Filmeschauen am Vorabend.

Doch er blickte auf Menschen herab. Er wollte nicht mit ihr verpaart sein und hasste die Chemie zwischen ihnen. Sie würde ihm nicht in die Quere kommen, wenn es für ihn noch so neu war, ein Rudel zu führen und die schlechte Meinung ziehen zu lassen, die sein Vater von ihm hatte.

Also hatte sie ihm einen Ausweg geboten.

Sie hatte nie erwartet, dass ihre Worte ihn derartig treffen würden. Er war erbleicht, seine Hände hatten sich an seinen Seiten zu Fäusten geballt und ein Muskel an seinem Kiefer hatte gezuckt.

Tränen zurückblinzelnd, betrat sie leise das Haus. Es war ruhig geworden – das Wohnzimmer war leer abgesehen von dem riesigen silbernen Wolf, der sich vor der Tür eingekringelt hatte und absichtlich in eine andere Richtung blickte.

Cody musste sein Zimmer an Colleen und ihre Kinder abgetreten haben, weshalb für sie nur das Sofa übrig war.

„Cody?“

Der Wolf ignorierte sie.

„Ich wollte nicht ...“

Codys Lefzen zogen sich zurück, er entblößte seine Fangzähne und knurrte leise. Sie erstarrte, denn jeder menschliche Instinkt brüllte sie an, *um ihr Leben zu rennen*, obwohl sie wusste, dass er ihr nicht schaden würde. Doch sie verlor das bisschen Mut, das sie noch besessen hatte, mit ihm zu reden.

Sie setzte sich aufs Sofa und drückte ein Kissen an sich, denn sie wusste, dass sie vermutlich kein Auge zutun würde.

Kapitel Dreizehn

Sie wachte mit einem steifen Hals und schmerzendem Herzen auf. Die Kentucky-Familie unterhielt sich flüsternd im Schlafzimmer, in dem sie offensichtlich geblieben waren, bis sie sich sicher waren, dass sie wach war. Von Cody war keine Spur zu sehen.

Sie machte viel Lärm, als sie zur Dusche ging, damit Codys andere Gäste wussten, dass es sicher war, rauszukommen. Als sie aus dem Bad kam, stand Colleen mit der Hand an der Kühlschranktür in der Küche und sah unsicher aus.

„Ich weiß nicht, wohin Cody gegangen ist, aber er würde wollen, dass du dich bedienst", sagte sie.

„Oh, okay." Sie wirkte erleichtert. „Ich werde Eier machen, möchtest du welche?"

„Das klingt super, danke." Sie ließ Colleen in der Küche ihr Ding machen.

In der Hoffnung, sich mit guten Neuigkeiten aufzumuntern, warf sie einen Blick in ihr E-Mail-Postfach, doch CJ Steeles Makler hatte nicht auf ihr Angebot reagiert. Das bedeutete, es war abgelaufen.

Das war Schwachsinn – sie hatte den vollen Kaufpreis angeboten und das Haus stand noch zum Verkauf. Sie griff nach ihrem Handy und wählte die Nummer von Brad Johnson, dem Makler.

„Ja, hier spricht Melissa Bell. Ich habe vor zwei Tagen das Angebot auf das CJ Steele Old North End Haus abgegeben?"

Der Makler grunzte.

„Warum wurde es nicht angenommen? Haben Sie ein anderes Angebot?"

„Nein, ich habe kein anderes Angebot. Es tut mir leid, dass Ihres abgelaufen ist, bevor der Eigentürmer eine Gelegenheit hatte, sich zu entscheiden. Sie hätten dem Angebot mehr Bedenkzeit geben sollen."

Sie atmete geräuschvoll aus. „Was gab es da zu bedenken, wenn ich den geforderten Preis angeboten habe und es kein anderes Angebot gab?"

Brad gab einen ungeduldigen Laut von sich. „Um ganz ehrlich zu sein, erhielt ich das Gefühl, dass es etwas mit Ihnen persönlich zu tun hatte."

Eine kalte Welle schwappte über sie hinweg. Würde er sie dauerhaft ablehnen wegen dieses ersten dämlichen Geschäfts? Das wäre nicht fair. Das Einzige, was sie jemals wollte, war eine positive Beziehung zu dem Mann. Und in einem seiner Häuser zu wohnen.

„Wie bitte?"

„Ich weiß es nicht. Er sagte, er müsste darüber nachdenken – er wäre nicht sicher, ob dieses Haus das Richtige für Sie sei oder so etwas."

Die Kälte wurde zu einer kribbelnden Hitze. „Gibt es eine Möglichkeit, wie ich ihn kontaktieren kann? Wie ich direkt mit ihm sprechen kann?"

„Sie wissen, dass ich seine persönlichen Kontaktdaten

nicht rausgeben werde." Die Herablassung in seiner Stimme weckte den Wunsch in ihr, ihm gegen die Schienbeine zu treten.

Sie legte auf, ohne sich zu verabschieden, und drückte auf das Touchpad an ihrem Chromebook. Irgendwo musste doch die Telefonnummer des Kerls verzeichnet sein. Auf den Steuerunterlagen oder der Geschäftslizenz oder so etwas. Auf Google suchte sie nach CJ Steele Properties und fand mühelos eine Nummer.

Ihr Daumen flog über das Tastenfeld, damit sie die Nummer anrufen konnte. Sie stand auf und lief an den Panoramafenstern vorbei, denn sie wusste, dass die Kinder wahrscheinlich jedem Wort zuhören würden.

Der Bildschirm zeigte den Namen ‚Cody‘, als der Klingelton aus ihrem Handy und gedämpft aus der Garage drang.

Codys Stimme erklang. „Ich bin in der Garage."

Das Herz sprang ihr in die Kehle.

Sie drückte auf den Beenden-Knopf und starrte das leere Display an, während sie den größten Was-zum-Teufel-Moment ihres Lebens erlebte.

Cody war CJ Steele?

Nein ... vielleicht war das nur die Nummer, die Steele benutzt hatte, um seine Firma eintragen zu lassen. Noch bevor sie diesen Gedanken zu Ende gedacht hatte, verwarf sie ihn allerdings. Cody musste Steele sein. Es war jetzt so offensichtlich, dass es sie umbrachte. C stand für Cody.

Warum zur Hölle hatte er es ihr nicht erzählt? Wut brodelte heiß und dick durch sie hindurch.

Sie marschierte zur Garage und riss die Tür auf.

Cody hatte seine Ducati auf einen Ständer gestellt und nahm irgendwelche Wartungs- oder Reparaturarbeiten vor.

Sie schloss die Tür hinter sich, weil sie Colleen und

ihren Kindern keine Show liefern wollte. „Ich wette, du fandest es urkomisch, mich zappeln zu lassen. *Gib ein niedriges Angebot für das Haus ab*, hast du mir geraten."

Cody stand auf und wischte sich das Öl mit einem Lappen von den Händen. Seine Miene verschloss sich.

„Du konntest es nicht erwarten, mich in die Schranken zu weisen, oder?"

„Jetzt warte mal ...", begann er.

„Du hast seit dem Moment darauf gebrannt, als wir uns kennengelernt haben." Sie streckte die Arme weit aus. „Du hältst mich für eine kleine, verwöhnte Prinzessin, für die es eine Tragödie wäre, wenn ihr der Fingernagel abbräche. Ich schätze, du hast dich kaputtgelacht, während ich von dem großen und berühmten CJ Steele geschwärmt habe."

Seine Augen wurden schmal. „Ich verstehe nicht, warum du wütend auf mich bist. Sollte nicht ich sauer sein?"

Ihr Mund öffnete und schloss sich. „Warum solltest du wütend sein? Du könntest die Hälfte dieser Stadt kaufen und verkaufen. Ich wollte nur ein verdammtes Haus und war gewillt den vollen Preis dafür zu zahlen."

Codys Stirn legte sich in Falten.

„Aber du konntest es nicht erwarten, mich damit fertigzumachen. Fühlt es sich gut an? Jetzt kannst du das, was ich am meisten wollte, gegen mich verwenden. Du kannst mich zwingen, dafür auf Knien zu betteln. Ist es das, was du willst?" Sie stemmte die Hände in die Hüften. „Denn ich werde es tun. Ich weiß, dass es das ist, was du willst, stimmt's?"

Sein Gesicht lief rot an, seine Augen blitzten hellblau auf und Wut zeichnete sich auf seinen Zügen ab. „Ich verstehe nicht, warum du so einfach davonkommst. Du bist diejenige, die sich für zu gut für mich hält, den niederen

Arbeiter. Du ziehst mich nicht einmal als Gefährten in Erwägung. Bin ich jetzt deiner würdig? Ist es anders, wenn du weißt, dass ich Geld habe?"

Vor Scham und Demütigung stieg ihr die Hitze ins Gesicht. Er hatte recht. Sie hatte ihn falsch eingeschätzt. Vielleicht war das ein Teil des Grundes, aus dem sie so wütend war – sie schämte sich für ihre eigenen Vorurteile.

„Nein", giftete sie. „Geld kann nicht ungeschehen machen, dass jemand ein Arschloch ist." Sie machte auf dem Absatz kehrt, rannte zurück zum Haus und knallte die Tür hinter sich zu.

In der Garage erklang das Geräusch von Metallwerkzeugen, die gegen eine Wand klatschten und dann auf den Betonboden schepperten.

Ihr Handy piepte zur gleichen Zeit, in der ein Klopfen an der Eingangstür erklang. Sie blickte auf das Display.

Ashley hatte geschrieben: „Wir sind da!"

Keine Minute zu früh. Sie joggte zur Tür und riss sie auf. Die zwei riesigen Männer – Gestaltwandler – neben ihrer Schwester ignorierend, zog sie sie in eine innige Umarmung.

* * *

Cody fluchte und hob noch einen Schraubenschlüssel zum Werfen auf, beim Geruch zweier männlicher Wölfe versteifte er sich jedoch und rannte stattdessen ins Haus.

Melissa umarmte eine Frau, die genau so wie sie aussah. Lediglich ihre Haare waren einige Zentimeter kürzer. Neben ihnen stand Mark Ruhl, dessen Geruch er erkannt hätte, wenn sein Gehirn klarer gewesen wäre, und der Wolf, der Ben Stone sein musste.

„Wir sind früher zurückgekommen", sagte Ben zur

Begrüßung. „Ich wollte Melissa vor der Geldübergabe aus Colorado Springs rausholen." Er und Mark warteten draußen auf der Treppe, um Codys Stellung als Alpha dieser Stadt zu ehren.

„Kommt rein."

Ben trat ein und streckte seine Hand aus, die Cody zuerst schüttelte, bevor er Marks ergriff. „Danke für deine Hilfe. Ich stehe in deiner Schuld."

Er versuchte, sich auf Ben zu konzentrieren, doch sein Blick glitt immer wieder zu Melissa, wobei sich sein Magen verkrampfte. Sie würde jetzt gehen.

Er musste sie nie wieder sehen.

Jede Faser in seinem Körper begehrte gegen diese Vorstellung auf. Sein Wolf sehnte sich danach, sie sich zu schnappen, sie fest an sich zu pressen und sich zu weigern, sie vom Gelände gehen zu lassen. Jemals.

Das kam jedoch nicht infrage. Sie hatten sich gerade von neuem bewiesen, dass sie kein bisschen kompatibel waren. Er war ihr nicht wichtig – sie dachte, er wäre unter ihrer Würde. Und sie sollte ihm nicht wichtig sein. Er sollte keinen Menschen wollen.

Er fing Stones scharfen Blick auf und gab sich mental einen Ruck. Melissa war nach drinnen gegangen und schien ihre Sachen zügig zu packen.

„Wie klingt das für dich?"

„Es tut mir leid – was?"

Lass sie nicht gehen, knurrte sein Wolf.

Seine beiden neuen Gäste verloren ebenfalls das Gespräch aus den Augen, als sie Colleens Geruch wahrnahmen. Mark starrte sie mit offenem Mund an, während sie sich im hinteren Teil der Küche herumdrückte, als wollte sie sich verstecken.

Mit großer Mühe wandte Cody seine Aufmerksamkeit

von Melissa ab und winkte Colleen nach vorne. „Colleen, komm bitte her.“

Ihre grünen Augen wirkten misstrauisch, doch sie gehorchte und betrat langsam den Raum, wobei sie sich die Hände an der Jeans abwischte. Ihre Kinder, die an seinem Computer im Schlafzimmer gespielt hatten, erschienen ebenfalls und blieben im Türrahmen des Schlafzimmers stehen.

Marks Gesicht hatte raubtierhafte Züge angenommen und Colleen reagierte auf sein Interesse, indem sie ihre blonden Haare aus dem Zopfgummi zog und frei über ihre Schultern fallen ließ.

„Das ist Colleen. Sie und ihre Kinder brauchen womöglich mehr Schutz, als mein Rudel bieten kann.“

„Sie können bei mir wohnen.“ Mark sprach, bevor er überhaupt sein letztes Wort ausgesprochen hatte und bevor er gehört hatte, wovor sie beschützt werden mussten.

Das war für ihn in Ordnung. Er konnte sich nicht konzentrieren und nicht einmal denken, während sein Wolf unter der Oberfläche kratzte und knurrte.

Lass. Sie. Nicht. Gehen.

Er schwitzte und der Schmerz der Verwandlung war so scharf, als wäre noch Vollmond.

Melissa hatte ihn nicht angeschaut, während sie sich durchs Haus bewegt und ihre Sachen eingesammelt hatte. Sie hatte eine Sporttasche gepackt. Woher die kam, wusste er nicht.

„Wenn du nichts mehr mit dieser Sache zu tun haben willst, kann sich mein Rudel um die Übergabe kümmern“, sagte Stone gerade. Seine Worte klangen über den Lärm in seinen Ohren gedämpft.

Er schüttelte den Kopf. „Ich kümmere mich um die Übergabe.“

„Bist du dir sicher?"

„Ich bin mir sicher."

„Ruhl wird dich zusammen mit Verstärkung von meinem Rudel begleiten. Deines kann auch mitkommen, wenn du möchtest. Ich bringe die Weibchen und Welpen nach Denver, bis es vorbei ist."

Nicht mein Weibchen.

Doch sie war nicht sein Weibchen. Er hatte sie nicht markiert. Verdammt! Warum hatte er sie nicht markiert? In diesem Moment war ihm egal, dass sie ein Mensch war oder dass sie dachte, er sei nicht gut genug für sie. Er würde ihr alles geben, was sie jemals wollte. Ihr Traumhaus. Kleider, Makeup. Blumen. Er würde sie wie die verdammte Prinzessin behandeln, die sie war. Warum hatte er sie mit dem Namen geneckt, der so gut zu ihr passte?

Das Zimmer drehte sich um ihn herum und ihm war zu warm.

Nein, Melissa musste gehen. Sie musste weg von der Gefahr, Stone hatte recht. Er würde sie wie seine eigene Gefährtin beschützen. Sie war seine Familie.

Er holte mehrere Male tief Luft, um den Kopf zu klären. Stone beobachtete ihn mit einem abwägenden Blick. Ruhl war tief in ein Gespräch mit Colleen vertieft, die jetzt fünf Jahre jünger aussah, da sie schüchtern zu ihm hochlächelte.

Melissa lief an ihm vorbei und legte ihre Hand auf den Türknauf. „Ich bezahle dir die Sachen, die du mir gekauft hast, sobald ich bezahlt werde."

„Ich will dein Geld nicht. Melissa ..."

Sie blieb stehen und ihr blauer Blick krachte mit der Wucht einer Abrissbirne gegen ihn.

Sein Verstand setzte aus. Das Tier trat zu nah an die

Oberfläche, als dass er noch zusammenhängende Gedanken äußern könnte.

Ihre Lippen bogen sich nach unten. „Man sieht sich." Das leise Murmeln strotzte nur so vor Traurigkeit und Niedergeschlagenheit.

Er hatte ihr das angetan. Er hatte sie fertiggemacht und sich wie ein aufmüpfiger Teenager benommen. War er noch immer das stolze, dumme Kind, das sein Vater vor zwölf Jahren aus dem Rudel geworfen hatte? Musste er der Welt etwas beweisen? Melissa? Oder war es sein Vater? Versuchte er noch immer, sich seine Zustimmung zu verdienen, indem er sich mit einem Alphaweibchen paarte anstatt mit der Frau, die er liebte? Ja – *liebte*.

Scheiß darauf.

Er war ein Alpha. Er musste niemandem irgendetwas beweisen. Wenn er eine wunderschöne, rothaarige Viertel-Gestaltwandlerin wollte, sollte er sie für sich beanspruchen.

Doch sie lief den Gehweg hinab und fort von ihm. Und sie schaute nicht zurück. Kein einziges Mal.

Seine Brust brannte, als wäre sie aufgerissen worden, er erstarrte jedoch und ließ sie gehen. Aus seinem Haus und aus seinem Leben.

Das war falsch. So falsch.

* * *

Melissa riss sich am Riemen, weil Colleen und ihre Kinder bei ihnen waren. Sie setzte ein angespanntes Lächeln auf und schob sich auf den Rücksitz von Bens glänzendem schwarzen SUV. Dennoch warfen ihr Ashley und Colleen beide mitfühlende Blicke zu.

Sie hatte niemanden getäuscht.

„Gib ihn nicht auf", flüsterte Colleen.

Ihre Augenbrauen schnellten zu ihrem Haaransatz.

Die Frau errötete. „Ich weiß – ich kenne keinen von euch beiden, aber euer Streit war nicht zu überhören. Und ich weiß, dass du ihm wichtig bist."

Sie schluckte. Sie war ihm *wichtig*? Oder wollte er sie nur ficken? „Was bringt dich auf den Gedanken?"

„Die Art und Weise, wie dir seine Augen folgen, wohin du gehst. Dass er sich sowohl entspannt, als auch aufgeregter wird, wenn er in deiner Nähe ist. Sein Gesichtsausdruck, als du gegangen bist."

Ihr stockte der Atem und der Druck hinter ihrem Gesicht nahm zu.

Ashley hatte sich auf dem Beifahrersitz umgedreht, um sie zu betrachten, und sogar Ben blickte in den Rückspiegel.

„Gibt es irgendetwas, was ich wissen sollte?"

Sie verdrehte die Augen. Ihr Schwager war irgendwie beschissen in zwischenmenschlichen Beziehungen. „Nein", antwortete sie entschlossen.

Das Thema war abgehakt.

Sie und Cody waren nicht richtig füreinander. Sie hatte das seit dem Moment gewusst, in dem sie ihn kennengelernt hatte. Sie fühlten sich zwar wahnsinnig zueinander hingezogen, aber Streiten war das Einzige, in dem sie beide gut waren.

Sie schloss die Augen und fuhr mit einer Hand über ihr Gesicht.

Sie musste ihn nur noch einmal sehen und dann konnte sie gehen. Sie konnte ihr neues Leben beginnen. Ohne ihn. Ohne ihr CJ Steele Haus.

Schmerz verknotete ihr Herz, zog sie runter und schlitzte sie auf. All ihre Begeisterung für ihr neues Leben ohne Jeremy hatte sich verflüchtigt. Lediglich Leere war zurückgeblieben.

Dennoch hatte sie einen kurzfristigen Plan. Cody wusste es nicht, aber sie hatte das Geld genommen, das Ben ihm für die Geldübergabe mit Rabago überwiesen hatte. Sie hatte es in der Sporttasche zu ihren Füßen verstaut. Sie würde sich in dieser Sache nicht mehr an ihn wenden. Sie hatte vor, Jeremy zu suchen und ihn zur Übergabe zu bringen. Wenn sie beide mit dem Geld erschienen, musste Rabago sie gehen lassen, frei von jeglichen Verpflichtungen. Wenn sie Jeremy nicht mitbrachte, bestand die hohe Wahrscheinlichkeit, dass er sterben würde. Sie schuldete ihm das, nachdem er ihr das Leben gerettet hatte.

Sie fummelte an dem Handy auf ihrem Schoß herum und organisierte ein Uber, das sie in jener Nacht zum Haus von Jeremys Cousin und anschließend zurück nach Colorado Springs fahren sollte. Ja, es würde ein Vermögen kosten, doch das war es wert, damit sie das alles definitiv hinter sich lassen konnte.

Mit dem Rest ihres Lebens würde sie sich morgen befassen.

Kapitel Vierzehn

Cody tigerte ruhelos durch sein Haus, während Mark Waffen auspackte.

„Zwanzig Mitglieder meines Rudels werden in wenigen Stunden hier sein", erklärte Mark. „Ich denke, das sollte reichen, ohne dass wir Mitglieder aus deinem in Gefahr bringen müssen. Ich will, dass alle in Menschengestalt bleiben und eine Pistole benutzen. Ich kann aufgerissene Kehlen und Kratzspuren kein zweites Mal erklären."

Er nickte geistesabwesend und fragte nicht, wann das erste Mal gewesen war. Wohin er auch schaute, sah er Spuren von Melissas Besuch. Der Haargummi, mit dem sie ihre Haare zurückgebunden hatte, lag auf dem Wohnzimmertisch. Sie hatte das Chromebook, das er ihr gekauft hatte, in der Küche gelassen und ihre Kleider lagen ordentlich gefaltet auf dem Trockner.

„Ich bin in der Garage, falls du mich brauchst", brummte er, da er allein sein musste.

Verdammt. Er hatte sich wie ein Idiot aufgeführt. Hatte er sie wirklich beschuldigt, eine Goldgräberin zu sein? Das war sie nicht und er wusste es. Sie war eine Frau, die sich um einen verflucht armen Teenager mit blauen Haaren und eine misshandelte Gestaltwandler-Familie gekümmert hatte, die sie gerade erst kennengelernt hatte. Eine Frau, die gesagt hatte, dass sie seinem Vater nie verzeihen würde, dass er ihn rausgeworfen hatte. Eine Frau, die sich Sorgen um ihren nichtsnutzigen Ex-Freund machte, der ihr Leben in Gefahr gebracht hatte.

Warum hatte er seine Identität als CJ Steele vor ihr geheim gehalten?

Die Wahrheit war womöglich so simpel, dass er es geliebt hatte, zu hören, wie sie von ihm schwärmte. Bedeutete das, dass er ihr als Person egal war? Dass sie sich nur für irgendein Ideal interessierte, das sie in Gedanken über den Mann erschaffen hatte, der CJ Steele war?

Vielleicht.

Vielleicht nicht. Sie liebte seine Arbeit. Und er war der Mann, der diese Arbeit erschaffen hatte. Könnte sie ihn lieben lernen? Ihr Körper reagierte jedenfalls auf seine Berührung. Und die Male, als sie in ihrer Wachsamkeit nachgelassen hatte – was er ihr zugegebenermaßen nicht einfach gemacht hatte – war es zwischen ihnen leicht gewesen. So leicht, dass es ihm eine Heidenangst eingejagt hatte. Er hatte sich einem Weibchen noch nie so nah gefühlt, vor allem nicht einem, das er gerade erst kennengelernt hatte. Vor allem keinem Menschen. *Teilweisen* Menschen.

Teilweisen Gestaltwandler.

Doch jedes Mal, wenn sie einander nahegekommen waren, hatte er sie von sich gestoßen. Er war zornig, verschlossen und an mehreren Gelegenheiten sogar ein richtiges Arschloch gewesen. Jetzt, da sie ihre Schwester und Stone wieder hatte, brauchte sie ihn nicht mehr. Er hatte keine Ausrede mehr, um sich in ihrer Nähe aufzuhalten und sie bei sich zu behalten.

Er hätte sie markieren sollen!

Allerdings würde das für sie nichts ändern. Er würde immer noch im gleichen Boot sitzen – er brauchte ein Weibchen, das ihn womöglich nie wieder sehen wollte.

Wenn er ihr doch nur ein kleines bisschen Charme gezeigt hätte. Oder Ritterlichkeit. Wenn er sich bloß mehr Mühe gegeben hätte, sie kennenzulernen oder ihr mehr von sich zu zeigen. Stattdessen war er kratzbürstig und abwehrend gewesen.

Jede Minute, die verging, brachte ihn mehr aus der Ruhe, da sich seine wahre Gefährtin immer weiter von ihm entfernte.

Seine Finger arbeiteten gedankenlos und spielten an der Ducati herum. Er putzte und ölte immer wieder die gleichen Teile.

Minuten wurden zu Stunden. Sein Verstand schlüpfte in einen Zustand der Selbstkasteiung, der sich mit der stählernen Entschlossenheit abwechselte, Melissas Zuneigung um jeden Preis zu gewinnen, sobald die Geschichte mit Rabago abgeschlossen war.

Das Denver-Rudel kam nach und nach an und er ging nach drinnen, um zuzuhören, wie Mark Aufgaben und Waffen verteilte.

Sein Handy klingelte und er blickte auf das Display. „Das ist Stone", informierte er Mark und wischte über das Display, um das Telefonat anzunehmen. „Was gibt's?"

„Melissa ist fort." Bens angespannte Worte sandten einen eisigen Schauder über seine Haut.

„Wo ist sie?", krächzte er.

„Ich weiß es nicht. Ashley denkt, dass sie aus irgendeinem Grund auf dem Weg zurück nach Colorado Springs ist. Halt die Augen offen."

Sie würde zur Übergabe gehen, dessen war er sich sicher.

„Warte mal kurz."

Die Sporttasche, mit der sie gegangen war – was war in dieser gewesen? Alle Dinge, die er ihr gekauft hatte, hatte er in seinem Haus herumliegen sehen. Rasch stapfte er zum Schrank, in dem er das Geld verstaut hatte, und riss ihn auf. Die Tasche stand leer da.

Fuck.

„Sie hat das Geld mitgenommen. Sie hat vor, selbst zur Übergabe zu gehen."

Ben fluchte laut.

„Ich kümmere mich darum." Er legte auf, bevor Ben antworten konnte. Es gab nichts mehr, zu sagen. Melissa würde in eine Todesfalle laufen ohne genügend Gestaltwandlerblut, das sie vor einem Schuss retten würde. Er musste dorthin gelangen und sie abfangen, bevor sie umgebracht wurde. „Gehen wir", blaffte er, obwohl er keine Autorität über Bens Rudel hatte.

Er schob eine Pistole in den Bund seiner Jeans und joggte zu seinem Truck, den er anließ, bevor der Rest des Rudels nach draußen gekommen war. Er raste zum Treffpunkt – dem einzigen Ort, der ihm einfiel, wo er sie finden könnte.

Marks ursprünglicher Plan hatte darin bestanden, sein Rudel heimlich einzuschleusen, ohne gesehen zu werden. Vielleicht würde er diese Methode noch immer nutzen. Cody wusste nur, dass er vor Melissa dort ankommen musste. Den Fuß auf das Gaspedal gedrückt, raste er die Straße entlang zu dem verlassenen Grundstück, das Rabago für die Übergabe gewählt hatte. Er versteckte seinen Truck hinter einer Hecke an der Straße, weil er keine Aufmerksamkeit auf seine Ankunft lenken wollte.

Als er das Knirschen von Reifen hörte, wich er in die Schatten zurück. Der blaue Range Rover, der in jener ersten Nacht vor Melissas Haus geparkt gewesen war, bog auf die Einfahrt und tauchte in einen Graben in der Nähe, um sich zu verstecken. Zwei weitere Autos folgten ihm die Einfahrt hinauf.

Er kämpfte gegen den Drang an, sich zu verwandeln, um sich selbst und sein Weibchen zu beschützen. Stattdessen joggte er an dem Graben entlang, der zu dem Grundstück führte.

Der weiße Toyota Pickup-Truck, der auch vor Melissas Haus gewesen war, war dort zusammen mit dem blauen Range Rover und anderen Autos geparkt. War der Pickup Melissas Fahrzeug? Er hätte nicht gedacht, dass sie die Art von Frau war, die einen Pickup fuhr, andererseits hatte er sie auf mindestens ein halbes Dutzend Arten falsch eingeschätzt, nicht wahr?

Das Anwesen schien ein Bauprojekt zu sein, das nie fertiggestellt worden war. Das Betonfundament und die Außenwände zeichneten sich geisterhaft vor dem rosa Himmel ab. Er nahm seine Pistole in die Hand, bewegte sich leise und lief hinter dem Gebäude entlang.

Tiefe Männerstimmen hallten von den Wänden, die die Geräusche verzerrten und es ihm erschwerten, ihren Standort aufzuspüren. Sie schienen sich aufzuteilen und einen Kreis zu bilden.

„Hallo?"

Sein Herz setzte aus. Es war Melissas angespannte Stimme, die da rief.

„Wir sind hier. Wir haben das Geld. Jeremy hat es für Sie zurückgeholt." Ihre Stimme bebte bei der Lüge.

„Ja, ich habe es von den Kerlen zurückgeholt, die es Ihnen gestohlen haben."

Wer zum Henker war das? Jeremy?

Er knirschte mit den Backenzähnen, da er den Scheißkerl umbringen wollte. Hatte Melissas Absicht darin bestanden, sicherzustellen, dass Jeremy unversehrt aus seinem Schlamassel herauskam? Hatte sie deswegen ihr Leben aufs Spiel gesetzt, um heute hierherzukommen? Der Mistkerl verdiente ihre Loyalität nicht.

„Geht auf die Knie, Hände hinter den Kopf", brüllte Rabago.

Cody konnte noch immer niemanden sehen, doch es klang nicht so, als befänden sie sich an der gleichen Stelle. Er kroch an der Betonmauer entlang und spähte um eine Säule herum. Melissa und Jeremy waren auf den Knien und hatten die Finger hinter den Köpfen verschränkt. Die Sporttasche mit dem Geld lag vor ihnen.

Scheiße.

Das war schlimm. Rabago würde sie beide in dem Moment erschießen, in dem er sich vergewissert hatte, dass das Geld da war, und es gab nichts, was Cody tun konnte – nicht, während Melissa so angreifbar war.

Er roch die anderen Gestaltwandler in der Nähe – sie mussten sich leise angeschlichen haben.

Rabago und vier Männer betraten die Mitte des Geländes aus allen Richtungen und umringten Melissa und Jeremy, die Pistolen auf ihre Köpfe gerichtet.

„Schaut nach." Rabago ruckte mit dem Kopf zu dem Geld.

Einer seiner Kerle schnellte nach vorne und rannte geduckt sowie mit gesenktem Kopf vorwärts, bis er die Tasche erreichte. Er packte sie und zog sie zurück, bevor er hineinsah. „Ja, sieht so aus, als wäre alles da."

Fuck.

Melissas Nasenflügel blähten sich und sie drehte den

Kopf in seine Richtung, als würde sie ihn riechen. Doch das war unmöglich.

Rabago sah, dass sie den Kopf drehte, zog seine Pistole, um in Codys Richtung zu zielen, und schoss.

„Melissa, runter", schrie er und sprang hervor. Er schoss auf Rabago und verfehlte ihn, als der Kerl hinter eine Säule sprang. Das Knallen von Pistolenschüssen hallte aus allen Richtungen von den Wänden und machte ihn taub.

Melissa und Jeremy ließen sich auf den Boden fallen. Der Mann mit dem Geld war erschossen worden und Jeremy robbte auf dem Bauch zur Tasche.

Cody rannte zu Melissa, wobei er sich zwei Kugeln in die Brust einfing.

„*Nein!*" Sie stürzte zu ihm, das Gesicht vor Entsetzen verzerrt.

Ihr Schrei und die Schusswunden zwangen ihm beinahe eine Verwandlung auf, er musste jedoch in Menschengestalt bleiben, wenn er ihr helfen wollte. Er rang sie zu Boden, legte sich auf sie und hielt den Kopf gesenkt.

„Nein", schluchzte sie. „Oh Gott, nein. Cody ..."

„Still, Baby. Beweg dich nicht."

Sie schluchzte erstickt und unterdrückte es vor Überraschung. Das alberne Weibchen musste geglaubt haben, er würde sterben.

Jeremy fing sich fast eine Kugel in den Kopf ein – sie schlug neben ihm im Boden ein.

Cody feuerte auf Jeremys Schützen – Rabago. Er erwischte ihn mitten in die Stirn. Er konnte sich bei seinem Vater für die zehn Jahre an Schießübungen und Jagen in seiner Kindheit bedanken.

Die Explosionen von Schüssen ließen nach und Gestaltwandler rannten über das Grundstück, wobei sie so organisiert wie eine ausgebildete Miliz wirkten.

Martinshörner erklangen in der Ferne und Mark zückte sein Handy. „Verschwindet, alle außer ihr drei", befahl er und deutete auf Jeremy, Cody und Melissa.

Cody hob sein Gewicht von seinem Weibchen und half ihr auf die Füße. „Geht es dir gut, Baby? Bist du verletzt?"

Sie schüttelte den Kopf. Ihre Lippen formten Worte, aber kein Laut kam heraus. „D-du bist ... angeschossen? Okay. Richtig? Du blutest."

Armes Baby. Er zog sie an seine Seite und hielt sie mit einem Arm fest, während er seine Pistole locker in der freien Hand hielt. „Mir geht's gut. Wenn es keine Kugel in den Kopf ist, können sich Gestaltwandler wieder erholen." Er küsste ihre Haare. Ihre Reaktion auf seine Schusswunden würde ihm für immer im Gedächtnis bleiben.

Sie liebte ihn.

Jeremy versuchte, sich auf die Füße zu rappeln, doch Mark deutete mit seiner Pistole auf ihn. „Du bleibst auf dem verdammten Boden. Gesicht nach unten, Hände hinter den Kopf."

Jeremy gehorchte. Die Martinshörner wurden lauter.

„Das wird ein Riesendurcheinander werden. Versucht, mir das Reden zu überlassen, okay?", brummte Mark. „Leg deine Pistole ab, Steele."

Er legte die Waffe zu Boden und beide Arme um Melissa. Ihr Körper zitterte an seinem. „Schh. Es ist okay. Es ist jetzt vorbei. Alles wird gut werden", murmelte er an ihren Haaren.

Sie erschauderte an ihm und presste ihren Körper fester an ihn.

„Ich hab dich, Baby. Ich lasse dich nicht gehen."
Nicht jetzt. Nicht später. Um nichts in der Welt.

Kapitel Fünfzehn

Mark Ruhl schaffte es irgendwie, dass sie und Cody gehen durften, nachdem sie ihre Aussagen gemacht hatten, ohne dass sie zum Polizeirevier gehen mussten. Jeremy war dieses Glück nicht vergönnt. Aber hey, er war am Leben. Alles, was darüber hinaus geschah, war nicht ihr Problem.

Cody hielt sie die ganze Zeit über eng an seine Seite gedrückt und jetzt lief er mit ihr zu ihrem Truck. Er öffnete die Beifahrertür und streckte seine Hand aus, damit sie ihm die Schlüssel gab.

Ein anderes Mal hätte sie protestiert. Jetzt konnte sie kaum Sätze bilden und der Anblick von Codys blutdurchtränkter Kleidung erinnerte sie ständig an die Schrecken des Moments, in dem sie gedacht hatte, er wäre getötet worden.

Sie hätte wissen sollen, dass er okay war. Sie hätte sich an Ashleys Geschichte darüber erinnern sollen, wie Ben angeschossen worden war, als sie erpresst worden war. In dem Moment hatte sie jedoch nur schreckliches Grauen erfüllt. Furchterregende, überwältigende Angst, dass Cody ermordet worden war. Wegen ihr. Und im Schock des Moments hatte ihre größte Reue darin bestanden, dass er sterben würde, ohne zu wissen, was er ihr bedeutete.

Sie stieg in den Truck, setzte sich und wartete stumm, während Cody den Motor anließ und zurück in die Stadt fuhr. Sie nahm nicht wahr, in welche Richtung sie fuhren, oder irgendetwas, was sie umgab. Ihre Ohren klingelten immer noch von den Schüssen und die Bilder von Tod und Grausamkeit liefen in einer furchtbaren Dauerschleife vor ihren Augen ab.

„Cody ..." Ihre Stimme brach. Sie musste versuchen, es ihm zu erzählen – sie musste die Dinge wiedergutmachen, die sie gesagt hatte. „Ich habe nie gedacht, dass du ... nur ein Arbeiter bist." Ihre Zunge fühlte sich zu groß für ihren Mund an. Druck baute sich hinter ihren Augen und Nase auf. „Es tut mir leid ..."

„Schh, Baby. Ich weiß."

„Nein, bitte ... Ich will, dass du alles weißt."

Er drehte sich zu ihr um, das Gesicht wirkte müde und die Augen gequält. „Was, Baby?"

„Ich habe geblufft", flüsterte sie. „Als ich behauptet habe, dass es nur Sex war. Jedes Mal, wenn ich dich von mir gestoßen habe. Du warst zu sehr mein Typ und ich hatte Angst, noch einen Fehler zu machen, aber ich dachte nie, dass du unter meiner Würde bist."

Cody parkte den Wagen und griff zur Seite, um ihre Finger zu drücken. Sie spähte aus dem Fenster und erkannte den Ort nicht. Sie waren im Old North End Viertel, allerdings nicht in seiner Straße. Ein riesiges viktorianisches Backsteinhaus stand auf einem Grundstück, dessen Garten vor kurzem neu angelegt worden war. Das Haus sah abgenutzt aus. Ein Teil der seitlichen Verkleidung war stellenweise verrottet und es brauchte unbedingt ein neues Dach sowie mehrere Schichten Farbe.

„Wo sind wir?"

Cody antwortete nicht, lief allerdings um das Auto herum, öffnete ihr die Tür und reichte ihr eine Hand, um ihr rauszuhelfen. Er zog sie wieder an seine Seite, lief mit ihr zur Tür, zog seine Schlüssel heraus und steckte einen ins Schloss.

„Ist das eines deiner Häuser?"

„Ja." Er führte sie hinein.

Ihre Maklerinstinkte meldeten sich zu Wort, was eine wunderbare Ablenkung von dem Schock über die Szene war, die sie gerade hinter sich gelassen hatten. Im Kopf machte sie sich Notizen, was getan werden musste, damit das Haus bewohnbar wurde, und wie viel das vom Verkaufspreis abziehen würde. Doch nein, wenn dieses Gebäude Cody gehörte, würde er es selbst reparieren. Was bedeutete, dass er dieses Haus für mindestens 800.000 Dollar auf den Markt bringen würde. Das war absolut unerschwinglich für sie.

„Es ist noch nicht fertig – offensichtlich. Ich fange gerade erst an. Es ist jedoch das Haus, von dem ich dachte, dass es dir gefallen könnte. Es ist der Grund, aus dem ich dein Angebot für das andere nicht angenommen habe."

Sie hatte das Gefühl, als käme ihr Gehirn einfach nicht in die Gänge. „Ich verstehe nicht."

Cody ließ sie los und trat zurück, um über seine Stirn zu reiben. „Es ist größer, weißt du. Etwas, in das wir hineinwachsen können."

„Wir?"

Kummer breitete sich auf Codys Gesicht aus. „Oder du kannst das andere haben, wenn es dir besser gefällt. Oder mein Haus." Seine Schultern sackten herab. „Du kannst jedes Haus haben, das du willst. Melissa ..."

Tränen sammelten sich in ihren Augen. Sie atmete zittrig ein, sprach aber nicht, weil sie sich sicher sein wollte, dass sie verstand, was Cody sagte.

Er sprang nach vorne und nahm ihre beiden Hände in seine. „Bitte weine nicht. Ich brauche dich, Baby." Er wirbelte sie herum und schlang beide Arme von hinten um sie. „Dieses Haus, Prinzessin", flüsterte er und sein Atem wehte über ihr Ohr, „ich werde es perfekt für dich machen. Für uns, wenn du mich annimmst. Hier gibt es genug Platz für Welpen. Jede Menge Welpen, wenn du sie willst."

Etwas flatterte in ihrer Brust. Die Hoffnung, die sie sich aus Angst nicht zu fühlen erlaubt hatte. Sie lachte, während ihr Tränen übers Gesicht rannen. „Ich will jede Menge von ihnen. Mindestens drei."

Cody erstarrte, dann drehte er sie langsam in seinen Armen zu sich herum. „Ja?"

Sie nickte.

„Mit mir?"

Sie legte den Kopf auf die Seite. „Nun, ich dachte, ich würde in deinem Haus leben, aber Jeremy einladen ..."

Das unmenschliche Knurren, das aus seiner Kehle drang, brachte sie zum Kreischen, als er sie an der Wand fixierte, ihren Mund mit seinem verschloss und ihr Lachen schluckte. Seine Zunge peitschte in ihren Mund, während er ihre Knie an seine Taille riss und seine Härte an ihre Mitte presste.

„Das ist nicht witzig", knurrte er. Er schob zwei Finger in ihren Mund, während sich seine Hüften an ihr rieben.

Sie saugte an seinen Fingern und Hitze flutete ihre Mitte.

„Sag diesen Namen nie wieder zu mir." Er riss am Bund ihrer Jeans.

„Warte", schrie sie aus Angst, dass er sie ihr vom Körper reißen würde. „Ich ziehe sie aus."

Seine Augen waren hellblau geworden. „Ich werde diesen Namen aus deinem Bewusstsein ficken. Verstanden?"

Sie kam fast an Ort und Stelle allein von seiner besitzergreifenden Drohung. Ihre Finger machten sich an dem Knopf ihrer Jeans zu schaffen und sie schob sie über ihre Hüften nach unten.

Er nahm seine Finger aus ihrem Mund und schaute sie finster an. „Jetzt, Melissa." Waren seine Fangzähne länger?

Sie sollte Angst haben. Er könnte sie definitiv verletzen. Doch es war ihr egal. Sie wollte, dass er sie beanspruchte, sie besaß und jedes bisschen von ihr für sich forderte. Indem sie ein paarmal auf einem Bein hüpfte, gelang es ihr, sich von der Jeans und ihrem Slip zu befreien.

Bevor sie wieder auf beiden Beinen stand, hatte Cody ihren Rücken schon an der Wand fixiert. Ihr Shirt befand sich oben an ihrem Hals und ihr BH war nach unten gezogen worden. Seine Lippen schlossen sich um einen Nippel und er saugte hart, wobei seine Zähne ihr empfindliches Fleisch streiften.

Sie schrie.

„Du bist meine Gefährtin, Melissa. Ich muss dich beanspruchen. Es tut mir leid, ich weiß nicht, warum ich dagegen angekämpft habe."

„Mir tut es auch leid. Ich wollte, dass du mich beanspruchst, habe aber versucht, mich davor zu schützen, verletzt zu werden."

Er riss seine Jeans auf, um seinen Schwanz zu befreien.

„Ich kann jetzt nicht aufhören", brachte er zähneknirschend hervor und rammte sich ohne Vorwarnung in sie.

Sie erschauderte und verkrampfte sich um ihn herum. Er bewegte seine Hüften vor und zurück und stieß sich immer wieder in sie, während sie weiterhin kam.

„Zu wem gehörst du?" Dieses Mal brüllte er die Worte. „Sag es."

„Dir! Cody Steele. Nur dir."

Seine Zähne waren definitiv länger geworden. Sie musste verängstigt ausgesehen haben, denn er hielt ihr die Augen mit einer Hand zu. „Schau nicht hin", keuchte er. „Beweg dich nicht. Oh Gott, bitte beweg dich nicht." Er klang, als hätte er Schmerzen. Ihr Becken knallte mit gewaltiger Wucht gegen die Wand hinter ihr, als er sie hart und schnell fickte. „Ich kann nicht aufhören", stöhnte er. „Ich will dir nicht wehtun, Baby."

Da sie nichts mehr sah, wurde ihr Verlangen noch intensiver. Sie hämmerte mit ihrer Faust auf seine steinharte Schulter. „Tu es", schrie sie.

Er rammte sich tief in sie. Ein scharfer Schmerz durchschnitt ihre Schulter vorne und hinten.

Sie schrie.

Sein Körper erschauderte, erbebte und entspannte sich allmählich. Die Zähne lösten sich aus ihr und er leckte über die Wunde, die er ihr zugefügt hatte, womit er den Schmerz wegwusch.

Ihre inneren Muskeln zuckten nach wie vor um seinen Schwanz herum, doch sie hatte sich ebenfalls entspannt und ein fantastisches Gefühl des Wohlbefindens erfüllte sie. Sie erinnerte sich, dass Ashley erklärt hatte, dass das Serum, das seine Zähne überzog – das Serum, mit dem er sie gerade für immer als die Seine markiert hatte – eine drogenähnliche Wirkung erzeugte, um ihren Schmerz zu lindern.

Sie sank gegen die Wand und ihre Muskeln erschlafften.

„Baby ..." Cody nahm seine Hand langsam von ihren Augen. „Oh, Gott, du weinst ja."

Sie schüttelte den Kopf. „Nein, das tue ich nicht."

Doch Cody strich die Tränen mit dem Daumen von ihrem Gesicht.

„Es tut mir leid. Bist du verletzt? Ich meine, natürlich bist du verletzt. Fuck." Er zog sich aus ihr heraus und machte Anstalten, sie unter ihren Knien zu packen. „Es ist okay, Baby. Du wirst wieder gesund werden." Die Furcht auf seinem Gesicht, als er auf sie hinabblinzelte, sorgte dafür, dass sich ihr Herz verkrampfte.

Er fluchte.

„Cody", murmelte sie, weil sie ihn trösten wollte. „Mir geht's gut."

„Kannst du stehen? Nur eine Sekunde, damit ich dir deine Kleider wieder anziehen kann?"

Er zog sie an, ehe er sie wieder in seine Arme schwang und hinaus zu seinem Truck trug. Obwohl es völlig verrück war und sie versuchte, dagegen zu protestieren, bestand Cody darauf, mit ihr auf dem Schoß zu fahren. Ihr Rücken lehnte an der Tür und ihre Füße lagen auf dem Beifahrersitz. Zum Glück betrug die Entfernung zu seinem Haus weniger als eine Meile.

Er trug sie ins Haus und zu seinem Bett, auf das er sich mit ihr in den Armen setzte. Anschließend verteilte er Küsse auf ihrem Kopf, während sie einschlief und auf einer Woge der Euphorie aus Liebe und Frieden trieb.

* * *

Cody balancierte den heißen Kaffee und eine Tüte mit Frühstückssandwiches und Muffins in einer Hand, um die Tür aufzuschließen. Das Geräusch der laufenden Dusche brachte ihn zum Lächeln. Seine Gefährtin war wach.

Ja, *Gefährtin*.

Das Konzept verblüffte ihn immer noch minütlich. Er hatte die ganze Nacht damit verbracht, Melissa in den Armen zu halten und zuzuschauen, wie sich ihre Wunden schlossen und zu heilen begannen, was im Vergleich zu einem Gestaltwandler quälend langsam geschah, allerdings immer noch viel schneller, als es bei einem Menschen passieren würde.

Ben und Ashley waren kurz, nachdem sie zurückgekehrt waren, vor seiner Tür erschienen, aber er hatte ihnen den Eintritt verwehrt. Er war mit seinem und ihrem Blut bedeckt gewesen und Ashley hatte schreckliche Angst gehabt, doch Stone hatte erraten, was geschehen war.

„Du hast sie markiert", hatte er mit geblähten Nasenflügeln festgestellt.

Er hatte halb damit gerechnet, dass Stone ihn herausfordern würde, und sein innerer Wolf hatte geknurrt, weil er gewillt war, bis zum Tod um sie zu kämpfen. Nachdem er ihnen versichert hatte, dass es ihr gut ging, sie schlief und heilte, waren sie allerdings gegangen.

Die Dusche ging aus. Er stellte den Kaffee und die Backwaren auf die Kommode und wartete darauf, dass sie erschien.

Sie kam mit einem Handtuch heraus, das sie um ihren Oberkörper gewickelt und unter den Achseln festgeklemmt hatte. Ihre bleiche Haut war vom Wasser gerötet. Das Lächeln, das sie ihm schenkte, überwältigte ihn.

Er trat zu ihr, schob ihre Haare von der Schulter und

untersuchte ihre Wunden zum millionsten Mal, ehe er jede einzelne küsste. „Wie geht es dir, Baby?"

„Ich fühle mich wundervoll." Sie lächelte ihn breit an. Sie versprühte tatsächlich Gesundheit und Wohlbefinden. Ihre Haut strahlte, ihre Augen leuchteten und ihr Lächeln war so voller Freude, dass er sichergehen wollte, dass er es ihrem Gesicht nie wieder raubte. „Wie geht es dir?"

Er hatte geduscht und sich umgezogen, aber nicht geschlafen – seine Sorge um sie hatte ihn die ganze Nacht lang wachgehalten. „Mir geht's gut – schau." Er grinste und zog sein Shirt hoch, um ihr zu zeigen, dass die Schusswunden komplett verheilt waren.

Sie streckte die Hand aus, um mit den Fingerspitzen über seine Bauchmuskeln zu streicheln, was einen Schauder tiefsten Erkennens durch sein Wesen hindurch sandte.

Gefährtin.

Er packte den Saum ihres Handtuchs und zog sie an seinen Körper. Ihre feuchte Hitze durchdrang seine Kleider und seine Haut sehnte sich danach, direkten Kontakt zu ihr herzustellen. „Wir müssen noch eine Rechnung begleichen, bevor wir in die Zukunft blicken können."

Ihre Augen weiteten sich und ihre Nippel wurden an seinen Rippen hart. „Ich hatte gehofft, dass du das sagen würdest." Ihre Stimme war heiser. Er schob seine Hand unter ihre Haare und streichelte ihren Nacken. Ihre Erregung füllte den Raum. Er zog die Ecken ihres Handtuchs weit auseinander, ließ es fallen und sah sich an ihrem Anblick satt. Jetzt, da er sie markiert hatte, war die Dringlichkeit verschwunden, das sengende Verlangen loderte jedoch noch immer hell

Er trat seine Schuhe von den Füßen, schob sich das Bett

hinauf, lehnte seinen Rücken ans Kopfteil und klopfte sich auf die Knie.

Sie krabbelte über ihn, wobei ihre Brüste hüpften und ihre Haare wie ein Vorhang über ihre Schultern fielen. Mit einem Ruck zog er sie auf seinen Schoß und verpasste jeder Pobacke einen lauten Schlag.

Sie wand sich und ihre Hände flogen nach hinten, um ihren Hintern zu verdecken.

„Ne, ne." Er packte ihre Handgelenke, fixierte sie mit einer Hand in ihrem Kreuz und versetzte ihr einige Hiebe mit der anderen. „Du darfst dich nicht bedecken."

„Au", schrie sie. „Hab Gnade!"

Er lachte und massierte erneut ihren Hintern. „Ich gestehe, ich bin geneigt, Gnade walten zu lassen. Tatsächlich bin ich heute bereit, dich stundenlang zwischen deinen Beinen zu verwöhnen."

Sie stöhnte und spreizte ihre Beine.

Seine Finger glitten zwischen sie, tauchten in ihren süßen Nektar und verteilten ihn auf ihrem Kitzler.

Sie hob den Hintern höher und spreizte ihre Beine weiter.

„Baby, was passiert, nachdem du bestraft wurdest?"

„Meine Belohnung", keuchte sie sofort, als hätte sie voller Erwartung darauf gewartet.

Er gluckste und massierte sie weiterhin zwischen den Beinen. Ihre Säfte flossen aus ihrer entblößten Pussy und überzogen seine Finger. Sein eigenes Verlangen übernahm die Kontrolle, woraufhin er sie auf den Rücken rollte, sich über sie schob und ihre Handgelenke über ihrem Kopf fixierte, während er sie küsste, in ihren Hals biss und anschließend an ihrem Nippel saugte.

Sie schlang ihre Beine um ihn und zog seine Hüften an

ihre Mitte. „Nimm mich", hauchte sie. „Ich brauche dich jetzt."

Die Bestie in ihm erwachte brüllend zum Leben. Er riss sich das Shirt vom Körper, schob seine Jeans nach unten und spießte sie mit seiner Länge auf.

Sie riss die Augen auf, ihr Mund klappte auf, doch es entwich ihm nur ein ersticktes Keuchen.

„Ist es das, was du brauchst, Baby?"

„Ja", stöhnte sie.

Er schaukelte sich erneut in sie, rammte sich tief in sie und dehnte sie weit. „Ich habe kein Kondom an, weißt du warum?"

„Warum?", keuchte sie.

„Weil ich dich beansprucht habe, Prinzessin. Und ich werde dir einen Welpen in deinen süßen kleinen Bauch machen, bevor der Monat um ist."

Er wusste nicht einmal, woher diese Worte kamen. Er hatte nie darüber nachgedacht, Welpen zu haben, außer in der äußerst fernen Zukunft. Die Paarung mit Melissa hatte jedoch alles verändert. Die Vorstellung, eine Familie mit ihr zu gründen, schien das einzig Richtige in der Welt zu sein. Abgesehen davon, sie in seinem Bett festzuhalten und dafür zu sorgen, dass dieses Lächeln für immer auf ihrem Gesicht blieb.

„Du bist verrückt", lachte sie.

Er stützte sich auf seine Fäuste und rammte sich in sie. „Ist das okay? Ich werde rausziehen, wenn du das möchtest", brachte er hervor.

„Nein!", kreischte sie. „Ich bin so nah dran."

„Komm für mich, Prinzessin."

Sie kam zum Höhepunkt, ihre inneren Wände drückten seinen Schwanz und molken ihn. Mit einem

Brüllen kam er ebenfalls, wobei er sie nach wie vor tief und hart fickte, während seine Schenkel vor Wonne zitterten.

Er trug sein Gewicht mit den Unterarmen und knabberte an ihrem Hals, küsste und saugte an ihrer Schulter. Nach wie vor in ihr vergraben, strich er ihr die Haare aus dem Gesicht.

„Wir können in dem Haus leben, für das du ein Angebot abgegeben hast, während ich das Große renoviere", sagte er. Er hatte eine ganze Liste an wichtigen Dingen, die er mit ihr besprechen musste, und er wollte keine Minute länger warten.

Das Auge, das für ihn sichtbar war, kräuselte sich an den Seiten, als sie lächelte. „Was ist mit diesem Haus? Was wirst du als Werkstatt benutzen?"

Er küsste ihre Schläfe und zog sich aus ihr heraus. „Das könnte noch immer meine Werkstatt sein. Und meine Männerhöhle, wenn du die Nase von mir voll hast und mich rauswirfst."

Sie lachte. „Auf keinen Fall. Du kriegst keine Männerhöhle. Warum bleiben wir nicht hier?"

„Weil du dieses Haus hasst."

Sie rollte sich herum, betrachtete ihn und kuschelte sich in seine Arme. „Ich hasse es nicht. Ich hätte jedoch nichts dagegen, es neu zu dekorieren."

Er küsste ihre Nase. „Alles, was du willst, Baby."

Sie fuhr mit den Fingernägeln durch die Haare auf seiner Brust. „Ich will deine Immobilienmaklerin sein."

„Ja. Das will ich auch." Das war ein weiterer Punkt auf seiner Liste der Dinge gewesen, die sie klären mussten.

Ihr Blick schnellte zu seinem. „Das willst du?"

„Machst du Witze? Denkst du, ich würde einem anderen erlauben, meine Häuser zu präsentieren? Oder mir dabei zu helfen, sie zu kaufen, was das angeht? Ich wusste nicht einmal, dass es so etwas wie den richtigen Käufer für ein Haus gibt, bis ich dich kennengelernt habe. Ich gebe mich nie wieder mit weniger als dem zufrieden."

Sie strahlte ihn an.

Er lehnte seine Stirn an ihre. „Willst du wirklich zu hundert Prozent eine Beziehung mit mir? Hegst du keine Reue?"

„Noch nicht." Sie schenkte ihm ein verlegenes Lächeln. „Allerdings bin ich ein wenig nervös", krächzte sie kurz darauf.

„Weswegen?" Er wollte jeden Dämon erschlagen, der sie plagte.

„Wegen allem. Ich habe Angst, dass du deine Meinung ändern wirst. Oder dass du dich als Arschloch entpuppst oder als Drogensüchtiger oder als Zuhälter oder so etwas."

„Wir wissen beide bereits, dass ich ein Arschloch bin. Das lässt sich also nicht beheben. Aber ein verpaarter Wolf ändert seine Meinung nicht. Wenn du erst einmal markiert bist, gehörst du für immer zu mir, Baby, und ich werde deiner nie überdrüssig werden. So funktioniert es einfach."

Sie schlang die Arme um seinen Hals und küsste ihn. „Versprochen?"

„Das Versprechen eines Alphas." Er erwiderte ihren Kuss. „Willst du wirklich Kinder?"

„Jepp. Definitiv."

„Sofort?"

„Hast du mir nicht versprochen, dass ich innerhalb eines Monats schwanger werden würde?"

Er grinste, stieß sie auf den Rücken und küsste sie hart. „Ich werde auf jeden Fall mein Bestes geben, Baby. Morgens, mittags und abends."

Ohne Titel

Ende

Klick hier, um eine besondere Bonusszene zu lesen, die von Codys und Melissas Besuch bei den Gestaltwandler-Spielen in Estes Park handelt.

Der Schutz des Alphas

Sein Wolf will mich markieren. Das darf ich nicht zulassen.

Ich bin mit meinen Kindern auf der Flucht und hätte niemals gedacht, dass ich dabei meinen wahren Gefährten finden würde.

Er ist prachtvoll – ein Gestaltwandler-Enforcer und ein menschlicher Gesetzeshüter.

Ein echter Beschützer. Er will uns vor der Gefahr schützen. Sich um uns kümmern.

Er will mich beanspruchen und für immer zur Seinen machen.

Das kann ich nicht zulassen. Nicht, wenn es ihn sein Leben kosten könnte.

Der Schutz des Alphas

Renee Rose: HOLEN SIE SICH IHR KOSTENLOSES BUCH!

Tragen Sie sich in meine E-Mail Liste ein, um als erstes von Neuerscheinungen, kostenlosen Büchern, Sonderpreisen und anderen Zugaben zu erfahren.

https://www.subscribepage.com/mafiadaddy_de

Bücher von Renee Rose

Wolf Ridge High

Alpha Bully - Buch 1

Alpha Knight - Buch 2

Step Alpha - Buch 3

Alpha King - Buch 4

Alpha Varsity - Buch 5

Wolf Ranch

ungebärdig - Buch 0 (gratis)

ungezähmt– Buch 1

ungestüm - Buch 2

ungezügelt - Buch 3

unzivilisiert - Buch 4

ungebremst - Buch 5

unbändig - Buch 6

unkontrolliert - Buch 7

Two Marks

ungebärdig - Buch 1 (gratis)

versucht - Buch 2

Begehrt - Buch 3

verzaubert - Buch 4

Bad Boy Alphas

Alphas Versuchung

Alphas Gefahr

Alphas Preis

Alphas Herausforderung

Alphas Besessenheit

Alphas Verlangen

Alphas Krieg

Alphas Aufgabe

Alphas Fluch

Alphas Geheimnis

Alphas Beute

Alphas Blut

Alphas Sonne

Alphas Mond

Alphas Schwur

Alphas Rache

Alphas Feuer

Alphas Rettung

Alphas Befehl

The Werewolves of Wall Street Serie

Der große böse Boss: Mitternacht

Der große böse Boss: Mondverrückt

Der große böse Boss: Markiert

Der große böse Boss: Miteinander

Bad Boy Bears Serie

Der Torwächter

Mafia Männer Reihe

Reiz mich nicht

Verführe mich nicht

Zwing mich nicht

Unterwelt von Las Vegas

King of Diamonds: Was in Vegas passiert, bleibt in Vegas, Band 1

Mafia Daddy: Vom Silberlöffel zur Silberschnalle, Band 2

Jack of Spades: Gefangen in der Stadt der Sünden, Band 3

Ace of Hearts: Berühmtheit schützt vor Strafe nicht, Band 4

Joker's Wild: Engel brauchen auch harte Hände (Unterwelt von Las Vegas 5)

His Queen of Clubs: Russische Rache ist süß (Unterwelt von Las Vegas 6)

Dead Man's Hand: Wenn der Tod mit neuen Karten spielt

Wild Card: Süß, aber verrückt

Mountain Men

Held

Rebell

Krieger

Sündhaftes Chicago

Sündenpfuhl

Verwurzelt in Sünde

Mitternacht Doms

Alphas Blut von Renee Rose & Lee Savino

Ihr Vampir Master von Maren Smith

Ihr Vampir Held von Nicolina Martin

Ihr Vampir Schuft von Brenda Trim

Ihr Vampir Rebell von Zara Zenia

Ihre Vampir Leidenschaft von Tymber Dalton, die als Lesli Richardson schreibt

Ihre Vampir Versuchung von Alexis Alvarez

Ihre Vampir Besessenheit von Tabitha Black

Ihr Vampir Verdächtiger von Brenda Trim

Seine gefangene Sterbliche von Renee Rose & Lee Savino

Die Gefangene des Vampirs by Kay Elle Parker

Vampirbeute von Vivian Murdoch

Die Meister von Zandia

Seine irdische Dienerin

Seine irdische Gefangene

Seine irdische Gefährtin

Seine irdische Rebellin

Seine irdische Frau

Ihr Gefährte und Meister

Zandianisches Haustier

Sein irdischer Besitz

Zandianische Bräute

Eine Nach md den Zandianern

Von den Zandianern gekauft

Von den Zandianer beherrscht

Das Licht der Zandianer

Festgehalten vom Zandianer

Vom Zandianer beansprucht

Vom Zandianer gestohlen

Über die Autorin

USA TODAY Bestseller-Autorin RENEE ROSE liebt dominante, verbalerotische Alpha-Helden! Sie hat bereits über eine halbe Million Exemplare ihrer erotischen Liebesromane mit unterschiedlichen Abstufungen verruchter sexueller Vorlieben und Erotik verkauft. Ihre Bücher wurden außerdem in *USA Todays Happily Ever After* und *Popsugar* vorgestellt. 2013 wurde sie von *Eroticon USA* zum nächsten *Top Erotic Author* ernannt und freut sich ebenfalls über die Auszeichnungen Spunky and Sassy's *Favorite Sci-Fi and Anthology Autor*, The Romance Reviews *Best Historical Romance* und Spanking Romance Reviews *Best Sci-fi, Paranormal, Historical, Erotic, Ageplay and Couple Author*. Bereits fünfmal gelang ihr eine Platzierung in der USA-Today-Bestsellerliste mit verschiedenen literarischen Werken.

Besuchen Sie ihren Blog unter www.reneeroseromance.com

www.ingramcontent.com/pod-product-compliance
Lightning Source LLC
Chambersburg PA
CBHW070635100726
47907CB00007B/1990